바르도 오어 낫 바르도

바르도 오어 낫 바르도

앙투안 볼로딘
Antoine Volodine, 1950–

앙투안 볼로딘은 1950년에 프랑스에서 태어났다. 러시아 문학을
가르치고 번역했으며, 프랑스어로 글을 쓴다. 40여 편에 이르는
소설을 통해 문학적 평행 우주 '포스트엑조티시즘'을 구현했다.
『미미한 천사들』(1999)로 베플레르상과 리브르 앵테르상을,
『찬란한 종착역』(2014)으로 메디시스상을 받았다.

BARDO OR NOT BARDO
by Antoine Volodine

앙투안 볼로딘

바르도 오어 낫 바르도

워크룸 프레스

일러두기

이 책은 앙투안 볼로딘(Antoine Volodine)의
『바르도 오어 낫 바르도(Bardo or not Bardo)』(쇠유 출판사
[Éditions du Seuil], 2004)를 한국어로 번역한 것이다.

본문의 주는 모두 옮긴이 주다.

원문에서 특별히 이탤릭체로 구분한 경우 방점으로,
대문자로 구분한 경우 처음 등장할 때 고딕체로,
굵게 구분한 경우 굵게 옮겼다.

차례

1. 바르도[1] 직전 최후의 명예로운 저항

첫 번째 총성이 울렸을 때, 암탉들은 철망 안에서, 평소처럼,
조용히 교미하고 있었다. 어떤 닭은 제 벗을 흔들었고, 다른
닭은 볼품없는 걸음을 멈추고는, 곡물과 배설물을 디딜까
말까 망설이다가 칙칙한 색깔의 다리 하나를 땅 위로 뻗었고,
또 다른 닭은 총소리 따위에는 아랑곳하지 않고 계속해서
꼬꼬댁거리고 있었다. 닭들은 총에는 크게 개의치 않았다. 그래,
혹시 칼이라면 몰라도, 닭에게 마카로프나 브라우닝 소총은,
사실 아무것도 아니었다. 이어서 두 번째 총성이 오후의 평온을
뒤흔들었다. 누군가가 달려오더니 철망 닭장 위로 쓰러졌는데,
이런 유의 시련을 견디기에는 구조가 부실하게 설계되어 있던
닭장은 그 즉시 무너져 버렸다. 말뚝 여러 개가 구부러지고,
횟대는 어그러졌으며, 그리고 이번만큼은 가금류가 일제히
극도의 흥분에 사로잡혔다. 대부분 적갈색과 흰색이었으나,
거무스름한 암탉 두세 마리가 무질서하게 흩어져서 큰 소리로
울었다. 부상당한 남자는 철망을 움켜쥐고 있었다. 그는 앞으로
나아가는 동시에 똑바로 서 보려고 했으나, 좀처럼 성공하지
못했다. 그는 비스듬히 앞으로 전진했으며, 꼬꼬댁거리는
소리에는 아랑곳하지 않은 채, 무엇보다 자신을 향해 가까워져
오는 발소리에만 신경을 곤두세우고 있었다. 왜냐하면 지금 그의

---

1. bardo. 일반적으로 죽음과 재탄생 사이의 기간과
과정을 가리키는 티베트어. 중간계, 중음계(中陰界) 또는
중유계(中有界)라고 번역하기도 한다. 티베트 사람들은
중간계를 다음과 같이 여섯 가지로 분류한다. "탄생과
죽음 사이의 중간계(이승 중간계), 잠과 깨어 있음 사이의
중간계(꿈 중간계), 깨어 있음과 초월 사이의 중간계(명상
중간계), 죽음 직후의 중간계(죽음 중간계), 죽음과
재탄생 사이의 중간계(저승 중간계), 태어나기 직전과
태어나는 순간 사이의 중간계(탄생 중간계)가 그것이다."
파드마삼바바, 『티베트사자의 서』(로버트 A. F. 서먼 영역),
정창영 옮김, 시공사, 2000, 448쪽.

추격자가, 매우 빠른 걸음으로 걷고 있는 어떤 남자가 자신을
바짝 뒤따르고 있었기 때문이었는데, 이 남자 앞에서는, 암탉
한 마리가 전속력으로, 퇴화한 날개를 퍼덕이며 혼비백산해,
길에서 지그재그로 달아나고 있었다. 킬러는 부상당한 남자를
따라잡았고, 이미 타격을, 그것도 치명상을 입은 이 표적을 앞에
두고, 자신이 무엇을 하고 있는지 곰곰이 생각하고 있기라도 한
것처럼, 잠시 아무 말도 없이 그를 바라보더니, 그런 다음 거의
조준도 하지 않은 채, 다시 돌아서서 사라지기 바로 직전에, 세
번째로 그에게 총을 쏘았다.
　　표적의 이름은 코민포름이었다.
　　구멍이 세 개나 뚫린 채, 이제 죽어 가고 있는 코민포름이,
동요가 잦아든 새들 가운데에 있었다. 그는 피를 흘리고 있었다.
그는 혁명적 공산주의자였으며, 쓰러지면서 양계장을 부쉈고, 두
동강 난 문 옆에서, 피를 흘리고 있었다.
　　처형을 목격한 사람은 아무도 없었다. 한 세기 전까지만
해도 수도승들이 무술을 수련해 왔으며, 오늘날에는 채소 재배와
가축 사육 용도로 사용되고 있던 땅 한가운데, 거대한 라마교
수도원의 서고 뒤편에, 평소 같았으면 매우 활기가 넘쳤을 곳에
이들이 있었는데도 말이다. 그러나 그날 오후, 사람들은 모두
다른 곳에 모여 있었다. 수련 수도승, 라마승, 초대받은 손님은
가장 중요한 연례 예식 중 하나인, 고귀한 오향유(五香油) 법회에
참석하기 위해, 채소밭 맞은편, 북서쪽 건물의 익면에 있는
대형 기도실의 그다지 깨끗하지 않고 편안하지도 않은 방석에
자리를 잡고 앉아 있었다. 여름 산들바람이 소라 껍데기 소리와
징 소리를 실어다 주었다. 마찬가지로 집단 기도의 메아리도
들려왔다. 이 정도 거리에서는, 믿음의 서약에 있어서, 신실한
기도와 타성에 젖은 기도를 구별할 수 없었다.
　　화창한 날이었다.
　　몇 초 동안, 상황은 변하지 않은 채 그대로였고, 뒤이어 늙은
수도승 하나가 복도 어딘가에서 문을 도로 닫더니, 서고 뒤편으로
빠져나와서는, 콩밭을 가로질러서 범죄의 현장을 향해 서둘러
갔다.
　　그는 빛바랜 남색 법의를 입은, 백발이 다 된 성직자였다.

10

그의 몸은 벌써 노년에 접어들었다. 그는 90대 노인의 호흡과
앙상한 두 다리가 허락하는 한 최대한 빨리, 닭장을 향해
종종걸음을 쳤다. 뱃속이 불편해 화장실에 틀어박혀 있느라, 그는
아직 행사에 참석하지 못한 터였다. 그는 총성을 들었고, 불길한
예감에 사로잡혀, 최대한 빨리 밑을 닦고는 옷을 다시 여민 다음,
지금 달려가고 있는 것이었다.

자주 그랬듯이, 그는 자신에게는 물론, 혹시 가까이 있을지
모를 동료 성직자를 향해, 아주 큰 소리로 말했다.

"여기요!" 그가 외쳤다. "서고 뒤편에 도둑놈들이 있소!
무장한 악당들이오! 이리로 빨리 와 보시오…! 놈들이 사방에서
총을 쏘고 있어요! 놈들이 누군가를 쓰러트렸소…!"

그는 강낭콩과 완두콩이 늘어선 곳을 지나갔다. 그 너머로,
닭장은 돌이킬 수 없이 파손된 온갖 징후를 그대로 보여 주고
있었다. 횃대는 무너져 있었다. 철망은 밑동이 뽑힌 채로 남아
있었다. 뜯겨 나간 부분이, 반쪽이 된 판자가, 문 위쪽이 하늘을
향해 삐죽 솟아 있었다. 조그마한 움직임에도, 모든 것이
삐걱거리면서 흔들렸다. 누가 쓰러져 있는지 보려면 철망을
1제곱미터 정도 벌려야만 했다.

"빌어먹을 개자식!" 노인이 내뱉었다. "그런데 나, 이 사람
누군지 알아…! 코민포름이잖아…! 그들이 코민포름한테 총을
쐈어…!"

그는 몸을 숙였다. 고철이 살짝 삐걱거리는 소리
한복판에서 코민포름의 몸이 신음하고 있었다. 코민포름은
자신을 만지고, 살펴볼 수 있게 내버려두었다. 늙은 수도승은
구멍들을 살펴보더니, 자신에게 남아 있는 이를 악물었다. 그는
예측을 자제했다.

그의 이름은 드룸보그였다.

드룸보그와 코민포름 주변에서, 암탉들이 세상 걱정 없이
울어 대고 있었다.

"이보시오!" 드룸보그가 소리쳤다. "이리로 좀 와 봐요…!
살인자들이 코민포름을 학살했소!"

아무도 나타나지 않았다.

"사람들이 모두 오향유 법회에 참여하려고, 저쪽에 있나

보군." 드룸보그가 말한다. "수도원이 텅 비었어. 지금은 서고에도
아무도 없어…. 나조차, 만약 내가 그러고 있지 않았더라면…
내가 화장실에 틀어박혀 있지 않았더라면…. 항상 발효된 우유가
말썽을 일으켜…. 더는 제대로 소화도 못 시키면서, 너무 많이
마신단 말이야…. 자네도 발효된 우유를 마시나? 수제 몽골
요구르트를? 아야, 아야, 아…! 그걸 마시면 이렇게 설사가
난다니까…!"

코민포름이 몸을 움직였다.

"드룸보그, 당신이에요?" 눈도 뜨지 못한 채 그가 물었다.

제대로 말을 잇지 못하는 그의 목소리는 입 밖으로도 울려
나오지 않았다. 아무도 그의 말을 알아들을 수 없었다. 그가
딸꾹질을 했다.

"그 자식이 내 배를 쐈어요, 그 쓰레기 같은 놈이." 그가
말한다.

"이 사람, 헤모글로빈을 토하고 있잖아." 코민포름이
중얼거리는 소리를 알아차리지도 해독하지도 못한 드룸보그가
말한다. "이 사람, 살아난다면 놀랄 일이 벌어지는 거야."

"폐가…." 코민포름이 계속 중얼거렸다. "난 곧 죽고 말
거야…."

"코민포름, 내 말 들리나…?" 드룸보그가 말한다. "내 말
들려, 동생…? 정신이 들어?"

"아파요." 코민포름이 말한다. "그들이 나를 쐈어…
옛 동지들이 나를… 회개한 테러리스트[2] 놈들이…. 이제
그들은 권력을 가진 억만장자를 위해, 마피아를 위해 일해….
사회민주주의자와 신흥 부자와 기업을 위해…. 회개한
테러리스트, 그 새끼들보다 더 나쁜 놈들은 없어…."

철사 끝이 그의 외투 오른쪽 소매를 찌르고 있었고, 그가
더듬거리며 말을 하려고 몸을 움츠리자, 철망이 삐걱거리기

---

2. repenti. '회개한 자', '뉘우친 자'라는 뜻. 조직을 배신하고
감형이나 보호의 대가로 경찰에 협력하거나, 마피아
및 권력자를 위해 일하는 변절한 테러리스트 조직원을
지칭하는 데 쓰인다.

12

시작했다. 누군가가 초라한 침대 밑판 위에서 몸부림치고 있는 것 같은 느낌이었다.

"기운 빼지 마, 동생." 드룸보그가 조언했다. "침착하게 숨을 쉬어 봐. 입을 벌려. 어서 피를 뚫고 숨길을 틔워야 하잖아."

"드룸보그, 당신이에요?" 코민포름이 물었다.

"그래, 동생, 나야. 나도 행사에 참여하러 갈 참이었어, 그 귀한 오향유 법회, 자네도 알지? 그러다 갑자기 기관총이 울리는 소리가 들렸어…."

"내 걱정은 하지 마요." 코민포름이 말한다. "거기에 가세요. 법회에 빠지지 마요. 어서 가라고. 나는 여기에 놔둬요."

그의 가슴이 심하게 들썩거렸다.

그가 피를 토했다.

철조망이 삐걱거리고 있었다.

"어차피, 나는 얼마 버티지 못할 거야." 그가 계속 말했다. "나는 끝났어."

턱에서 경련이 일어나더니, 그가 입을 다물었다. 그는 시늉으로만 공산주의에 동조했던 것이 아니었고, 감옥에서 돋보이려고 원칙을 옹호했던 것도 아니었다. 그는 죽음 앞에서 흐느끼는 그런 부류의 사람이 아니었다.

그런데 그 순간, 마른 콩깍지가 길 위에서 부스러지는 소리가 났고, 풀이 바스락거렸다. 암탉 한 마리가 발길질을 당할 뻔한 것에 분노해, 자신만의 언어로 화를 내면서 도망친다. 누군가 다가오고 있었다.

"이런 지질맞은 상황을 보았나!" 드룸보그가 욕설을 내뱉었다. "킬러들이 다시 오고 있어…! 당연히, 그들은 성가시게 할 게 분명한 증인을 제거하려 할 테고, 우리도 그들이라면 똑같이 하겠지…. 이제 내 차례야, 자네도 곧 알게 될 거야, 나도 피해 갈 수 없다는 걸…!"

그의 숨이 가빠졌다. 불안에 찬 의심이 갑자기 그의 목을 조여 왔다. 덤불과 철조망에 가려져, 성난 암탉이며 닭을 성나게 만든 발이 그에게는 보이지 않았다.

"옛날에," 그가 다시 말했다. "어느 점성가가, 나의 운명이 혁명적인 어느 공산주의자 곁에서, 양계장을 등에 지고 총알

13

세례를 받으며 끝장나게 되는 거라고 말했더라면, 나는 면전에
대고 그를 비웃었을 거야…. 그런데 말이야, 모든 것이 연달아
일어나고 있어…. 차가운 요구르트, 배탈… 오향유 법회…. 이미
그렇게 예정되어 있었던 거야…."

지금, 누군가 콩 줄기를 짓밟으며 오솔길을 따라오고 있는
게 보였다.

한여름의 냄새, 햇볕 아래서 노랗게 익어 가는 채소, 먼지를
쪼고 있는, 기분 좋게 녹지근해진 암탉, 메뚜기, 징의 메아리뿐,
주위에 극적인 분위기를 느끼게 해 주는 것이라고는 하나도
없었다.

"그들이 오고 있어." 노인이 중얼거렸다. "그들은 나를
무참히 살해할 거야…. 그들은 둘이야, 남자 하나, 여자 하나…."

실제로, 그들은 두 명이었다.

권총을 들고 있는 남자는 자신과 썩 잘 어울리는
우스꽝스러운 파란색 정장을 입고 있어서, 부동산업계에
재취업한 군인과 같은 수상한 면모를 띠고 있었다.
부동산업계에나 뒷거래 조직 같은 곳에. 그는 굼떴고 몸집이
좋았다.

언뜻 보아도, 여자는 남자와 아무런 관계가 없음을 알 수
있었다. 게다가 여자는 인간이라기보다는 솔직히 말해서 새에
훨씬 더 가까웠다. 그녀의 피부는 얇디얇은 은빛 깃털로 덮여
있었고, 그녀가 입고 있는 옷이라고는, 탐험가의 회색 점프
슈트가 전부였다. 그녀는 무용수처럼 유연하게 움직였고, 말을
할 때는, 녹음기에 대고 말하는 것처럼, 혼잣말을 했다. 그녀의
이름은, 나와 같은, 마리아 헨켈이었다. 그녀는 현실을 설명하기
위해 거기 있는 것이지, 현실의 일부가 되기 위해 거기 있는 건
전혀 아니었다. 그녀는 예뻤고, 왼쪽 가슴에 흉터가 하나, 점프
슈트가 과도하게 몸에 달라붙어 쉽게 알아볼 수 있는 하트 모양의
자국이 하나 있었다.

"우리가 있는 곳은 수도원 뒤편이다." 그녀가 말한다.
"건물들 반대편, 타오르는 연꽃 사원에서, 지금 열두 수호신을
기리는 의식이 진행 중이다… 열둘인지 열하나인지… 암튼.
그들의 영광을 기리기 위해서 향을 태우고 있다… 기름도…. 기름

중에서 몇 가지를 태우고 있다…. 내가 보기엔 네다섯 가지쯤…. 그걸 태우거나 축성한다…. 그것은 중요하지 않으며, 오늘 우리의 관심사도 아니다…. 나는 현재 코민포름이 쓰러져 있는 닭장 바로 근처, 서고의 창문 아래 있다. 이것이 바로 우리의 관심사다."

코민포름은 더 이상 구토를 하지 않았다. 그는 여전히 눈을 뜨지 못했다. 천사의 몸을 가진 이 여자와 파란색 정장을 입은 이 킬러를 보고도 그는 불안에 빠지지 않았다. 그는 거친 숨결을 뱉었다.

"그는 총알 세 발을 맞았다." 마리아 헨켈이 말한다. "아직 의식은 있지만, 내 생각에는, 그는 아무것도 깨닫지는 못한 것 같다."

"저자들은 함께 있는 게 아니야, 저 두 사람 말이야." 드룸보그가 큰 소리로 제 생각을 말했다. "여자는 알몸이야, 여자는 예쁘고, 우리 문명이 아닌 다른 문명에 속해 있어. 여자는 다른 꿈에서 당도한 탐험가가 분명해. 총으로 협박하고 있는 작자가 사실 위험한데…. 저 멍청한 놈, 나를 쏘지 않고, 대체 무얼 기다리고 있는 거지…? 나는 준비가 됐는데…. 나는 저 남자의 존재도 저 여자의 존재도 믿지 않아. 나라는 존재도 마찬가지고…. 나는 이론의 여지 없이 유일한 현실인 빛나는 허공에 합류할 준비가 되어 있어…. 나는 사물에… 그것들의 가장자리에, 저 사람들의 터무니없는 동요에 무관심한 채… 사물의 가장자리에… 가만히 서 있어…. 나는 아무것도 두렵지 않아, 나는 무엇 하나도 겁나지 않아, 나는…."

그의 목소리가 갈라졌다. 머리에 총 맞을 준비가 되어 있다고 느껴질 때조차, 목소리가 잠기는 일이 일어날 수 있다.

"우리는 이제 이 비극의 등장인물 세 명과 마주하고 있다." 마리아 헨켈이 말한다.

우선 코민포름, 일명 아브람 슐룸 또는 타르찰 슐룸은, 독점적으로 이 세계가 자본주의로 변한 이후, 세계의 모든 경찰에게 쫓기는 급진적 평등주의자로, 타오르는 연꽃 사원으로 피신했다. 그는 내전 당시 몇 년간 입었던 군인 망토를, 옛날부터 가장 아꼈던 옷을 입고 있었다. 그는 피를 뱉어 내고 있다. 그는 곧 죽을 것이다. 그의 거친 숨결이 들려오고, 그의 혼란스러운

15

심장박동 소리가 울려 나온다. 거의 100살이 되다시피 한 늙은
수도승이 그를 다정하게 부축하고 있다.

　　이 늙은 수도승은 드룸보그다, 그는 인간 사이에 불행이
절대적으로 평등하다는 것 이외에는 아무것도 믿지 않는 불교
신자다…. 불행의 평등, 이것이 바로 코민포름이 옹호해 온
최소한의 강령이다…. 드룸보그는 코민포름을, 그의 연설을, 그의
실천을 높이 평가하는 데 주저하지 않는다. 8년 전, 이 문제가
제기되었을 때, 수도승 공동체에서 이 도망자를 받아 주고 숨겨
줄 것을 간청했던 사람이 바로 그다. 8-9년 전. 아니면 아마도
10년 전에. 이에 관한 세부 사항은 우리의 관심사가 아니다.
드룸보그는 코민포름을 위해 보증을 섰다. 그는 항상 코민포름을,
비참한 인간을 구제하기 위해 자신의 존재를 바치고, 깨달음을
얻지 못한 사람이 고통에서 벗어나도록 돕기 위해 고통 속으로
나아가는, 보살로 여겼다.

　　부상당한 혁명가와 오늘 은총보다는 알츠하이머병에 더
영향을 받고 있는 불교 신자, 이 두 영웅의 맞은편에는, 체제의
변화 이후 설치된, 정치 정화 특별팀의 책임자인 한 남자가
서 있다. 그의 옛 이름은 스트로부쉬였다. 그는 코민포름과
협상할 목적으로 작전을 세웠고, 코민포름을 설득해 민감한
정보를 얻을 수 있기를 희망했으며, 코민포름을 숙청하길
원하지 않았고, 폭력을 쓰지 않으면서 코민포름에게 접근하라고
자신의 요원들에게 명령한 바 있었다. 그러나 요원들은 그의
말에 복종하지 않았다. 그중 한 명, 바티르지안이라고 불리는
자가 명령을 잘못 해석했다. 부패하지 않은 혁명가와 대면하게
될 거라는 생각에 감정이 다소 격해지고, 지하 활동의 영웅과
접촉한다는 데 불안을 느낀 나머지, 바티르지안은 코민포름의
가슴팍에 총을 세 발이나 쏴 버렸다. 그리고 지금, 코민포름은
머리부터 발끝까지 피로 흠뻑 젖었고, 자신의 비밀을 넘겨줄
기분이 아니었다. 작전이 위태로워졌다. 스트로부쉬는 자기
부하들의 야만적인 미숙함이 빚어낸 이 혼란스러운 상황을
인정한다. 그는 미안해한다.

　　"미안합니다." 스트로부쉬가 말한다. "내 요원은 코민포름이
무장하고 있었고, 그가 소란을 일으키거나, 인질을 붙잡을 거라고

생각하고 있었던 게 분명합니다….”

“당신이 살인자들의 대장이오?” 드룸보그가 물었다.

“이봐요, 당신,” 스트로부쉬가 말한다. “말 좀 조심해서 하시죠. 실수가 있었습니다. 우린 절대로 이 사람을 이렇게 쓰러트릴 계획이 아니었어요. 이건 내 방식도 아닙니다. 어쨌든, 가능한 한 이런 일이 일어나지 않도록 내가 조치를 하겠습니다. 우린 살인자가 아니란 말입니다.”

스트로부쉬가 잠시 멈칫했다. 드룸보그는 실망한 표정으로 중얼거리고 있었다. 그는 당황하지 않고 죽음을 맞으려고 노력하고 있었는데, 결국에는, 아무 일도 일어나지 않았다.

“어쩌면 그를 살리려 시도해 볼 수 있지 않을까요?” 스트로부쉬가 제안했다. “수도원에도 의사는 있잖습니까? 안 그래요? 의무실은요…?”

“나는 당신이 그에게 최후의 일격을 가하려고 여기서 어슬렁거리고 있는 거라고 생각했소.” 드룸보그가 말한다. “그런 다음에는 나를 제거하려고.”

“아닙니다,” 스트로부쉬가 단언했다. “나는 코민포름과 논의하러 왔습니다. 우린 서로 잘 아는 사이였습니다, 예전에 말입니다. 우리는 함께 일했습니다, 같은 조직에서. 서로 얘기할 게 있었습니다….”

“그의 손이 차가워지고 있소.” 드룸보그가 말한다. “그의 숨결에서 죽어 가는 자의 악취가 풍기는군. 끝났소, 이제 그가 산 자들에게 전해 줄 것은 아무것도 없소. 그를 살해한 도살자들은 입을 다물고 있는 게 좋을 거요.”

“당신이 의사를 부르는 건 어때요, 네?” 스트로부쉬가 노인의 비난을 무시하면서 말했다. “내가 이 사람 곁에 있을 테니, 그동안 당신이 도움을 청할 수 있지 않겠어요, 네…? 나야 잘 모르지만…. 의사라든가, 약초를 잘 아는 라마승이라든가… 주술사 같은 사람이라든가…. 수도원인데, 주술사는 있겠지요? 아닌가요? 아니면, 적어도, 상처를 치료할 줄 아는 사람이라도… 네?”

“지금, 우리가 할 수 있는 유일하고도 유용한 일은 투명한 빛[3]과 만날 수 있게 그를 준비시키는 것뿐이오.”

“뭐라고요?” 스트로부쉬가 말했다.

“투명한 빛과 만날 수 있게 그를 준비시키는 것 말이오.” 드룸보그가 반복했다. “누군가는 그에게 『바르도 퇴돌』[4]을 귓가에 대고 읽어 줘야만 하오.”

스트로부쉬는 얼굴을 찡그렸다. 우아하지 않은 그 얼굴 주름은 이해가 되지 않음을 나타내고 있었다.

“살인자들 사이에서는, 『바르도 퇴돌』에 대해 전혀

---

3. 죽은 자가 도달하는 첫 번째 세계는 '치카이 바르도'이며, 이는 사후 첫째 날부터 넷째 날까지 지속된다. 사망의 순간에는 '투명한 빛'이 나타나며, 죽은 자가 생전에 진리의 가르침을 배우고 실천했다면 이 빛에 인도되어 곧바로 윤회(환생)가 없는 세계로 들어간다. 죽은 자가 이 최초의 '투명한 빛'을 알아채지 못하면, 두 번째 '투명한 빛'이 죽은 자 앞에 나타나고, 죽은 자가 생전에 지은 카르마(karma)에 따라 빛이 지속되는 시간이 결정된다. '투명한 빛'이 나타나지 않거나 이를 알아채지 못하면 죽은 자는 계속해서 바르도에 머물며 이후의 세계를 경험하게 된다.

4. 『바르도 퇴돌(Bardo Thödol)』은 티베트 불교 닝마파의 경전으로, 원제는 '바르도 퇴돌 첸모(Bardo Thödol Chenmo)'이며, '바르도에서 들음으로써 대자유(해탈)를 얻는다'라는 뜻을 담고 있다. '바르도(Bardo)'는 '둘(do) 사이(bar)'란 뜻인데 낮과 밤의 사이, 즉 죽음 이후 다음 생을 받기 전의 기간으로 '사후 세계'를 말하며, '퇴돌(thödol)'은 '듣는(thos) 것으로 해탈(grol)에 이른다'라는 의미다. 『바르도 퇴돌』은 '사후 세계에서 듣는 것만으로도 해탈에 이르는 책'이란 뜻이며, 이 책이 '티베트 사자의 서'로 알려진 것은 티베트 스승과 함께 이 책을 처음 영어로 번역한 에번스 웬츠가 당시 세계 곳곳에 알려져 있던 '이집트 사자의 서'라는 이름을 따서 번역서의 제목으로 붙였기 때문이다. 본문에서는 『바르도 퇴돌』이나 『죽은 자들의 책』으로 등장한다.

이야기하지 않소?" 드룸보그가 물었다. "그건 안내서요. 환생할 때까지 바르도에서 미련하게 계속해서 걸으면, 죽은 사람이 죽음의 세계를 건널 수 있게 도와주기 위해, 혹은 죽은 사람이 충분히 순수한 마음을 가지고 있을 때, 해탈해서 붓다가 될 수 있게, 죽은 사람을 도와주기 위해, 죽은 사람의 곁에서 그걸 우리가 읽어 주는 거라오."

"잠깐만요." 스트로부쉬가 말한다.

그는 방금 권총을 권총집에 넣었다. 그는 눈을 크게 떴고, 변절자의 그 작은 두 눈은 향수(鄕愁)로 인해 무의식적으로 눈물 한 방울이 맺힌 채 떨리고 있었다.

"그가 고통스레 죽어 가고 있는데, 당신은 그 무슨 종교 서적 따위나 그에게 읽어 줄 작정이라고…? 불교 신자가 아닌 사람의 귀에다 대고 『바르도 퇴돌』을 읽어 준다고…? 프롤레타리아 혁명가의 귀에 대고?"

"이보시오, 암살자 양반!" 드룸보그가 꾸짖었다. "당신, 설마 나를 가르치려는 건 아니겠지, 응? 도대체 당신이 이 사람에 대해 아는 게 뭔가…? 이 사람은 모든 걸 아낌없이 베풀었고, 자신을 위해서는 아무것도 남기지 않았어…. 그는 절대적인 평등을 위해, 모든 사람의 빈곤을 위해, 형제애를 위해, 평생을 투쟁하면서 보냈어…. 그는 연민으로 몸을 떨었어…. 당신이 아는지 모르겠지만, 종교를 떠나서, 그는 우리 수도승보다 투명한 빛에 훨씬 더 가까이 있었어…."

코민포름이 숨을 몰아쉬었다. 그의 거친 호흡은 고통스러웠다. 그의 심장이 불길하게 쿵쾅거리고 있었다.

"드룸보그, 형제." 코민포름이 말한다. "자네 지금 누구한테 말하고 있는 거지? 우리 위에 있는 이 덩치는 누구야…?"

스트로부쉬는 즉각 흥분했다. 그는 코민포름이 말을 할 수 있고, 따라서 들을 수 있는 것을 보면서 기뻐했다.

"자네 말할 수 있겠나, 코민포름?" 그가 말한다. "나야, 스트로부쉬라고, 내 말 들려? 우리 같은 감방에 있었잖아, 25년 전에…. 우리 함께 정보국과 일했었잖아… 조직과…. 자네도 기억나지…? 할멈과 함께…. 할멈 말이야, 기억 안 나…? 아직 소비에트연방 시절이었을 때…. 자네 기억해?

소비에트연방 말이야….”

“그를 내버려두시오.” 드룸보그가 끼어들었다. “당신의
연방이니, 당신의 감방이니 좀 집어치우시오! 환영(幻影)의
세계에서 벗어날 때가 그에게 당도했으니, 이제 그는 결국에는
녹아들기 위해… 결국에는, 죽음도 없고, 죽음의 부재도 더는
없는 곳… 현실 세계에 합류하기 위해… 이 속임수의 극장을
떠나야만 하오…. 나는 그에게 『바르도 퇴돌』의 가르침을
상기시켜야겠소만, 대체 당신들은 그 무슨 할멈을 가지고 왜
우리를 귀찮게 하는 거요….”

“잠깐만요.” 스트로부쉬가 요청했다.

“스트로부쉬가 오른손으로 수도승을 밀쳐 낸다.” 마리아
헨켈이 서술하기 시작했다. “별달리 난폭하지 않게 스트로부쉬가
수도승을 밀쳐 냈지만, 스트로부쉬는 100살이 다 된 노인이
상대할 수 없는 50대 악당의 체력을 갖고 있다. 드룸보그의
다리가 네모난 철망에 엉켰다. 그가 균형을 잃었다. 그는
처절하게 몸부림치고 있다.”

스트로부쉬는 코민포름을 향해, 피가 줄줄 흐르는 그의
입을 향해, 그의 귀를 향해 몸을 기울인다.

“자네 내 말 들리나, 코민포름?” 스트로부쉬가 말한다.
“나야, 스트로부쉬, 자네의 지휘관…. 자네를 활동하게
했어야만 했던 사람이 바로 나야, 우리가 필요로 하게 될 날에…
예전에 말이야…. 하지만 얼마 가지 않아, 장벽이 무너졌고,
우리도 무너졌지…. 할멈은 죽었어…. 세계 혁명은 나중으로
미루어졌었지, 2세기 혹은 3세기 이후로… 아니면 4세기
후까지…. 우리는 찬란한 미래가 헌 양말짝처럼 되어 버리게
내버려두었지….”

부상당한 남자가 다시 피를 토하고 있었다. 스트로부쉬는
입술을 깨물었다. 그의 임무를 위해서도 시간이 얼마 남지
않았다.

“내 말 잘 들어, 코민포름.” 그가 계속 말했다. “나는 자네의
상관이다. 자네는 나에게 복종해야 해. 자네가 책임지고 맡고
있던 첩자들의 명단을 내게 넘겨줘야만 해. 이름, 가명, 주소
말이야. 연락망이 이제 곧 정지된다, 자네 알아듣겠나…? 응…?

알아듣겠나, 코민포름…? 자네의 연락망도 정지해야만 한다고….”
　　“그를 좀 내버려두라니까, 스트로부쉬!” 늙은 수도승이
코민포름에게 바짝 다가오며 말한다. “그는 더 이상 당신 소유가
아니라고…! 당신의 첩자들과 당신이 버린 헌 양말짝에서 벗어나,
그는 이미 투명한 빛을 향해 가는 중이란 말이오…! 그러니 이제
제발 좀 꺼지시오, 스트로부쉬! 내게는 완수해야 할 급한 임무가
있단 말이오.”
　　모두가 몸짓을 하거나 다소간 움직이고 있었기 때문에,
철선이 애처롭게 다시 삐걱거리기 시작한 터였다. 마리아 헨켈은
낮은 목소리로 현실에 대한 설명을 구술하고 있었다. 그녀는
왼쪽 어깨 쪽으로 머리를 기울였는데, 아마 거기에 그녀의
녹음기가 이식되어 있었을 것이다. 그녀의 깃털은 눈부실 정도로
하얬고, 벌거벗은 듯한 몸은 그녀의 불확실하고 경이로운 새들의
세계에서 언젠가 합류해 살거나, 적어도, 그러기를 꿈꾸고 싶어
하는 마음을 불러일으켰다. 그녀의 목소리는 다소 어둡고,
관능적이며, 한껏 쉬어 있었다. 아주 가까이에서 코민포름이
신음하고 있었다. 풀밭에서는, 메뚜기들이 지글거리는 소리를
내거나, 다갈색에 꼬꼬댁거리는, 탐욕스러운 암탉 한 마리에게
죽도록 쪼여, 갑자기 긴장하면서 발작 상태에 빠져 있었다.
태양이 내리쬐고 있었다. 코민포름의 몸 일부는 그늘에 있었다.
저 멀리, 산길에서, 트럭 한 대가 속도를 바꾸더니, 굉음을
냈다. 마리아 헨켈은 비극의 다양한 배우들을 건드릴 염려 없이
그들에게 접근하려고, 닭장 가운데에 남겨진 곳으로 뚫고 들어가
망가지지 않은 직사각형 철망 뒤에 섰다.
　　“죽어 가는 자가 풀밭에 앉아 있다.” 철망에 얽힌 듯이 몸을
기댄 채, 그녀가 말한다.
　　스트로부쉬, 그는 1미터도 채 되지 않는 곳에서 몸을
웅크리고 있다. 스트로부쉬는 공금 횡령 혐의로 체포되기
직전의 회계사처럼 보인다, 그는 생각에 잠겨, 숨을 헐떡이고,
행동하기를 주저한다, 그는 선거 조작이 있는 어느 저녁의
사회민주주의자처럼 보인다, 그는 마음이 편치 않다, 그는 입고
있던 우스꽝스러운 재킷의 안단 밑에 권총을 집어넣었다, 그는
사람들이 자신을 덜 경멸하기를 바랄 것이다, 그는 사람들이

자신을 제 옛 동료나 살해하는 변절한 스파이가 아니라 차라리 국가에 충성하는 훌륭한 하인처럼 생각해 주기를 원하리라, 땀줄기가 그의 왼쪽 관자놀이 위로 반짝거리며 흘러내린다, 그는 일찍 은퇴한 사형 집행자처럼 보인다, 그는 엄청난 실책을 저지른 경찰관처럼 보인다.

드룸보그에 관해 말하자면, 그는 피로 얼룩지는 것도 두려워하지 않고, 부상자를 돌보고 있다. 그는 방금 부상자 목의 동맥을 압박했다. 이것은 죽어 가는 사람이 의식을 잃는 걸 방지하기 위해 수도승 대부분이 사용하는 기술이다. 죽어 가는 자가 의식적으로 제 사망의 모든 단계에 참여하는 것은, 사실, 필수적이다. 만약 의식이 남아 있다면, 살거나 죽기 위해 여전히 기계적으로 몸부림을 치는 대신, 자신에게 주어진 기회를 붙잡을 것이고, 깨달음을 얻고 붓다가 되는 데 마지막 힘을 바칠 것이다.

"오 고귀하게 태어난 자, 코민포름이여," 드룸보그가 말한다. "지하 활동을 하기 전, 젊었을 때, 때론 아브람 슐룸의 이름으로, 때론 타르찰 슐룸의 이름으로 대답하곤 했던 너, 추위가 너를 잠식하는구나, 너는 억압을 느끼는구나, 너는 점점 더 나를 잘 보지 못하고, 내 말을 잘 듣지 못하는구나. 네게 죽음의 시간이 다가온다. 두려워하지 마라, 죽음을 만나는 게 네가 처음은 아니니. 죽음을 정면으로 마주할 줄 알았던 남자와 여자를 모범으로 삼아라. 너의 생각에서 두려움을 쫓아내라. 완벽한 상태를 얻어 내고 붓다가 될 이 특별한 기회를 놓치지 마라, 그렇게 했던 모든 사람처럼…."

"늙은 드룸보그가 다시 코민포름의 동맥을 누르고 있다." 마리아 헨켈이 말한다. "그 옆에서, 스트로부쉬가 부상자의 소매를 잡아당기고 있다. 그는 부상자의 주의를 끌기를 바란다. 그는 부상자에게 할 말이 있다."

"내 말 잘 들어, 코민포름." 그가 말한다. "나야, 스트로부쉬라고. 자네 지휘관. 할멈은 죽었어. 모든 지하 조직망이 무력화되었어, 자네 조직망만 빼고…. 모든 걸 철회해야만 해, 이제는…. 내가 알아서 할 테니, 자네는 걱정하지 마…. 자네 정보원 목록을 건네주면, 나머지는 내가 다 알아서 처리할게. 내가 개인적으로 그들을 처리할게…."

22

"드룸보그," 코민포름이 거친 숨을 몰아쉰 다음에 물었다.
"우리 주변을 맴도는 저자는 누구지…? 저자가 스트로부쉬의
이름을 언급한 것 같은데…."

그는 피를 더 토하기 위해 잠시 말을 멈췄다. 그의 심장
박동 소리가 전면적인 배경음으로 다시 들려왔다. 그의 심장
박동은, 몇 초 동안, 무질서하고 불길하게 뛰고 있었다. 아무도
감히 말을 하지 못했다. 스트로부쉬는 끈질기게 부상자의 소매를
잡아당기고 있었지만, 힘을 주어 잡아당길 용기를 내지는 못했다.

"스트로부쉬, 맞아…." 딸꾹질을 한 다음 코민포름이 말을
이었다. "스트로부쉬라는 사람이 기억나. 출세에 눈먼 자…
등골이 아주 말랑말랑했지….[5] 그도 다른 사람들처럼 회개했을
거야…[6] 옷을 바꿔 입듯 변절한 게 분명해…. 지금 그가 모범적인
사회민주주의자가 되었다고 해도 그리 놀랍지 않을 거야….
무엇이 되었건 온갖 정권을 섬기고 있을 테지…. 그는 자기 앞에
나타나는 모든 마피아의 부츠를 핥고도 남을 자야…. 할멈이
옛날에, 우리가 한때, 계획했던 대로, 그를 제거했더라면 더
나았을지도 몰라…."

"할멈은 이제 존재하지 않아, 코민포름!" 스트로부쉬가
주장했다. "어디에서도 더 이상 세계 혁명을 말하지 않아,
모두가… 석유 밀매에, 인권 운동에, 민간사업에, 전쟁에 다시
이용되었어…. 더 이상 할멈을 생각하지 마, 코민포름, 할멈은
잊어버리라고…. 이제 자네의 시대를 살아!"

"그만하시오, 스트로부쉬!" 드룸보그가 끼어들었다.

"눈을 떠, 코민포름!" 스트로부쉬가 계속 말한다.
"이제 지구상에서 정의가 실현될 기회 같은 건 더 이상 없어,
집착하지 마!"

"그만하라고, 스트로부쉬!" 드룸보그가 고함을 질렀다.

"노인이 사용하는 어조가 너무 권위적이어서 스트로부쉬는

---

5. 힘 있는 사람에게 굽신거리는 비굴하고 비겁한 사람을
의미한다.

6. '회개하다'라는 말은 어떤 조직 사이에서 '변절하다'라는
뜻으로도 쓰인다.

즉시 복종했다." 마리아 헨켈이 지적했다. "정부 정화 특별팀
팀장이 코민포름의 소매를 놓는다. 그는 고개를 끄덕인다.
그는 당분간 코민포름에게 말 시키기를 포기한다. 그는 권위를
받아들이는 사람이다, 자신의 시대를 살고 경쟁에서 살아남기
위해서라면 뱀조차 삼키는 데[7] 익숙한 사람이다."

"그는 이제 곧 죽을 거요." 드룸보그가 말한다. "그는 흔들림
없이 자신을 희생하는, 모범적인 인물이오. 도덕적으로도, 그는
바위와 같소. 그러니 그를 흔들려고 하지 마시오, 스트로부쉬!
그와 같은 사람은, 100만 명 중 한 명도 없었소…."

"체," 스트로부쉬가 투덜거렸다. "당신이 그렇게
말한다면야…. 당신이 알고 있는지 모르겠지만, 나도 옛날에는…."

"쓸모 있는 사람이 되어 주시오." 드룸보그가 말한다.
"쓸데없는 일이나 되새기는 대신 말이오. 나를 도와주시오. 그가
정신을 잃으면 안 됩니다. 투명한 빛과 대면하려면 그에게 의식이
있어야만 하오."

"내가 뭘 할 수 있는지 잘 모르겠습니다." 스트로부쉬가
반박했다.

"누군가는 그가 계속 깨어 있게 해 주어야만 하오."
드룸보그가 말한다. "무슨 수를 써서라도. 그리고, 그와 동시에,
그의 생각이 쓸데없는 잡념으로 흩어져 버리지 않도록, 누군가는
그의 귀에 대고 책을 읽어 주어야 하오."

"좋아요, 경동맥, 그거라면, 할 수 있어요, 그의 경동맥을
압박할 수 있습니다." 스트로부쉬가 제안했다. "방금 전에 당신이
어떻게 하는지 봤어요. 당신이 원한다면, 내가…."

"옛날에는, 내가 이걸 외울 수 있었다오, 이 책을 말이오."
드룸보그가 그의 말을 잘랐다. "이 책을 전부 암송할 수 있었소.
한 페이지 한 페이지, 이 책, 나의 『바르도 퇴돌』을 암송할 수
있었단 말이오. 첫 줄부터 마지막 줄까지. 하지만 요즘은 내
기억력이 예전 같지가 않소. 기억을 해 내려면 눈앞에 무언가가
필요하다오…."

---

7. 굴욕을 겪으면서도 이를 감내하며 불평하지 않고 참는
행위를 의미한다.

"아." 스트로부쉬가 말한다.

"자, 어서, 스트로부쉬! 쓸모 있는 사람이 되어 주시오…! 저 아래, 계단이 보이시오…? 왼쪽 첫 번째 문…. 곧장 열람실로 들어가면 되오. 누구도 당신에게 뭔가를 묻거나 하지 않을 거요. 다들 기도하러 다른 곳에 갔으니."

"그런 다음, 열람실에서는 내가 뭘 하면 됩니까?" 스트로부쉬가 물어보았다.

"『바르도 퇴돌』한 권을 찾아서 재빨리 내게 가져다주시오!"

스트로부쉬가 자리에서 일어났다. 그는 마치 한 발을 다른 발에 올려놓고 춤을 추기라도 하듯, 어쩔 줄 몰라 하며 망설이고 있었다. 코민포름이 피를 토했을 때, 튀는 피를 피하지 못해, 그의 옷은 이제 핏방울로 점점이 얼룩져 있었다.

"내가 티베트어를 읽을 줄 몰라서요." 그가 당황하며 말한다. "내가 어떻게… 낯선 서고에서, 내가 어떻게 그 책을 찾을 수 있을지…."

"당신은 찾을 수 있을 거요." 드룸보그가 확신했다. "당신이 틀릴 가능성은 사실 전혀 없소. 당신의 직관이 당신을 이끄는 대로 따라가면 되오…. 죽음과 깊은 관련이 있는 책을 당신이 마주하고 있다는 걸 즉시 알 수 있을 거요…. 표지에 제목은 티베트어로 적혀 있지만, 모든 것이 보편적인 샤머니즘의 언어로 전개된다오… 죽은 자들의 언어로…."

"내 직감이라…." 스트로부쉬가 반신반의하며 되뇌었다. "하지만 나는…."

"도대체 뭐요?" 노인이 화를 냈다. "당신, 아직도 출발하지 않은 거요? 서두르시오, 시커먼 야크 같은 작자하고는! 어서 달려가라고, 스트로부쉬!"

마리아 헨켈은 이참에 닭장을 빠져나와 햇볕 아래 지글거리는 마른 풀밭으로 되돌아갔다. 그녀는 자그마한 길에서 한결 마음이 편해짐을 느꼈고, 마침내, 코민포름과 아주 가까운 거리에서, 철망 뒤에서 현실을 관찰할 때만큼이나 사건을 완벽하게 바라볼 수 있게 되었다. 여기서 그녀는 배설물 냄새가 덜한, 보다 쾌적한 공기를 폐부 깊숙이 들이마셨다. 그녀의 멋진 몸이 펄럭거리는 게 보였다. 그녀의 흰색 점프 슈트는 세세한

해부학적 측면을 하나도 숨기지 않았다. 아주 가벼운 산들바람이, 작은 종들과 여러 징에서 울려 나오는 메아리를 가져다주며 불어오자, 그녀 얼굴의 깃털이 파르르 떨렸다. 나는 그녀에게 다가가고 싶은 유혹, 그녀를 끌어안거나 그녀에게 미소를 지어 보이고 싶은 유혹과 맞서 싸워야만 했다. 드룸보그, 그는 그녀를 쳐다보지 않았다. 그는 코민포름의 반응을 지켜보고 있었고, 무엇보다도 코민포름이 붓다가 되는 걸 도와주기를 바라고 있었다. 그런 이유로 그는 마리아 헨켈이 감동적인 광경을 보여 주고 있음에도, 그녀를 쳐다보지 않았다. 마리아 헨켈은 그런 것에 기분이 상하거나 하지 않았다. 그녀가 거기에 있었던 것은, 누군가를 유혹하기 위해서가 아니라, 오로지 현재의 현실을 사진으로 찍은 것처럼 보고하기 위해서였기 때문이다.

"스트로부쉬의 발걸음이 빨라지는 소리가 들린다." 그녀가 말한다. "코민포름의 숨넘어가는 소리가 들린다. 북에서, 나팔에서 울려 나오는 메아리가 들린다. 젊은이들이 참여하는데도, 노인들이 중얼거리는 듯한, 집단 기도 소리가 이따금 들려온다. 채소밭에서는 암탉들이 땅을 긁어 대고 있다. 암탉들의 눈은 빛나지만, 표정이 없다. 암탉들은 메뚜기, 무당벌레, 거미를 죽인다. 암탉들은 이것들을 절단하고 쪼아 먹는다. 수도승에 관해 말하자면, 그는 오로지 코민포름에게만 전념하고 있다. 그는 구멍이 뚫린 몸 위로 자신의 몸을 기울인다, 그는 코민포름을 붙잡고서, 말을 건넨다. 긴박한 탓에 그는 죽어 가는 자들을 위한 지침이 담긴 『죽은 자들의 책』 첫 부분을 암송하게 코민포름을 부추겨야만 한다. 하지만 『죽은 자들의 책』에서 그가 기억하고 있는 것은, 선택된 대목, 일부가 빠진 문장뿐이다. 정확한 글귀는 그의 기억에서 사라졌다. 스트로부쉬가 돌아오기를 기다리며 그는 즉석에서 문장을 만들어 낸다."

"오, 고귀하게 태어난 자여," 드룸보그가 말한다. "너의 생명력은 이제 곧 네 배꼽의 중추신경을 통과할 것이다…. 너는 피를 흘리고, 조금 지나 너의 숨은 멎을 것이다…. 네 시신의 여러 구멍에서 누런 액체가 새어 나올 것이다…. 이것이 너에게 즐거운 일은 아닐 것임을 나는 잘 알고 있다…. 삶은 고통의

26

연속일 뿐이고, 죽음도 마찬가지니…. 이걸 즐거워하는 사람은
아무도 없다…. 이 모험을 경험하는 이가 네가 처음이 아니다….
잠들지 마라. 무엇보다도 잠들지 마라…. 처음부터 끝까지, 네게
일어나는 모든 걸 네가 알아야만 한다….”

“그는 할 수 있는 한 최선을 다하고 있다.” 마리아 헨켈이
말했다.

“투명한 빛을 생각해라.” 드룸보그가 말한다. “네 생각을
다른 데로 분산시키지 마라. 손가락을 튕겨 소리를 내는 순간, 네
앞에 나타날 그 빛에 관한 생각에 집중해라….”

“지금 스트로부쉬가 서고에서 돌아오고 있다.” 마리아
헨켈이 알렸다.

스트로부쉬는 신속하게 행동했다. 그가 서둘렀던 것은,
한편으로는 명령을 내리는 권위자와는 상관없이, 가능한 한
최선을 다해서 명령을 수행하는 그의 성격 때문이기도 했지만,
또한, 코민포름이 엉뚱한 사람, 다시 말해, 90대에 접어든 노승
앞에서, 그의 조직망에 있는 볼셰비키 첩자들의 이름과 주소를
발설하기 시작할까 봐 두렵기 때문이기도 했다.

“스트로부쉬가 부랴부랴 도착한다.” 마리아 헨켈이 말한다.
“그는 콩밭을 마치 평범한 잡초인 것처럼 짓밟는다. 그는 한
무리 암탉에 걸려 넘어지지 않으려고 안간힘을 쓴다. 암탉 중
한 마리는 거무스름하다. 암탉들은 짜증스레 꼬꼬댁거리면서,
구름 같은 먼지 속으로 달아난다. 이런, 스트로부쉬는 책 한 권이
아니라 두 권을 가져온다.”

“나에게 주시오, 스트로부쉬.” 드룸보그가 책 두 권을
낚아채면서 말한다. “자, 보다시피, 당신은 찾아냈소.”

“내 직감이 틀리지 않았으면 좋겠습니다. 실은 조금
망설였거든요. 같은 종류의 두 번째 책도 집었는데, 첫 번째 책이
아닐 때를 대비해서요….”

“잠시, 스트로부쉬는 자기 자신을 자랑스러워하는 듯한
표정을 짓고 있다.” 마리아 헨켈이 언급했다. “그는 불안한
척하지만, 사실은 거드름을 피우고 있다. 그는 칭찬해 주기를
기다리고 있는 것이다. 그러다가 그는 드룸보그가 뭔가 놀라움에
사로잡혀 꼼짝하지 않고 있음을 깨닫는다.”

"뭐가 잘못됐나요?" 그가 불안해했다.

"도대체 당신…." 드룸보그가 말을 더듬었다. "스트로부쉬, 도대체 이게 뭐요? 이건『죽은 동물 조리법』, 요리 매뉴얼이고… 그리고 이건,『우아한 시체』…[8] 초현실주의자들의 문장을 모아 놓은 선집이잖소…!"

"내가 당신에게 경고했었잖습니까." 스트로부쉬가 말한다. "직관, 난 그것만…. 그런데 그 직관이라는 게 잘 통하지 않았던 것 같아요…. 미안합니다, 내 실수예요…."

드룸보그는 뾰로통하게 입술을 내밀고 있었다. 그는 책들을 놓아 버렸고, 코민포름도 놓아 버렸다.

"실수라, 코뮤니즘을 배신하면서 함께 저지르는 실수, 내가 보기엔, 이런 게 바로 당신의 주특기로군." 그가 말한다.

그런 다음 그는 도로 입을 닫았고, 그의 입가에 경련이 일었다. 이제 그는 두 팔로 자신의 배를 감싸고 있었다. 대장의 경련으로 그는 기이하게 몸을 비틀었다.

"당신 말조심해요." 스트로부쉬가 협박했다.

"좋소." 드룸보그가 한숨을 쉬었다. "전혀 만회할 수 없는 건 아니오. 지금 우리가 할 일은 이렇소. 우선 나는 3분 정도 자리를 비워야겠소. 배탈이 나서 말이오. 내가 그리로 다시 가는 거요. 그러니 그 참에 내가 직접 가서『퇴돌』을 찾아오리다. 당신은, 그동안, 그가 계속 깨어 있게 해 주시오."

"그러죠." 스트로부쉬가 말한다. "그럼 내가 그의 경정맥이나 경동맥을 눌러야 하나?"

"당신은 그에게 손대지 마시오." 드룸보그가 말한다. "그건 내가 엄격히 금지하는 바요. 안 되오, 그 사람에게 몸을 숙이고서 당신이 가져온 것이나 큰 소리로 읽어 주시오. 우아한 시체건 조리법이건 상관없소. 그게 그의 관심을 자극할 거고, 아무것도

---

8. '우아한 시체(cadavre exquis)'란 한 사람이 그림이나 문장을 만들면 (그것을 모른 채) 다른 사람이 이어서 나머지를 완성하는 초현실주의 집단 창작 기법의 하나로, 작가 자크 프레베르, 배우이자 시나리오 작가 마르셀 뒤아멜, 화가 이브 탕기 등이 1925년경에 창안했다.

없는 것보단 나을 테니까. 그에게 말을 거시오, 스트로부쉬, 그의
귀에 대고 소리를 내시오. 그의 지성은 깨어 있는 상태여야만
하오."

"지금, 드룸보그가 일어선다." 마리아 헨켈이 말한다. "그는
복통으로 허리를 반으로 접은 채, 종종걸음으로 멀어진다. 마른
땅을 밟는 발걸음 소리. 여전히 피를 토하며 코민포름이 움찔하자
철조망이 삐걱거린다."

암탉들의 울음소리.

코민포름의 쿵쾅거리는 심장박동.

"코민포름, 내 말 들려?" 스트로부쉬가 묻는다. "정신 잃지
마, 응…? 늙은이는 볼일을 보러 갔어. 이제 안심하고 말해도 돼….
뭐라도 좀 말해 봐, 코민포름! 자네 지휘관이 자네에게 명령하는
거야…! 아직 살아 있는, 오로지 자네에게만 복종하는 첩자들의
이름을 내게 말해…. 나한테 암호를 알려 줘…. 할멈은 죽었고,
혁명도 죽었어…."

코민포름이 눈을 떴다. 한참 만에 다시 눈을 뜬 것이었다.
그는 스트로부쉬를 바라보더니, 눈꺼풀을 도로 닫았다.

"꺼져, 스트로부쉬," 그가 걸쭉한 목소리로 말한다. "할멈은
죽지 않았어, 지금, 이 순간, 할멈은 바르도를 통과하고 있어….
할멈은 다시 태어날 거야…. 할멈은 당신의 존재를 믿지 않아….
너희는 할멈의 지옥에 사는 악마 같은 존재라고…. 할멈은 다시
살아날 거야…. 할멈은 다시 나타나, 너희 마피아, 너희 백만장자,
너희 설교자를 모조리 쓸어 버릴 거라고…."

코민포름의 목소리가 부서졌다. 그의 숨소리와 그의 말이
지직거리는 소리로 변했다. 마리아 헨켈은 이 소리를 듣기
위해 부상당한 남자 곁에 제 몸을 웅크렸다. 스트로부쉬는
이제 자신에게서 1미터도 채 떨어지지 않은 곳에 있는 여자를
발견했다. 그는 그때까지 그녀를 염두에 두지 않았었다. 그는
그녀의 아름다움에, 그녀 깃털의 순은색에 주목했다. 그녀의
야릇한 자세와 속이 비치는 점프 슈트에도 불구하고, 그는
그녀에게 음탕한 시선을 드리우지 않았다. 사람들은 새를 성적인
갈망을 품은 눈길로 바라보지 않는다. 거의 같은 순간, 그녀는,
마치 자신이 존재하지 않기라도 하는 것처럼, 혹은 전혀 중요하지

않은 어떤 사물인 것처럼, 그의 머릿속에서 빠져나가 버렸다.

"옆 건물에서, 물 내리는 소리가 들린다." 마리아 헨켈이 부상자의 어깨에 머리를 기대면서 중얼거렸다. "구리 연통이 흔들거리는 소리, 폭포처럼 한꺼번에 내려가는 물소리가 들린다, 배관에서 수격작용[9]이 발생한다. 이 순간, 코민포름이 불분명한 단어를 몇 개 내뱉는다. 코민포름은 제 말을 알아듣게 하려고 고군분투하고 있다."

"할멈은 다시 살아날 거야." 코민포름이 말한다.

"정신 잃지 마." 스트로부쉬는 불안에 사로잡혔다. "절대 정신 잃으면 안 돼, 코민포름!"

"당신은 끝났어, 당신이 할멈을 마주할 기회는 절대로 없을 거야." 코민포름이 더듬거리며 말했다.

"잠깐만," 스트로부쉬가 말한다. "헛소리하지 마. 자네 자신에게만 집중하라고. 늙은이가 조언한 대로 내가 자네에게 책을 읽어 줄게. 의식을 잃지 마, 응…?"

그는 풀밭에 내버려진 책 두 권 중 하나를 집어 들었다. 그는 적절한 구절을 선택할 시간이 있으면 좋겠다고 생각했지만, 위급한 상황에서는, 책에 나오는 구절을 어렵지 않게 읽어 줘야 한다는 사실을 깨달았다. 그는 책을 펼쳤고, 책을 한 번 읽고 버리는 데 익숙한 사람들이 하듯이, 책등 부분을 중심으로 책을 꺾어 버렸다.

"주의해서 내 말을 들어 봐, 코민포름. 자네에게 들리는 것에만 집중해. 잠들면 안 돼…. 우아한 시체는 새로운 포도주를 마시리라. 늙은이가 아무리 말해 봤자, 나는 확신할 수가 없어, 이런 문장이…. 어쨌든, 자네는 내가 자네 귀에 대고 지금 읽어 주는 것만 곰곰이 생각해, 코민포름…. 눈물을 참으면서 한가운데 있던 포동포동한 곰이 금붕어 무리를 눈부시게 했다…. 하나만 남았어도, 출장 나온 외판 직원은 정신 나간 계란을 밤을 새워 감시하리라…. 이봐, 코민포름, 용기를 내라고, 정신 잃지 마…! 머나먼 흉물이 세계의 북극에서 우리의 진짜 송곳니를 오랫동안

---

9. 밸브나 수도꼭지가 갑작스레 열리고 닫혀 물의 유속이 변할 때 발생하는 충격 현상.

갈색으로 물들였다. 우리를 떠나지 마, 코민포름…! 내 말 들려…?”

“당신이야, 스트로부쉬?” 코민포름이 물었다.

“아, 정신이 들었군! 자네가 기절한 줄 알았어….”

“나 정신 차렸어.” 코민포름이 말한다. “방금, 내 옆에서 누군가 나에게 했던 말을 당신한테 반복할 수 있을 정도야…. 예언적인 문장 말이야, 스트로부쉬. 누구나 참아 왔던 한가하고 포동포동한 놈의 금 부대 무리를 때려 부숴 버렸다. 한 명만 남았어도, 죽창 들고 매판 자본 정신 나간 계략을 바로 세워 시해하리라…. 멀리서 할멈이 세계의 북쪽 우리에 갇힌 지하 조직 송곳니를 오래도록 갈가리 물어뜯었다. 그다음은… 모르겠어… 나는….”

“내가 이 말도 안 되는 걸 자네한테 읽어 주지 말았어야 했는데.” 스트로부쉬가 후회했다.

“스트로부쉬는 우아한 시체들을 질경이 수풀에 던져 버린다.” 마리아 헨켈이 말한다. “그가 두 번째 책을 집어 든다. 서고에서는, 변기 물을 내리는 장치가 성급하게 작동한다. 그다음에는, 화장실의 작디작은 창문 너머로, 드룸보그의 목소리가, 심각하고, 초조하며, 불안하게, 높아진다.”

“계속하시오, 스트로부쉬! 내가 가리다!” 드룸보그가 외쳤다. “그를 정신이 온전한 상태로 유지해 주시오…! 그에게 책을 읽어 주시오, 내용은 중요하지 않소…! 그의 통찰력을 유지해 주시오!”

“할 수 있는 만큼 내가 해 보겠습니다!” 스트로부쉬가 화장실 창문 쪽으로 외쳤다.

“최선을 다해 주시오!” 드룸보그가 명령했다.

드룸보그의 무기력한 불안감은 쉽사리 전파되었다. 스트로부쉬가 어깨를 으쓱거렸다. 코민포름의 임박한 죽음에 그는 깊은 인상을 받았다. 그는 자신에게 주어진 책임의 무게에 짓눌리고 있었다. 그는 목을 가다듬었다.

“스트로부쉬가 핏자국에 신경 쓰지 않으면서 코민포름의 귀 가까이 다가간다.” 마리아 헨켈이 서술했다. “코민포름의 임박한 죽음에 그는 깊은 인상을 받는다, 그는 죽기 전의 코민포름에게서 자신이 무엇을 얻기를 바라는지 거의 잊고 있다가, 갑자기 자신이 일종의 신성한 의무 같은 것을 부여받았다고 느낀다…."

"내 말 잘 들어, 코민포름." 그가 말한다. "자네의 소중한 의식의 저 고귀한 마음 깊은 곳까지 내 말을 받아들여. 내가 자네에게 읽어 줄게, 조리법을…. 23페이지. 옛날식 닭 조리법. 내 말을 잘 들어라, 고귀하게 태어난 자여. 가급적 미리 털이 뽑히고 내장이 제거된 죽은 닭을 준비한다. 닭의 사체를 붙잡아, 관절을 자르고, 가위로 몸통을 가른 다음, 알아볼 수 없는 열 개 정도의 조각이 당신 앞에 놓일 때까지, 그 속을 잘라 낸다. 이 살점을 기름 바른 용기에 넣고, 불에 구우며, 토막 난 살과 껍질 색깔이 변할 때까지 기다려야 한다…."

스트로부쉬는 읽는 걸 멈췄다. 그는 메스꺼움을 느끼지는 않았으나, 두 볼을 부풀려 숨을 내쉬었다. 그는 의견을 발설할 필요를 느꼈다.

"그런 다음, 그걸 먹을 작정인 건가요, 자기네 닭을?" 그가 항의했다. "정말 역겹네요, 이런 식으로 보여 주다니…."

"계속해서 읽으시오!" 드룸보그가 화장실에서 소리쳤다. "그의 총기가 점점 살아나고 있는 게 분명해…!"

"스트로부쉬가 중단했던 낭독을 다시 시작한다." 마리아 헨켈이 이야기했다. "그는 코민포름에게 구워야 할 고깃점에 관해, 다갈색이 된 다음에 캐러멜색으로 변하는 껍질에 관해, 녹는 지방 부위에 관해, 새어 나오는 육즙에 관해 말한다. 근처의 암탉들은, 자기들 앞날에 관한 이러한 설명에는 귀가 먹은 채, 꼬꼬댁거리고 있다. 코민포름은 불분명하고 반 토막 난 몇몇 문장을 중얼거린다. 태양이 빛나고 있다. 저쪽에서 행해지던 의식은 작은 징 소리와 함께 고요의 단계로 접어든다. 드룸보그가 변기 물을 한 번 더 내린다. 문 하나가 도로 닫히는데, 화장실 문 중 하나다, 다른 문 하나가 열리는데, 서고의 문이다, 그러더니 쾅 닫힌다. 드룸보그가 다시 모습을 드러낸다, 그는, 서두르는 90대 노인, 승복 입은 90대 노인이 나아가듯이, 앞으로 나아간다. 오른손에, 그는 꼬질꼬질하게 때가 묻어 검게 된 책 한 권을 들고 있다.

"자, 보이시오?" 그가 책을 가리키며 스트로부쉬에게 말한다. "그리 어려운 일도 아니었소, 흡사 마법 부리듯 말이오.

이게 바로, 그『바르도 퇴돌』이오.”

　마리아 헨켈은 한발 물러섰다. 그녀는 한자리를 차지해 이들의 행동이나 당사자들을 방해하고 싶지 않았다.

　“그는 코민포름에게 몸을 기울인다.” 그녀가 계속해서 말한다. “그는 책을 펼치고는, 단숨에, 읽어 내려간다.”

　“오, 고귀하게 태어난 자, 코민포름이여, 정신이 산만해지게 놔두지 마라, 깨어 있어라, 내가 너에게 하는 말을 잘 들어라. 너는 곧 죽을 것이다, 그러나 네가 이 세상을 떠나는 첫 번째 사람도 아니고, 유일한 사람도 아니다. 약해지지 마라, 아무것도 후회하지 마라. 네 마음은 항상 선을 위해 움직였다. 너는 인간 사이의 엄격한 평등에 대한 생각을 너의 주변에 전파했다. 너는 물질적 재화, 재산, 그리고 그에 따르는 권력과의 저 어리석은 관계에서 사람 각자가 해방되게끔 노력했다…. 이제, 너는 스스로 너의 프로그램을 가장 찬란한 결과로 실현할 수 있을 것이다…. 너는 완전히 자유로워질 수 있을 것이다, 형제여, 모든 속박을 끊어 낼 수 있을 것이다, 너 개인 됨을 포기할 수 있을 것이다…. 내가 너에게 지침을 읽어 주리라….”

　“할멈이 곧 돌아올 거야.” 코민포름이 말한다.

　그는 딸꾹질하며 거친 숨을 내뱉기 시작했다.

　“참으로 가슴 아픈 광경이다.” 마리아 헨켈이 설명했다. “코민포름은 기포로 가득한 반죽과는 달라 보이는 낱말을 입술 밖으로 넘기기 힘겨워하면서 곱씹고 있다. 알아들을 수 없고, 붉게 물든 채, 단어가, 그의 턱을 타고 흘러내린다…. 죽어 가는 자의 심장박동 소리에서는 더 이상 그 어떤 논리도 찾을 수 없다. 죽음의 침입에 맞서 심장이 무질서하게 저항하고 있다.”

　“네,” 코민포름이 거친 숨결을 내뱉으며 말한다. “할멈이 잠에서 깨어날 겁니다…. 태풍처럼 할멈이 어디선가 다시 솟아날 겁니다…. 죽음의 경험으로 더욱 강해진 할멈이 다시 솟아날 겁니다, 이젠 확실해요…. 누더기를 걸친 자들이 할멈의 뒤에서 일어날 겁니다…. 가난한 자들이 네 배로 늘어났어요, 할멈이 사라진 이래로 말입니다…. 그들은 일어나서 열을 지어 걸어갈 겁니다…. 봉기한 사람들이 몰려올 겁니다….”

　“다가올 일을 두려워하지 마라, 코민포름.” 드룸보그가 말한다. "정신을 맑게 유지할 이유를 네 안에서 찾아보아라…."

"그들은 무적이 될 겁니다." 코민포름이 이어서 말했다. "그들은 세상 모든 곳에서 불평등을 종식시킬 겁니다…. 그들은 가난한 자들의 왕국을 건설할 겁니다…. 마침내 이 행성에서 우리는 마지막 빵 부스러기까지 서로 나누어 가지게 될 겁니다…."

"다가올 일을 두려워하지 마라, 코민포름." 드룸보그가 말한다. "너 자신이, 졸음에도, 두려움에도 사로잡히게 놔두지 마라."

"내 생각에는 그가 당신 말을 듣고 있지 않는 것 같은데요." 스트로부쉬가 지적했다. "그의 의식이 점점 약해지고 있어요. 내 생각에, 그는 무(無)의 세계로 넘어가는 중입니다."

"그가 아무렇게나 넘어가면 안 되는데!" 드룸보그는 공포에 사로잡혔다. "마치… 마치 잠들기라도 한 것처럼, 바보처럼, 떠나면 절대로 안 돼! 그에게 치명적일 수 있어! 그가 빛과의 만남을 놓쳐 버릴 위험이 있다고…!"

스트로부쉬가 모호하게 몸짓을 했다.

"스트로부쉬가 모호하게 몸짓을 하고 있다." 마리아 헨켈이 말한다. "그는 코민포름이 죽는 순간을 미루고 싶을 것이다, 그러나 그는 그 순간을 피할 수 없으며 이제 그 순간이 임박했음을 느낀다. 그는 죽음에 대한 탄트라식 연설에 익숙하지 않다. 그에게, 드룸보그는 횡설수설하며 꼬리도 없고 머리도 없는 말을 퍼붓는다. 코민포름의 심장박동 소리가 여전히 들려오지만, 점점 희미해지고 있다."

"그가 죽어 가고 있어요." 스트로부쉬가 말한다. "우리가 할 수 있는 건 아무것도 없어요."

"나를 도와주시오, 스트로부쉬." 드룸보그가 말한다. "그의 주의력이 날카로워지게 우리가 한번 해 보는 거요, 이렇게 그냥 그가 무너지게 놔둘 수는 없잖소…! 당신도 그에게 말을 하시오! 내가 그의 왼쪽 귀에 대고 책을 낭독하는 동안, 당신은 당신대로 그에게 말을 하시오! 반대쪽 귀에 몸을 숙이고서 그에게 말을 하는 거요! 그의 의식이 완전히 사라지는 일은 절대로 있어서는 안 되오!"

“뭐라고 말하죠?” 스트로부쉬가 물었다.

두 사람 모두 공포에 사로잡혔다. 그들은 더 이상 할 수 있는 일이 전혀 없을 때처럼 동요하고 있었다. 그들은 코민포름의 몸을 부분적으로 덮고 있던 철망을 밟았다. 철망이 삐걱거렸다.

“글을…! 글을 읽어요!” 드룸보그가 외쳤다. “당신이 그 책들을 가져왔잖소, 아니오? 그중 한 권을 펼치고, 어서 읽으시오!”

“어느 책이 좋을까요?” 스트로부쉬가 고민에 사로잡혔다. “우아한 시체 아니면 닭 조리법?”

“아무거나!” 드룸보그가 말한다. “무작위로, 손에 잡히는 대로 읽으시오! 그가 죽음을 떠올릴 수 있도록 엄숙한 말투를 쓰시오! 무엇보다도 더는 꾸물거리지 말아야 하오! 행동하시오, 스트로부쉬, 말을 하시오…!”

이제, 철망이 덜 삐걱거렸다. 모두 자신에게 어울리는 자리를 찾았다. 수도승의 팔이 코민포름의 머리를 받치고 있었는데, 그에게 몸을 숙이고 있던 수도승이 그의 왼쪽 뺨에 입을 맞추고 싶어 하기라도 하는 것처럼 보였다. 그의 오른뺨 아주 가까이에서, 스트로부쉬가 말을 하고 있었다. 코민포름의 얼굴에는 더 이상 고통스러운 표정이 떠오르지 않았는데, 일면 평화로워 보인다고까지 말할 수 있을 정도였다. 우리는 그가 잠을 자고 있다는 인상을 받았다.

마리아 헨켈은 필수 사항이나, 아니면, 최소한, 몇 가지 세부 사항을 파악하기 위해, 이들 무리 주위를 천천히 돌고 있었다. 백조 빛깔의 탐험가처럼, 그녀에게는 비현실적인 기품이 서려 있었다. 그녀는, 햇살 아래, 여름빛 속에서 정말 멋졌다. 아무도 그녀에게 눈길을 주지 않았다.

“이제,” 마리아 헨켈이 말한다. “코민포름의 근육이 이완되었다. 코민포름은 죽음에 빠져들기 시작했다. 이제 그의 숨소리는 들리지 않는다, 우리는, 이따금, 아직 그의 심장에서 울리는 소리만을 겨우 알아들을 뿐이다. 번갈아서 혹은 동시에, 드룸보그와 스트로부쉬가 그에게 말을 건다. 두 사람은 그가 자신을 둘러싸고 있는 심연을 응시하면서, 현기증 없이, 차분하게 응시하면서, 자기 죽음의 좁은 다리를 건너기를 바란다.”

드룸보그와 스트로부쉬는 코민포름의 귀에 대고 말한다,
각자 자기대로, 각자의 순서대로 혹은 동시에.

"두려움이 너를 사로잡게 놔두지 마라." 늙은 수도승이
말한다. "너의 여행이 시작되었다, 코민포름, 하지만 내가
네 여행의 첫 순간 동안 너를 안내할 것이며, 그런 다음에도
매일같이 너를 안내할 것이다. 아무것도 두려워하지 마라. 네가
빛으로 인도할 수 없었던 너와 가까운 이들과 고통받는 사람들을
네 뒤에 남겨 두고 떠나게 됨을 후회하지 마라. 너의 임무를
이어 갈 다른 사람들이 당도할 것이다. 평온하게 떠나라. 이제
너 자신을 풀어 줘라. 그 순간이 왔다. 너의 추억을 끊어 내라.
죽지도 않고, 살지도 않을 상태로 들어갈 준비를 해라. 안심해라,
고귀하게 태어난 자여, 그곳에 끔찍한 것은 아무것도 없을
것이니. 바르도에 네가 머무는 동안, 너는 투명한 빛과 무수히
직면하게 될 것이다. 그 빛을 향해 가라, 고귀하게 태어난 자여,
지금부터 그 빛과 마주할 준비를 해라. 오로지 투명한 빛에 너
자신이 녹아들어야만 네가 다시 태어나 고통받음을 피할 수
있음을 꼭 기억하거라."

"노란색 옷을 입은 신부(新婦)가 거품을 내고 있다."
스트로부쉬가 말한다. 나는 반복한다. "노란색 옷을 입은 신부가
거품을 내고 있다…. 당신의 채소를 사각사각 쪼아 먹다가 야생의
새는 피의 길을 찾아내고…. 추해진 태양은 뮤직 박스를 산다….
비올라다감바[10]가 비올라다감바를 뒤죽박죽으로 만든다….
채집에서 돌아온, 소년의 늙은 여자가 우리의 가재를 쫓고
있다…. 주머니 속에 정크[11]를 넣은 채, 너는 6월-27일가(街)를
난로가 있는 방향으로 거슬러 올라가고 있었다…." 나는
반복한다. "주머니 속에 정크를 넣고, 너는 6월-27일가를

---

10. 15세기 후반 에스파냐의 발렌시아 지방에서 처음
출현한 칠현 악기. '다리의 비올라'라는 뜻으로, 무릎 사이에
끼거나 무릎에 올려 두고 연주한다.
11. 중국에서 수송이나 낚시에 사용되던 배. 바닥이
편평하고 용골이 없으며, 두세 개의 돛대가 있고 대나무
살로 만든 돛이 달렸다.

36

난로가 있는 방향으로 거슬러 올라가고 있었다…. 익사자 셋이
궁륭(穹窿)의 침묵을 더욱 짙게 만들었다….”

    “투명한 빛 앞에 있게 되면,” 드룸보그가 말한다, “너는
물러서지 마라, 1밀리미터도 물러서지 마라, 오로지 그 빛에 네가
녹아들 것만 생각해라, 그 빛을 향해 나아가고 후회 없이 그 빛에
녹아들어라.”

    “카렐리야의 잠자리 위에서 포병 하나가 꽃병을 고른다.”
스트로부쉬가 말한다. “사랑이 가 버리면 아름다운 피아니스트는
마술 오두막을 짓는다….” 나는 반복한다…. “사랑이 가 버리면
아름다운 피아니스트는 마술 오두막을 짓는다….”

    그들은 코민포름의 귀에 대고 말한다.

    심장이 멈춰도, 그들은 계속 말한다.

    그들은 코민포름의 귀에 대고 계속해서 말을 한다.

구리 나팔. 산 사이로 골짜기 하나가 패어 있을 때, 바위와
가파른 단층, 마른 풀의 풍경이 펼쳐질 때, 구리 나팔은 골짜기를
가로질러, 엄청나게 먼 곳까지 아주 중후한 음을 보낼 수 있다.
처음 우리가 듣게 되는 게 바로 이것이다. 라마교도, 티베트인의
나팔. 여기서 책이 시작된다. 익숙하지 않은 소리지만, 우리는
즉각, 그리고 망설임 없이, 이 소리를 받아들인다. 그 즉시 우리는
이 소리의 진동이 평범한 삶과 죽음의 일부임을 알게 된다. 그
즉시 우리는 그것을 좋아하게 된다. 이 진동은 세상의 사물과
몸의 뼈, 살과 이미지, 심지어 몸의 주름 속에 남아 있는 단어까지
잠식하고, 진정시켜 준다. 이것이 바로 처음의 음향 효과, 최초의
음향 효과와 비슷한 무엇이다. 그 후에 집단적인 웅얼거림이
태어난다. 이 웅얼거림은, 마치 우리가 쓸모없는 일화나
이야기보다 긴 기도에 더 관심이 있는 어느 모임에 자리를 잡고
있기라도 한 것처럼, 가까운 곳으로 퍼져 나간다. 이 목소리는
해독할 수 없다. 이것은 우리 언어가 아닐지도 모르는 어떤
언어로 진행되는 의식이다. 어쨌든, 우리는 여전히 이 언어를
우리의 언어보다 더 잘 이해하지는 못한다.

그런 다음 침묵이 찾아온다.

이런 일이 여러 번 반복된다. 가령 나팔이 요란하게 울리고,
목소리가 우리가 전혀 알아듣지 못하는 어떤 연설과 뒤섞이고,
그런 다음 침묵이 찾아온다.

아름답다.

그때 병사 글루첸코의 목소리가 나에게 들려오고, 이
음악이, 이 소리가 약해진다. 이것들은 곧 사라진다.

"거기 누구 있습니까?" 글루첸코가 묻는다. "누가 뭐라고
말했습니까? (침묵.) 이게 도대체 어떻게 된…"

그가 손으로 더듬거린다, 철제 컵 하나가 선반을 긁으며
미끄러지더니 허공에 떨어진다. 컵이 세차게 바닥에 부딪힌다.

"전기를 끊어 버렸잖아, 개자식들. (침묵.) 이봐요…! 누구
있어요…?"

아무도 대답하지 않는다. 절대적인 어둠이 글루첸코를

둘러싸고 있다. 너무 짙어서, 이 어둠은, 마치 잉크처럼 손가락
사이로 미끄러지는 게 느껴질 정도다. 글루첸코는 앞으로
나아갈 엄두를 내지 못한다. 그는 단 한 번도 어둠 속이 편안하게
느껴졌던 적이 없다, 그는 약간 배가 나왔고, 몸놀림이 영 둔하며,
큰일이라도 일으킬까 봐 두려워하고 있다. 그는 땀에 젖은 두
손을 바지에 닦는다.

　　방금 웅얼거림의 합창이 다시 시작되었다. 그 출처가
어디에 위치하는지, 그 공간의 어느 지점에 있는지를 판단하기는
어려울 것이다. 합창은 거기에, 단순하게, 어둠의 배경에 있을
뿐이다. 목소리 하나가, 이제, 점점 더 또렷하게, 거기서 떨어져
나온다. 언어는 바뀌지 않았다. 우리 언어보다 여전히 더 낯설다.

　　내가, 그것, 그러니까 이 목소리를 식별한다고 확신하기는
어려운데, 이는 의식(儀式)의 요구로 이 목소리의 개성이
없어진 적이 있고, 검은 공간을 통과하는 여정에서 목소리가
다듬어지기도 했었기 때문이다. 그런데도, 이 목소리의 일부
억양은 내게 무언가를 떠올리게 해 주는 것만 같다. 오래전,
나는 마법 세계의 탐험에 전념하길 바랐던 한 남자를 만났다.
이 남자의 성은, 나처럼, 슈멍크였고, 이름은 바바르로, 나와
달랐다. 내 이름은 마리오인데, 그건 별로 중요하지 않다.
내가 여기서 슈멍크의 목소리를 식별한다고 가정해 보자.
이야기가 복잡해지지 않도록, 내가 그의 목소리를 알아듣는다고
가정하겠다. 그의 목소리는 수도원의 명상실에서 자주 울려
퍼지는 것처럼, 엄숙하고, 아주 안정되어 있다.

　　"오 고귀하게 태어난 자여," 제관[12]이 말한다. "스스로를
글루첸코라 부르는 그대여, 빛으로 향하는 길을 찾아야 할
때가 네게 당도했노라. 네 숨은 방금 끊어졌다, 네 육신은 이미
차가워지기 시작했다. 네가 떠나온 삶에서, 너는 포병이었기
때문에 군사훈련을 받았으나, 네가 불교에 심취해 있던
아주 오래전, 그때도 너는 종교 훈련을 받은 적이 있다. 너는
아슈람[13]에서 몇 달을 머물렀고, 사람들이 네게 숱하게 투명한

---

12. 종교적인 의식이나 의례, 제식의 집전자.

13. ashram. 영적 지도자가 제자들을 가르치고 함께

빛에 대해 말하는 걸 들었다. 하나 네가 살아 있지도 죽지도 않은 지금, 네가 바르도에서, 다시 말해, 삶과 환생 사이에 다리 역할을 하는 세계에서 방황하고 있는 지금, 너는 그것과, 투명한 빛과 마주하게 되리라.

네 정신을 되찾아라, 고귀하게 태어난 자여, 스스로를 글루첸코라 부르는 그대여, 승려들이 너에게 전해 주었던 가르침을 떠올려라. 준비해라. 내가 너를 도우려고 여기에 있다. 나는 네 시신의 귀에 대고 말하고 있는 수도승이다. 네가 투명한 빛과 대면할 수 있도록 내가 너를 안내할 것이다. 너는 이제 선택의 갈림길에 서게 될 것이다. 너 이전의 수많은 용감한 자들처럼, 스스로 깨닫고 붓다가 될 것인가, 아니면 끊임없이 탄생에서 죽음으로 향하고, 그 뒤에는 위로도 없고 휴식도 없이, 죽음에서 환생으로 향하는, 산 자들의 저 어리석고 고통스러운 방황을 계속할 것인가….”

“뭐, 뭐라는….” 글루첸코가 말한다.

침묵이 흐르는 가운데, 그는 조심스레 두세 걸음 앞으로 나아간다. 조금 전 그의 앞에 떨어졌던 철제 컵을 제외하고, 그에게 길잡이가 되어 주는 건 아무것도 없다. 컵이 그의 발치에 닿았다. 그래서 그는 약간의 자신감을 얻는다. 그는 컵을 밀면서 앞으로 나아간다.

“어둠 속에서 말하는 자가 있군.” 그가 확신한다.

컵이 굴러간다. 컵은 그의 손이 닿는 곳을 벗어난다. 그는 신중하게 좌우로 발을 디뎌 보지만, 이제 더는 컵을 찾을 수 없다. 그는 컵을 잃어버렸다. 그는 걸음을 멈춘다.

“거기, 말하고 있는 놈!” 그가 소리친다. “이리 와 봐…! 병실에서 전등을 모두 끈 게 너였어? 응…? 아무것도 안 보이잖아, 밤보다 더 심하잖아…. (침묵.) 네가 아까 말했던 그 시체 이야기, 그거 대체 뭐야…? 네가 시체에 대해 말했잖아, 내가 똑똑히 들었어. 나 귀머거리 아니야. 그 시체며, 투명한 빛에 관한 이야기, 그게 도대체 뭐야, 응…? (침묵.) 어이, 동지들! 다들 어디

생활하며 영적 수행을 하는 암자로, 고행자의 수도원 같은 곳이다.

간 거야…? 어이! 너희 죄다 어디 갔어? 다들…. (침묵.)"

글루첸코는 꼼짝 않고 있다. 그의 천성이 소심해서가 아니라, 방향을 잃었기 때문이며, 그는 장애물에 부딪히거나, 구멍에 빠질까 봐 두려운 것이다. 구멍이나 구렁 같은 곳에.

"아니면," 그가 중얼거린다, "두꺼비집이 나갔군, 이 게으름뱅이들, 지하실에 내려가지 않으려고, 지금 잠자는 척하고 있는 거야. 어이, 조금 전에 말하고 있던 놈, 퓨즈 교체하러 가는 게 널 많이 피곤하게 할까, 응…? 너 자는 척하는 거지, 지금, 그렇지…? (침묵.) 좋아. 알았어. 글루첸코, 이 몸이 직접 나서서 처리해야겠군."

그는 다시 걷기 시작한다. 들리는 대로, 우리는 어둠 속을 매우 천천히 탐색하고 있는 그의 모습을 다시 구성해 볼 수 있다. 그는 장애물에 부딪힌다. 그는 고통스러운 비명을 내뱉는다. 그는 투덜거린다.

"환장하겠네." 그가 말한다. "정말 아무것도, 아무것도 보이질 않는군. 계량기 찾기가 쉽지 않겠어. 분명 문 옆이나 지하실 어딘가에 전기계량기가 하나쯤은 있을 텐데. 두꺼비집 말이야. 그러려면 우선 문을, 문이나 계단부터 찾아야 할 것 같은데."

저 멀리서, 라마교의, 찬란한 나팔 소리가 울려 퍼지고 있다. 이어서 제관의 목소리가 명확해진다. 목소리가 갑자기 아주 선명해지고, 마치 기억에서 직접 솟아나기라도 한 것처럼, 목소리를 두개골 안으로 받아들인다.

"오, 고귀하게 태어난 자, 글루첸코여," 슈멍크가 말한다. "내가 네 시신의 귀에 대고 반복해 말할 것이다, 앞으로 며칠 동안, 나는 네 사진 앞에서, 혹은 네 육신이 수습될 때 입고 있던 너의 옷을 앞에 두고, 혹은 네가 습관처럼 앉았던 의자 앞에서, 반복해 말할 것이다. 빛으로 향하는 길을 찾아야 할 때가 너에게 당도했음을."

이 순간, 슈멍크의 깊은 저음이 약해진다.

말은 알아들을 수 없이 되뇌는 웅얼거림으로 변한다.

"알아볼 수 있는 게 아무것도 없잖아." 글루첸코가 불평한다. "문도 없고, 계단도 없고…."

글루첸코가 자기 앞의 공간을 더듬거리며 앞으로 나아가고 있다고 가정하자. 그런다고 충돌을 피할 수는 없다. 그는 자신이 가고 있는 길에 솟아 있는 물체에 부딪친다, 두 손으로 감지하지 못해서다. 높이가 낮은 가구, 침대 옆에 두는 탁자로 변해 버린 발판 의자. 때때로 그는 부주의하게 물건을 들이받기도 한다. 물건이 떨어지고 깨진다. 이런 자잘한 사고가 그의 화를 돋운다.

"여긴 도대체 뭐 하는 곳이야?" 그가 투덜거린다. "벽에 창문도 없잖아. 그 개자식들, 내가 자고 있는 동안 나를 여기로 옮겨 놓은 게 분명해. 놈들이 나를 병원의 병실에서 데리고 나와 여기에 옮겨 놓은 거야, 이곳에다가…. 여기가 어딘지 전혀 모르겠어…. 놈들은 내가 코를 골기 시작할 때까지 기다렸던 거야, 내가 일단 잠들고 나면, 누가 업어 가도 모르는 것도 사실이지…. 아, 이 새끼들, 정말 대단하네! 장난치고는 영리해…! (침묵.) 얼마나 어두운지 믿을 수 없을 정도야…! (침묵.) 분명 어딘가에 이 새끼들이 숨어 있을 거야…. 이 멍청한 새끼들, 나를 지켜보고 있겠지, 몰래 웃고 있겠지…."

그가 소리친다.

"너흰 이게 재밌냐, 응…?"

나는 대답하지 않았지만, 솔직히 말해서, 이런 게 끝내주게 재미있는 건 아니었다. 물론, 약간은 그랬지만, 끝내줄 정도는 아니었다. 만약 글루첸코와 몇 마디라도 주고받을 기회가 있었다면, 나는 그의 면전에 대고 비웃거나 하지 않으면서, 오히려 그를 설득하려 시도했을지도 모른다. 나는 그가 같은 내무반 동료들이 벌이는 장난의 피해자가 아니라, 사실은 상황이 훨씬 더 심각하다는 것을 그에게 받아들이게 하려고 노력했을지도 모른다. 그러나 외부 해설자라는 역할에 국한되어 있었기에, 내게는 그가 내 의견을 들을 수 있게 할 어떤 방법도 없었다. 우리 사이의 모든 의사소통은 배제되었다. 소리 접촉[14]이라면, 물론, 내가 시도할 수도 있었지만, 그와는

---

14. 먼 거리에서 오로지 소음이나 목소리로 상대방과 접촉을 시도하는 것을 말하며, 이를 위해서는 무전기 같은 장치가 필요하다.

아니었다. 오로지 스튜디오 15-0-9의 음향조정실[15] 실장과만 할
수 있었다. 우리는 무전기로 말을 주고받았다. 전파가 통할 때
우리는 무전기로 말을 주고받았다.

나는 근무 중이었다. 나는 리포터다. 나는 동료들이 가기를
꺼려 하는 곳으로 파견되었는데, 그들이 꺼린 이유는 일반적으로
그곳이 지루할까 봐 두려워서지, 고약한 일을 겪거나 죽게 될까
봐 두려워서는 아니다. 내가 제일 젊으니, 잡일 같은 건 으레
내 몫이 된다. 그리고 여기서, 내가 이어받은 것은 바르도에
관한 탐사 보도였다. 나는 불평하지 않는다. 음향조정실이 나를
대신해서 결정하고, 나는 그냥 따른다. 나는 라디오 청취자들이
세상의 기괴한 구석구석에 대해 모르는 것이 전혀 없도록 모든
것을 탐사해야만 한다. 내 명함에는, 내 이름 마리오 슈멍크가
적혀 있고, 그다음에는 내가 보기에 다소 과장된 문구가 적혀
있다. 특파원 마리오 슈멍크. 아주 평범하게 기자라고만 적을
수도 있었을 텐데 말이다.

"제 말 들리나요?" 내가 말한다. "여보세요, 제 말
들리나요…? 저랑 연결되어 있나요?"

내가 떠나오기 전, 내게 불편을 주지 않기 위해서랍시고,
그들은 장치 하나는 내 귀에다가, 또 다른 장치 하나는 목젖 아주
가까이, 입안에 부착했다. 통신 상태는 끔찍했다. 신호가 약했고,
잡음 때문에 안 들리기 일쑤였다. 바르도는 세계의 일부이지만,
거기서는 기술의 놀라움도 별반 효과가 없다. 내가 그 지역에
있게 된 이후, 나의 통신 장치는 제대로 작동하지 않았다.

"여보세요?" 나는 반복했다. "스튜디오 15-0-9, 제 말이
들리나요?"

나는 답신을 받았다.

"알았어요," 내가 말한다. "그럼 시작합니다. 4, 3,
2, 1, 안녕하세요. 여기는 역외 뉴스 방송 특파원, 마리오
슈멍크입니다. 여기서 무슨 일이 일어나고 있는지 보도해 달라는

---

15. 중립적이고 자연스러운 청취를 위한 음향 보정
시스템을 갖춘 약 20제곱미터 규모의 공간. 일반적으로
스튜디오 중앙에 있다.

요청을 받았습니다. (잠시 멈춤.) 저희는 현재 바르도에 있습니다.
바르도는 무엇일까요…? 터무니없는 표현을 쓰지 않고 바르도를
정의하기란 쉽지 않습니다. 비전문가들에게 말씀드리는 것인
만큼, 제가 한번 간단하게 설명해 보겠습니다. 바르도란,
이를테면 삶 이전과 죽음 이후의 세계라고 할 수 있습니다. 이제
막 사망한 남자와 여자가 깨어나는, 떠다니는 어떤 상태입니다.
어떤 상태 혹은 어떤 세계죠. 떠다니는.”

잠시 멈춤.

“지금으로선, 아주 어둡습니다.” 마리오 슈멍크가 말한다.
“위도 아래도 없고, 왼쪽도 오른쪽도 없으며, 측정 가능한
시간의 흐름도 존재하지 않습니다. 어쨌든, 사람들은 처음에는
이런 인상을 받습니다. 바르도에서 걷기 시작하는 사람들
말입니다. (잠시 멈춤.) 예를 들어, 여기, 이 사람같이 말입니다.
우리 앞, 바로 여기에 있는 이 남자, 최근에 사망한 이 사람의
이름은 글루첸코입니다. 여기서 그는 아무것도 볼 수 없습니다.
그는 어둠 속에서, 조심스레, 천천히 앞으로 나아가고 있지만,
덩치가 좀 커서, 장애물을 만나면 부딪치고 맙니다. 그는 이미
발판 의자를 넘어뜨렸고, 침대의 머리맡 탁자로 사용하는 어떤
상자에 머리를 박았습니다. 그는 어깨로 쳐서, 선반의 균형을
무너뜨리기도 했습니다. 그는 앞이 보이지 않는 맹인이나
다름없습니다. 이제, 그는 주방용품, 식기가 쌓여 있는 군용
식당으로 향하고 있습니다. 그는 그곳을 향해 똑바로 나아갑니다.
저러다 정면으로 군용 식당에 충돌할 것입니다.”

충격은 강렬하다. 곧바로, 식기가 바닥으로 떨어졌다.
알루미늄 그릇 여러 개가 바닥에서 튕겨 오르더니 한참을
굴러간다.

“빌어먹을 빌어먹을 젠장 빌어먹을 잡동사니!” 글루첸코가
외친다.

깨지기 쉬운 물건 여럿이 산산조각이 난다. 혈청이 담긴
작은 병, 의약품이 담긴 약병. 의료용품. 글루첸코가 신음한다.
그는 상처를 입었고, 어둠이 그의 짜증을 돋운다.

“그가 정면으로 들이받았습니다.” 마리오 슈멍크가
설명한다. “그는 오른쪽 무릎으로 무언가를 세게 치더니,

그런 다음, 두 팔로 허공을 휘저으며 휘청거리다가 마침내 넘어졌습니다. 움직이지 않고 가만히 있어야 좋을 것 같지만, 어둠이 신경을 극도로 압박하는 통에, 그는 이내 동요하고 맙니다. 그는 지하층에 도달할 수 있기를 바랍니다. 그는 차단기에 손을 얹고, 손잡이를 밀어서 전원을 복구하고 싶어 합니다. 그래서 그는 지하실로 들어갈 수 있는 계단을, 지하실로 향할 통로 같은 것을 찾기 시작했습니다. 그는 자신이 어디에 있는지 전혀 의심하지 않습니다. 그가 아는 한, 그곳은 어느 병원의 병실이거나 병영입니다. 병영이라고 한 이유는 그가 군인 출신이기 때문인데, 그는 죽기 전에 포병 부대 이등병이었고, 시장경제에 여전히 적대적이었던 인도의 주민을 문명화할 목적으로 적도 전선에 파견된 적이 있었습니다. 병원이라고 한 것은, 그가 삶을 마감한… 곳이 숲속 깊은 곳에 있어 눈에 띄지 않는, 이름 없는 어느 마을의 의료 시설이기 때문입니다….
지금까지 단신(短信)이었습니다. 요약해 보겠습니다. 이 글루첸코라는 자는 자신이 그 어디에도 있지 않다거나, 자신이 바르도에서 이제 막 방황을 시작했다고는 단 한 순간도 생각하지 않습니다. 그는 이 지역 전체가 그저 정전되었다고 확신하고 있을 뿐입니다. 자신이 죽었음을 그는 이해하지 못합니다."

글루첸코는 흩어져 있는 물건 틈에서 앞으로 나아간다. 신중을 기하며, 그는 지면 위로 발을 끌다시피 한다. 그는 신발을 신지 않았으며, 유리 파편을 조심하면서, 다리를 높이 들지 않는다. 철제 접시 하나가 1미터 정도 그에게 끌려온다. 그가 앞으로 나아가고 있는 곳은 나무판 위가 아니다. 어쨌든, 삐걱거리는 판자 같은 건 없다.

"그는 자신이 죽었음을 이해하지 못합니다, 전혀 이해하지 못하고 있습니다." 마리오 슈멍크가 주장한다. "우리 대부분의 사람과 마찬가지로, 그는 절대로 그런 일을 떠올리는 데까지 이르지 못합니다. 하지만 그에게 정보가 주어졌습니다. 그는 어떤 남자로부터 조언과 설명을 듣게 되는데, 이 남자는 산 자들의 세계에서 그에게 말을 합니다. (잠시 멈춤.) 여러분도 아시겠지만, 어떤 수도승이 여러분 시신, 그 시신의 귀에 대고 속삭이는 말에 주의를 기울이는 것은, 겉으로 보기에는, 제법 간단해 보입니다.

46

하지만 실제로는, 그렇지 않습니다, 그렇게 간단하지 않습니다. 우리는 고집을 부리지요. 우리 자신이 어둠 속에 있고, 항상 살아 있으며, 고약한 장난의 희생자였다고 상상할 뿐입니다. 우리는 명백한 사실을 믿기를 거부하지요.”

어둠 속에서 주저하는 글루첸코의 소리가 들려온다. 그는 서툴게 앞으로 나아가고 있다. 우리는 그의 굼뜬 태도, 그의 투박하고 거의 동물적인 자세, 우아함이 결여된 그의 모습을 느낄 수 있다.

“이 사람은 인내심과 연민을 가지고 우리가 그에게 끊임없이 반복해 말하는 것에는 귀를 아예 막은 것 같습니다.” 마리오 슈멍크가 설명한다. “죽은 이 남자는, 투명한 빛을 만날 준비를 하는 대신, 전기계량기를 찾는 데 몰두하고 있군요⋯! 오로지 지하실로 내려가기만을 꿈꾸면서, 그는 벽을 손으로 짚으며 움직이고 있습니다. 그의 이름은 글루첸코이며, 서른다섯 살이고, 평범한 삶을 살아왔다고 하겠습니다⋯.”

저 멀리서, 티베트인들의 나팔 소리가 다시 울려 퍼지고, 훨씬 더 가까이에서는, 징이 울린다. 징은 여운을 남기는 듣기 좋은 음을 발산한다. 멋진 음이다. 낮이든 밤이든 어느 때고, 수도원에 들어가서 이 소리를 자주 듣고 싶을 정도다.

한편, 같은 시각, 특파원은 글루첸코에 관한 자료를 살펴보고 있다. 그는 스프링 노트의 페이지를 넘겨본다. 경찰 서류처럼 정보가 가득하다. 마리오 슈멍크는 보고 기사를 열심히 준비했다.

“글루첸코의 인생을 요약해 보겠습니다.” 마리오 슈멍크가 발표한다. “초등학교, 직업 학교, 군 복무⋯.”

기자가 만지작거리자, 종이가 바스락거린다.

“빠르게 진행하기 위해 자료를 대충 넘겨보고 있는데요.” 마리오 슈멍크가 말한다. “어쩔 수 없이, 세세한 내용은 건너뛰겠습니다⋯. 군 복무 후, 택배 기사⋯. 한동안은 불교에 매료되는군요⋯. 수도승이 될 운명이기라도 했던 것처럼, 라마교에서 열한 달 동안 수련한 다음, 포기하고⋯. 스물두 살에서 스물다섯 살 사이에는 직업을 자주 바꿨습니다⋯. 오리 양식장에서 오리 도살꾼⋯. 친구 무리⋯. 불량한 친구들과

어울렸으며…. 변두리 노동자, 전복을 기도하는 단체…. 급진적인
선전, 평등주의 연설…. 혁명적이라고 주장하는 무장 강도단에
합류…. 엄격한 규율 속에서 8년간 교정 교육을 받았고…. 인내심
겨루기 대회에서 수감자 메달을 수상…. 수용소를 나와 새로운
친구 무리와 어울려 다니고…. 사회로 복귀하여…. 양계장에서
닭 도살꾼으로 일했고…. 그런 다음에는 모든 것을 버리고,
보조군[16]에 합류합니다…. 민주주의를 전파하기 위해 적도
지대의 어느 구역에서 파견되고…. 숲, 늪, 넝쿨, 거대한 지네,
말라리아가 우글거리는 밀림에서, 코캄보스 인디언 진압 작업에
투입됩니다…. 실제로 그에게는 이 고장을 알아볼 시간도,
최소한의 원주민을 살해할 시간도 주어지지 않습니다. 주둔
기지에 도착하자마자, 수상기에서 하역하는 걸 돕게 되고….
그러다 장비 상자가 하나 폭발했습니다…. 분명 생물학적 화약이
적재된 탄약이 폭발한 것 같습니다…. 글루첸코는 치명적인
전염병에 걸리고…. 출발하기 전에 그가 예방접종을 한 줄로
알았지만, 사실은 그렇지 않았습니다. 그 뒤로, 그러니까 어제,
그가 죽었습니다…. (잠시 멈춤.) 이보다 더 평범하다 할 수 없을
정도로 지극히 평범한 삶…. 짧고 시시하고, 일관성 없는….”

　　나는 내가 생각하고 있는 것을 항상 말하는 게 유익하다고
여기지는 않는데, 왜냐하면 그것이 종종 충격적이기 때문이다.

　　그러나 이 지점에서, 나는 그걸 말한다.

　　“머저리 같은 삶,” 나는 말한다.

　　잠시 멈춤. 먼 곳의 나팔 소리.

　　징 소리. 침묵.

　　징 소리.

　　지금, 다시 들려오는 것은 바로 제관의 목소리, 라마승,
바바르 슈멍크의 목소리다. 그의 목소리는 중단된 적이 없었는데,
그저 우리가 내내 그의 목소리에 주의를 기울이지 않은 것이었다.
그리고 지금은, 그의 목소리가 들린다. 징의 감탄할 만한 진동이

---

16. 주력군을 지원하는 군대나 준(準)군사 부대로, 법 집행,
내부 보안, 지리적으로나 정치적으로 민감한 지역에서의
특정 임무 등을 수행한다.

48

이 목소리에 동반된다.

　　"오 글루첸코여," 슈멍크가 평화롭게 말한다. "오 고귀하게 태어난 자여, 지난 네 삶의 어느 순간에, 너는 우리에게서 기본적인 종교적 가르침을 받았다. 그리고 비록, 우리와 가까이 지낸 이후, 네가 우리와 멀어졌다고 해도, 지금 길을 벗어나지 마라. 우리가 너에게 가르쳐 준 것을 기억해라. (징 소리.) 기회가 생기는 그 즉시 무(無) 속으로, 그리고 투명한 빛 속으로 녹아들기를 받아들여라. 의식적이고 개별적으로 존재하기를 단념해라. (징 소리.) 그러지 않으면, 너는, 인간이나 동물로 환생한다는 단 하나의 전망을 가지고, 끔찍한 환영에 시달리며, 49일 동안을 걸어야 할 것이다. 예를 들어 고슴도치나 원숭이로 환생하는 것 말이다. (징 소리.) 어리석게 코를 킁킁거리는 고슴도치나 아우성치는 원숭이로 말이다. (징 소리.) 내 충고를 잘 들어라, 글루첸코. 혼란스러운 너의 정신이 너에게 말하는 것에 영향을 받게 놔두지 마라."

　　목소리가 희미해진다. 슈멍크는 계속 말하지만, 소리의 흐름이 죽어 가고 있다.

　　"길을 벗어나지 마라." 우리는 여전히 감지하고 있다.

　　"이봐!" 글루첸코가 부른다. "이봐, 너 말이야…! 말하고 있는 놈…! 어디 숨어 있는 거야…?"

　　글루첸코는 꼼짝하지 않는다. 그는 귀를 기울인다.

　　"이상하네." 그가 곰곰이 생각한다. '어떤 때는 이 작자가 아주 가까이서 고함을 지르는 것 같기도 하고, 어떤 때는 100미터 정도 떨어진 곳에서 중얼거리는 듯한 느낌이 들기도 한단 말이야…. 이때든 저때든, 그가 하는 말을 전혀 알아들을 수는 없고 말이지…. (멈춤.) 꿈속이라고 믿어도 되겠어. 그게 틀림없어, 나는 지금 악몽을 꾸고 있는 거야…. (멈춤.) 아니야, 내가 무슨 말을 하고 있는 거지? 만약 내가 꿈을 꾸고 있는 거라면, 이미지가 보일 텐데…. 근데 여기에는, 아무것도 없잖아. 오로지 어둠뿐이야…. 이게 바로 증거야….'

　　그가 다시 움직이기 시작한다. 그는 두 팔을 뻗는다. 손으로 그러는 건지 발로 그러는 건지, 우리는 알 수 없지만, 그가 전화기를 만진다. 둥근 다이얼과 훅 스위치, 그리고 장치를

흔들면 울리는 기계식 벨이 하나 달린, 양차 세계대전 사이에
나온 오래된 모델 중 하나다.

　"어럽쇼, 이게 뭐야! 전화기잖아!" 글루첸코가 깜짝 놀란다.
"통화가 되나?"

　그가 전화기를 흔든다.

　"작동하는 것 같은데." 그가 말한다.

　그가 수화기를 든다. 그는 발신음을 듣는다. 그는 전화기를
더듬으면서 사용해 보려고 시도한다. 그가 중얼거린다. 벨 소리가
툭하면 떨린다.

　"좋아, 전화선이 연결되어 있어." 글루첸코가 확인한다.
"전화를 걸 수만 있다면…. 분명 교환대가 있을 거야…. 보통은
00번이지…. 아, 빌어먹을! 어둠 속에서, 내가 어떻게…. 뭐야,
여기 이 구멍은, 0이야, 9야? 무작위로 해 보자, 그러다 어쩌면….'

　다이얼이 돌아가고, 마찰을 일으키면서 시작 위치로
돌아오고, 돌아가고, 마찰을 일으키면서 다시 돌아온다.
장치에서, 신호음 이후에, 제멋대로인 전기 음향 장애로 인해
변형된, 탄트라 불교 예식의 메아리 소리가 당도한다. 나팔 소리,
소라고둥 소리, 집단 기도 소리, 땡땡거리는 종소리, 중얼거리는
소리를 알아들을 수 있다. 거기서 뚜렷한 말소리는 한마디도
나오지 않는다.

　"여보세요, 내 말 들려요?" 글루첸코가 소리친다. "여기는
글루첸코, 교환대에 누구 있습니까? (희미한 웅얼거림, 점점
더 알아들을 수 없는 땡땡거리는 종소리. 모든 것이 멀어진다.)
아니지, 저들은 내 목소리가 안 들리는 거야. 내가 전화를 잘못 건
게 확실해…."

　그는 전화를 끊는다. 침묵이 그를 둘러싸고 있다. 그는
무엇을 해야 할지 전혀 알지 못한다.

　"이 개자식들!" 그가 갑자기 소리를 지른다. "이봐,
이게 다 뭐야! 불을 다시 밝히라고…! 그만해, 이제 끝났어!
이런 걸 재미있어하는 사람이 누가 있다고…! (잠시 멈춤.)
이봐, 이 새끼들아! 장난이 너무 길어졌잖아…! 전원을 다시
연결하라고…!"

　약간의 시간.

그는 다시 전화기를 붙잡더니 다시 한번 수화기를 집어 든다. 그는 발신음을 듣는다. 그가 격렬하게 수화기를 내려놓는다.

"이 개자식들!" 그가 투덜거린다.

그런 다음, 그가 전화기 옆에 앉는 소리가 들려온다. 그는 이렇게 하기로 결심한 거였다. 그는 자리를 잡아 앉고는, 주위를 더듬어 보고, 전화선을 잡아당겨, 가볍게 진동하는 장치를 옮긴다. 그는 전화기를 자신의 다리에 바짝 기대 놓는다.

그는 피곤하다.

"좋아, 누군가가 나에게 전화를 한다는 기발한 생각을 할 때까지 기다리면서 여기에 있는 게 좋겠어." 그가 말한다. "몸이 좋지 않군, 좀 쉬어야겠어. 이따가, 시간이 좀 있으면, 전화선을 풀어야지. 완전히 엉켰네, 이거…."

저 멀리, 아주 멀리서, 징과 나팔 소리가 멈추지 않고 울린다. 잠깐 동안, 어떤 소리도 들려오지 않는다.

그러다가 우리는 소스라치며 놀란다. 침묵과 어둠이 너무 짙어서, 우리는 제관의 목소리에 깜짝 놀란다. 그의 목소리는 강하지는 않지만, 한 문장이 흐르는 동안, 목소리는 매우 또렷해진다.

"오 고귀하게 태어난 자, 글루첸코여." 제관이 또박또박 말한다. "이성에 너를 맡겨라, 네게 보이는 것을 믿지 마라, 네 주위에서 네가 구별하는 색깔과 모양은 그저 순전히 환영일 뿐이다…."

글루첸코는 반응하지 않는다. 그는 아무런 소리도 듣지 못했다. 소스라치며 놀란 사람은 그가 아니다.

"까짓것 뭐," 그가 중얼거린다. "결국 누군가는 나한테 전화를 할 거야. (잠시 멈춤.) 이런 젠장! 무슨 일이 일어나고 있는 거지? 완전히 녹초가 된 느낌이야. 갑자기, 피로가 몰려오네. (잠시 멈춤.) 저들이 전등을 다시 켤 때까지 난 기다릴 거야. 잠깐 낮잠이나 자야겠다."

"오 글루첸코여," 바바르 슈멍크가 말한다. "이제 너에게 하늘은 아주 어두운 군청색으로 보일 것이며, 그 질과 광채가 경이로운, 푸르고 신성한 한 줄기 빛이, 갑자기 너를 향해 솟아날 것이다. 이 빛에 놀라지 마라, 고귀하게 태어난 자여. (징 소리.)
이 빛을 계속 보는 게 힘들더라도, 너는 이 빛을 두려워하지 마라.
(징 소리.) 이 빛에게 너의 믿음을 주어라. (징 소리.) 이 빛은 너를
맞이하기 위해 있는 것이다. 이 빛 바로 옆에서 하얗고 희미한
미광이 파닥일 것이다. 그 빛은 은총의 빛이 아니니, 그 빛에는
끌리지 말아야 한다. (징 소리.)"

　　목소리는 희미하고, 엄숙하며, 아주 차분하지만, 너무나
먼 곳에서 들려온다. 아까는 내가 슈멍크의 목소리를 알아들은
것 같다고 말했다. 지금은 아까보다 확신이 덜 선다. 단언하진
않으련다. 게다가, 그것은 오로지 나와 내 기억에만 관련된 세부
사항일 뿐이며, 여기선 중요하게 여겨지지도 않으니 말이다.
여기서는 오로지 글루첸코만이 중요하다. 여기서는 오로지
글루첸코만이 어둠의 중심에 있다.

　　"얽매이지 마라, 고귀하게 태어난 자여, 약해지지 마라,
제관의 목소리가 권고한다, 그 제관이 바바르 슈멍크건 아니건
말이다. 네 눈을 아프게 하지 않는 하얀 미광을 바라보지 마라,
네 눈을 부시게 하는 저 빛나는 푸른 빛을 바라보아라, 신실한
믿음을 가지고 그 빛을 바라보아라. 그 빛의 후광 속에 너 자신이
녹아들도록 노력해라. 무지개 속에 너 자신이 완전히 녹아들도록
노력해라…."

　　슈멍크 혹은 슈멍크를 닮은 수도승이 단색 무지개를
묘사하기 시작하고, 우리는 그것에 대해 더 알고 싶어 할 테지만,
목소리는 시나브로 사라진다. 우리는 그것에 대해 더 알고 싶어
할 테지만, 마치 어떤 설명이 갑자기 튀어나와 마침내 우리를
만족시키기라도 한 것처럼 소리의 부재에 집중한다. 그러나
침묵이 지배한다.

　　한참 동안, 침묵이 지배한다.

　　그러다 갑작스러운 전화벨 소리가, 어둠에도 누그러지지
않고, 큰 소리로, 정적을 찢어 버리고, 이번에야말로, 모두를 깜짝
놀라게 한다.

　　글루첸코는 공포로 경련을 일으킨다. 그는 졸고 있었다.

　　"아, 이 개자식들!" 그가 투덜거린다. "이 자식들이
아주 작정을 했구나! 낮잠을 자는 동안에도 나를 가만히

내버려두질 않네!"

두 번째 벨 소리에, 글루첸코는 전화를 받는다.

"여보세요?" 목소리가 또렷이 들려온다.

"듣고 있습니다." 글루첸코가 화난 투로 말한다. "나는 글루첸코인데. 누구시죠?"

"글루첸코, 자넨가? 자네, 내 말 들리나…? 나야, 바블로예프. 자네 내 말 들리나? 바블로예프라고."

"바블로예프…?" 글루첸코가 머뭇거린다.

"그래." 상대방이 말한다.

글루첸코는 무거운 한숨을 내쉰다.

"야, 이 새끼들아, 멍청한 소리 좀 집어치워!" 그가 말한다. "바블로예프는 일전에 탄약 상자를 지고 뛰어내렸잖아. 수상 비행기에서 하역할 때 말이야. 그는 갈기갈기 찢겨서 물 위로 뿌려졌다고. 너희도 잘 알잖아…. 왜 죽은 사람을 가지고 농담을 하는 건데, 응? 그런 농담은 하는 게 아니잖아…. 너희, 왜 바블로예프를 건드리는 거지? 각기 다른 비닐봉지 세 개에 나눠 담겨서 기지로 돌아왔다고, 그 불쌍한 친구 말이야."

"두 개였지." 상대방이 정정한다.

잠시 멈춤.

이쯤 됐으니, 나는 바블로예프와 글루첸코가 서로 4–5미터 떨어져 앉아 있다는 걸 지적하는 바다. 그들은 서로를 보지 못하고, 전화기를 사용해 서로 말을 나누지만, 사실은 전화기 없이도 두 사람은 온전히 말을 나눌 수 있는 것이다. 두 사람의 목소리는 전기신호의 형태로 전화선을 통해 전달되지만, 동시에, 공중에서 두 사람을 갈라놓는 짧은 거리를 가로지른다. 따라서 우리는 네 개의 목소리로 이루어진 눈먼 대화를 마주하고 있는 것이다. 사소한 것이지만, 나는 이 점을 지적하고자 한다.

글루첸코가 투덜거린다.

"그런 농담은 하는 게 아니잖아." 그가 말한다. "최소한의 존중은 필요한 거야. 내 병실을 바꾸는 거, 그것도 그다지 잘한 짓은 아니지만, 그런데 이건, 완전히 별개의 문제잖아. 죽은 자를 조롱하는 걸 멈추라고, 이 새끼들아. 명예롭게 전쟁터에서 죽은 영웅을 말이야."

“도대체 무슨 소리 하는 거야, 글루첸코? 나 여기 있어, 아주 가까이서, 자네와 통화하는 중이잖아. 우리는 함께 있다고. 자네가 졸고 있는 걸 내가 다 봤어. 나는 자네랑 이야기하고 싶었다고.”

“네가 우리 바블로예프 흉내를 잘 내는 건 사실이군.” 글루첸코가 말한다. “그와 목소리가 똑같아. 정말로 그가 말하고 있다고 할 만해. (약간의 시간.) 들어 봐, 나는 이 어둠이 지겨워 죽겠어. 몇 시간째 계속 이렇다고, 네 친구 모두에게 가서 전해…. (약간의 시간.) 아니지, 네가 바블로예프일 리가 없지.”

“도대체, 글루첸코…” 바블로예프가 놀란다. “누가 보면 자네가 아직도 깨닫지 못하고 있다고 말할 것 같네….”

“뭐라고?” 글루첸코가 말한다.

“자네 미련한 거야, 도대체 뭐야? 자네가 지금 어디에 있다고 생각해…? 정신 차려, 글루첸코! 주위를 한번 둘러봐! 너, 아직도 이해하지 못하겠어…?”

“뭘 이해해?” 글루첸코가 초조해한다. “내가 마치 천하의 얼간이라도 되는 것처럼 나한테 말하는 게 넌 재미있냐…? 알아차려야 하는 속임수가 있었다는 건 나도 아주 잘 이해했어, 맞아, 그럼, 그러는 넌 어떻게 생각하길래? 속임수, 그건 바로 너희가 전기를 끊었다는 거야…! 그러니, 이제 나를 귀찮게 하지 말고 내버려두라고…!”

“좋아,” 바블로예프가 말한다. “내가 설명해 주지. 우리는 죽었어, 둘 다 말이야. 나는 폭발로. 그리고 자네는 병으로. 우리는 둘 다 죽었다고. 우린 지금 바르도를 떠다니는 중이야.”

약간의 시간.

“어디라고?” 글루첸코가, 좀 더 차분하게, 묻는다.

“바르도 말이야. 중간 세계. 우린 49일 동안 이 안을 떠다니고 또 걷게 될 거야.”

“그 터무니없는 소리 좀 집어치워.” 글루첸코가 말한다. “그런 헛소리로 나를 속여 먹을 수 있겠다고 생각하는 거라면, 너희, 지금 완전히 헛다리 짚은 거야. 너희가 아무리 그래 봤자, 내가 아무거나 믿을 것 같냐고…. 내가 죽지 않았다는 증거, 그건 바로…. (잠시 멈춤.) 죽었다면 내가 알아채지 못할 리가 없어,

어쨌든…. (잠시 멈춤.) 이봐, 바블로예프 목소리를 가진 놈! 전기를 끊은 게 바로 너야?"

"전기…? 도대체 자네 무슨…. 내 말 잘 들어, 글루첸코. 자네에겐 더 이상 전기 따위는 없어. 더 이상 빛도 없어. 자넨 죽었다고, 그게 다야. 자네에겐 더 이상 빛도 없고, 빛의 부재도 없다고. 여기서는, 원래 그래. 그러니까 네가 이렇게 하는 게 더 나을…."

"그만해, 너, 정말로!" 글루첸코가 화를 낸다. "네가 누군가를 겁먹게 하려고 그러는 거라면, 번지수 잘못 짚었어! 바블로예프든 아니든, 날 좀 내버려두라고!"

화를 내면서 그는 수화기를 다시 거치대에 올려놓는다. 전화가 딸랑거린다. 통신이 끊어졌다.

정확히 같은 순간, 종교의식의 메아리가 다시 울려 퍼진다. 나팔 소리, 징 소리, 불경 외는 소리. 우리의 귀까지 당도하는 소리는 긴 여정을 거치며 소진된 것 같다.

글루첸코는 아무것도 깨닫지 못한다.

"저놈들이 나를 겁주려고 하는 거야, 이 개자식들." 그가 이를 갈며 말한다. "보아하니, 지금 누구를 상대하고 있는지 놈들이 모르는 것 같은데. (잠시 멈춤.) 야, 이 새끼들아! 너희가 꾸며 낸 짓거리를 꿀꺽 집어삼킬 준비가 된 촌뜨기 바보 멍텅구리를 찾는 거라면, 너희, 번지수 잘못 짚었어! (약간의 시간.) 나는 잠이나 다시 잘 거야."

약간의 시간. 그가 다시 소리를 지르기 시작한다.

"글루첸코는 너희가 필요로 하는 그런 사람이 아니야…! (약간의 시간.) 난 완전히 지쳤어. 저 새끼들 때문에 완전히 기진맥진이야, 저 개자식들."

바블로예프는 더 이상 나타나지 않는다. 그는 이제 더는 통화를 하고 있지 않다고 가정해 보자. 그가 어디에도 없다고 가정해 보자. 만약 이 모든 게 고작 환영일 뿐이라면, 바블로예프는 글루첸코와 대화를 계속할 아무런 이유가 없다.

"여기서 할 수 있는 게 아무것도 없으니, 일이 지나가기를 기다리며, 한잠 푹 때리면서, 시간이나 죽이는 게 낫겠어." 글루첸코가 예상한다. "내가 코 고는 소리를 들으면, 어쩌면 놈들이 이 개 같은 짓거리를 멈추기로 결심할 수도 있을 테지.”

그는 즉시 코를 골지는 않지만, 금세, 줄기 시작한다.

그가 알아들을 수 없는 낮은 음, 웅얼거리는 소리가 그의 주위에서 파편으로 맴돌고 있다. 제관의 목소리가 그에게까지 가닿았지만, 그는 더 이상 그 소리를 듣지 못한다.

“오 고귀하게 태어난 자여,” 목소리가 말한다. “너는 곧 한 줄기 장엄한 녹색 빛, 지극히 풍부한 한 줄기 에메랄드 녹색 빛, 형언할 수 없는 한 줄기 찬란한 빛과 함께하게 될 것이다. 그 빛을 두려워하지 마라, 그 빛 속으로 피신해라. 모든 것을 포기해라, 너의 기억이나 너의 의식이라고 네가 아직 믿고 있는 것에 집착하지 마라. 그것을 내려놓아라, 그것을 버려라. 그 찬란한 녹색 속으로 너 자신이 녹아드는 걸 받아들여라, 마침내 네가 그 안에서 더 이상 아무것도 아니게 될 이 빛에 합류해라…. 망설이지 마라, 글루첸코…. 네가 녹아들어야 할 때가 왔다…. 너 자신이 소멸하게끔 그 빛 속으로 뛰어들어라….”

약간의 시간.

목소리는 이제 아주 작고 미세한 진동에 지나지 않는다. 그런 다음 아무것도 진동하지 않는다.

그때, 아주 가까이서, 음향 시스템의 삐걱거리는 소리가 정적을 깨트린다. 마리오 슈멍크가 다시 우리와 함께 있는데, 내가 우리라고 말할 때, 물론, 거기에는 나도 포함된다. 특파원 마리오 슈멍크, 해설자, 임무 수행 중인 기자.

“스튜디오 15-0-9, 제 말 들리시나요?” 마리오 슈멍크가 묻는다.

나는 다시 그 지역, 달리 말해, 바르도로 돌아왔다. 나는 역외 뉴스 방송국을 위해 계속 취재하고 있었고, 한 차례 중단된 다음, 중간 세계에서 다시 말을 했다. 라디오의 블랭크 상태가 짧은 순간 이어졌고, 이를 알아차린 청취자는 거의 없었지만, 글루첸코의 삶에서는, 이미 2주라는 엄청난 시간이 흘러가 버렸다. 내 경우, 즉 내 삶에서는 어떻게 되었는지, 나는 잘 모르겠다. 내가 말을 하기 시작한 이후로 내게 어떤 측정 시스템이 연결되어 있었는지 나는 알지 못한다. 특파원으로서 내가 가진 빈약한 장비에는 제시간에 글루첸코의 위치를 파악하게 해 주었던 야광 천체력[17]이 하나 있었다.
글루첸코에게는 벌써 15일이 지나갔다. 하지만 나로 말하자면,
더 모호했다. 나에게도 과연 15일이 지났을까? 아니면 고작 몇
분일까? 내가 떠나오기 전, 사람들이 나한테 정확하게 알려 준
건 사실 아무것도 없었다. 내가 가진 노조권에 대해 알아보고,
어쩌면 불평이라도 약간 하려던 찰나에, 음향조정실 책임자는
내가 생방송 대기 중이라는 사실을 나에게 경고했다. 나는 나의
의심, 나의 요구를 꿀꺽 삼켰다. 결국, 날과 분 사이에서 내
신체에 미치는 영향의 차이 따위를, 나는 그냥 무시해 버렸다.

"여기는 마리오 슈멍크입니다." 나는 말한다. "역외 뉴스의
남녀 청취자 여러분, 계속 청취해 주셔서 감사합니다. 죽은
다음에 떠도는 세계, 바르도에서 다시 여러분께 전해 드립니다.
지금 글루첸코는 환생을 33일가량 앞두고 있습니다. 짙은 어둠이
그의 주변에 끔찍할 정도로 짙게 깔려 있습니다. 글루첸코가
진화하는 것은 바로 이런 배경에서입니다. 요컨대, 진화한다는
것입니다…. 실제로, 그는 처음보다 훨씬 덜 움직이고 있습니다.
덜 불안해하고요. 그는 전화기 옆에 앉아 있으며, 대부분의
시간을, 잠을 자며 보냅니다. 이런 식으로 날이 계속 흘러갑니다.
열다섯 번째 날…. 열여섯 번째 날…. 제 손목에는 스톱워치가
채워져 있습니다…. 열일곱 번째 날…. 날들이 지나갑니다….
(약간의 시간.) 얼마 전까지만 해도, 그와 가까운 곳에
바블로에프라는 이름의 남자가 있었는데, 군대 동지였습니다. 두
사람은 때때로 이야기를 주고받곤 했습니다."

나는 스튜디오에서 걸려 온 전화를 받았다. 그들은 내 말이
잘 들리지 않는다고 했다. 나는 발음을 더 정확히 해 달라는
요청을 받았다.

"알겠습니다," 나는 말한다. "계속하겠습니다. 하루에 한두
번씩 바블로에프는 글루첸코와 전화 통화를 했지만, 글루첸코는

---

17. '천체력'이란 특정 지역에서 일어난 주제별 사건(출생,
사망 등)을 시간 단위(연도별, 일별 등)로 표시한 표로, 이
표의 계산은 전산으로 이루어진다. '야광 천체력'은 어둠
속에서 빛을 내는 천체력을 말한다.

바블로예프가 자신에게 설명하고 있는 것을 점점 더 견디지
못했습니다. 그는 결국 찍찍거리며 벨이 울려도 더 이상 전화를
받지 않게 되었습니다. (약간의 시간.) 글루첸코는, 간단히 말해,
전형적인 죽은 사람입니다. 우리는 그를 안내하려고 시도합니다,
그에게 지침을 읽어 줍니다, 그에게 충고를 마다하지 않습니다.
그러나 그는 여전히 들으려고 하지 않습니다. 그는 복종하지
않습니다. 그래서 우리는 그에게 알맞은 대화자를, 그에게 모든
것을 확실하게 알려 줄 어둠의 동반자를 붙여 주기로 합니다….
그러나 소용없습니다! 그는 고집이 세고, 편협하며, 자신의
운명에 불만을 품은, 전형적인 죽은 사람이며, 물론, 자신이
살아 있을 때 배웠던 지식을 적용하지도 못합니다. 하지만
우리는 죽음에 관해서라면 그에게 많은 것을 가르쳤습니다.
그가 수도원에 있을 때 말입니다! 우리는 그에게 밤낮으로
죽음에 관해 이야기했습니다. 하지만 그는…. (약간의 시간.)
한번 생각해 보십시오, 저 역시 불교에 대한 몇 가지 개념을
가지고 있습니다…. 저도 『바르도 퇴돌』을 읽었습니다, 모두가
그러듯이 말입니다…. 이제는, 저도 이 책에서 정확히 제가
무엇을 배웠는지 압니다…. 제가 만약 갑자기 글루첸코의
입장에 처한다면, 저는 저 자신에게 물어보… 여보세요…? 네,
스튜디오…? (잠시 멈춤.) 알겠습니다, 오케이.”
　　음향조정실의 책임자가 내 말을 중간에 끊었다. 그는
나에게 객관적인 설명의 틀 안으로 빨리 돌아가라고 재촉했다.
탄트라 불교[18]에 대한 나의 감정 따위는 내 취재와는 아무런
관련이 없었다. 나는 글루첸코에 관해 이야기하기 위해 그곳에
파견된 것이지, 나 자신에 대해 큰 소리로 명상이나 하려고

---

18. 티베트 불교는 탄트리즘(tantrism)의 영향을 크게
받았다. 티베트 불교의 형성에 결정적 영향을 미친
파드마삼바바(Padmasambhava)가 티베트로 가져온 불교가
북부 인도의 탄트라 불교이기 때문이다. 탄트라 불교는
‘밀교(密敎)’라고 부르는데, 이는 ‘비밀 불교[密佛敎]’ 혹은
‘밀의(密儀) 종교’의 약칭이며, 종교 용어로는 ‘진언(眞言)
밀교’라고도 부른다.

파견된 것이 아니었다.

　"알겠습니다," 나는 말한다. "동의해요. 이제부터 개인적인 견해는 말하지 않겠습니다."

　침묵.

　긴 침묵.

　징 소리가 어둠을 뚫고 들려온다.

　"야광 천체력으로 스물두 번째 날입니다." 마리오 슈멍크가 말한다. "스물세 번째 날입니다. 몇 주가 규칙적으로 흘러가고 있습니다. 끝 모를 짙은 어둠이 이곳을 지배하고 있습니다. 스물네 번째 날입니다. 아, 다시 징 소리가 들려옵니다. 곧 제관의 목소리가 어둠을 찢어 놓을 거라고 장담할 수 있습니다."

　"오, 고귀하게 태어난 자여!" 멀리서 슈멍크의 목소리가 다시 솟아난다. "거의 한 달 전에 군인들이 너의 시신을 수습했고, 나는 너와 이야기하기 위해 매일 아침 너의 사진 앞에 있었다. 나는 인내심을 가지고 너에게 말을 걸었다, 그리고 너, 너는 겁에 질린 짐승처럼 바르도를 계속해서 떠돌아다녔다. 너는 되는대로 계속 걸었다, 마치 네가 지성도 직관도 갖고 있지 않다는 듯이. 너는 투명한 빛과 마주쳤을 때 그것을 알아보지 못했다. 너는 나의 조언을 유익하게 이용하지 못했다…"

　조화롭고 설득력 있는 목소리가 차츰 쇠약해진다. 질책이 이어지지만, 이 질책에는 힘이 부족하다. 아쉽다, 그 억양이 정말로 유쾌하므로, 안타깝다. 억양이 제공하는 단순한 음악적 즐거움을 위해서라도 기꺼이 들을 수 있을 텐데. 글루첸코, 그는 아무것도 포착하지 못한다. 처음부터, 그는 무감각한 것처럼 그대로 있다. 슈멍크의 비판은 그에게 가닿지 않는다.

　"너는 원인과 결과의 저 무겁고 고통스러운 사슬에 묶여 있다." 목소리가 계속 이어진다. "너 자신으로부터 벗어날 때가 왔다, 글루첸코! 노력해라, 글루첸코…!"

　여전히 징 소리가 들려오지만, 소리가 너무 희미해서 우리는 꿈을 꾼 것인지 아닌지 알 수가 없다.

　"저는 사실만을 엄격히 말하겠습니다." 마리오 슈멍크가 말한다. "글루첸코는 전화기에서 조금 떨어진 곳에 웅크려 앉아 있습니다. 오늘이, 어디 보자…. 오늘이 스물아홉 번째 날이라고

야광 천체력이 저에게 알려 주는군요. 그러니까, 글루첸코가
영문도 모른 채 죽은 지, 벌써 4주가 넘었습니다. (약간의 시간.)
비몽사몽간에도, 그는 어둠이 지역 전체의 정전 때문이라고
계속 믿고 있습니다…. 그는 이 문제에 대해서는 정말로 생각이
꽉 막혀 버린 것 같습니다, 그는 그 생각에서 한 치도 물러서지
않습니다. 그는 내무반의 동료들이 고약한 장난을 그만두는
순간만을 기다리고 있습니다…. 이따금, 그는 잠에서 깨어나
자신의 전우들을 혹독하게 비난하며 툴툴거리곤 합니다. 어쩌면
그는 멍청한 사람처럼 졸고 또 중얼거리면서, 몇 번이고 꿈쩍
않고 있을는지도 모르겠습니다…. (멀리서 울리는 징 소리.)
티베트의『죽은 자들의 책』에서는 죽은 자가 49일간 바르도를
고통스럽게 통과하는 동안, 죽은 사람 모두를 괴롭히는 환영에
대해 수도승들이 자세히 서술하고 있지만, 걷지도 않고, 어느
쪽으로도 가지 않고 낡은 전화기 옆에서 저렇게 글루첸코가 잠을
자게 될 거라고는 예상하지 못했습니다….”

　　마리오 슈멍크는 만약을 대비해서,『죽은 자들의 책』을
챙겨 갔다. 나는 그를 비난하려는 생각이 전혀 없다, 잘 기억해
두시라. 나 역시, 여행할 때는 똑같이 한다. 나도 이 책을 가방에
넣는다.『바르도 퇴돌』말이다. 이것은 유익한 독서, 최악의 날에
대비하는 일종의 투자다. 그가 이 책을 뒤적거리고 있다.

　　“단계마다,”[19] 마리오 슈멍크가 말한다. “각각의 시련을 겪기
이전과 그 도중에, 마찬가지로 그 이후에도, 우리는 죽은 자에게
존재의 환영에 집착하는 걸 멈추라고 권고합니다. 우리는 죽은
자가 환생을 거부하도록 설득하기를 원합니다, 우리는 한 번에
완전히 녹아들 수 있도록 죽은 자를 밀어붙입니다. 우리는 죽은
자가 의식을 부여받은 한 개인의 모습으로 여전히 살아가기를
바란다거나, 한 차례 더 다시 태어나기를 욕망한다거나… 한

19.『바르도 퇴돌』에는 여섯 개의 ‘바르도’가 있다.
① 태어나서 죽을 때까지(현생)의 바르도, ② 꿈의 바르도,
③ 집중 또는 명상의 바르도, ④ 죽는 순간(임종 과정)의
바르도, ⑤ 그 본성 자체의 바르도(사후 기간의 첫 번째
부분), ⑥ 되기(사후 기간의 두 번째 부분)의 바르도.

차례 더 자신의 운을 시험하기를 욕망한다는 생각을 받아들이지 않습니다…. 우리는 그를 모욕하지 않을 뿐입니다…. 우리는 그에게 빈정대는 말을 퍼붓는데, 그것은 그가 환생하는 것에만 집착하기 때문입니다…. (약간의 시간.) 그건 그렇고, 저에 관해 말씀드리자면, 제가 이러한 전망을 포기할지 어쩔지는 저도 알지 못합니다…. 어쨌든 어떤 빛 속에 자신이 영원히 녹아드는 건 그다지 매력적이지는 않겠지요, 이 빛은 뒤이어 당신이 하려는 것을 방해하겠지요…. 그리고 당신, 당신이 어떻게 반응할지 당신은 알고 있나요, 그런가요…? 이런 상황에서, 밤에는, 두려움이…. 당신은 무엇을 선택하시겠습니까…? 녹아드는 것, 아니면 환생…? 영영 아무것도 없는 상태, 아니면 새로 시작되는 고통스러운 삶? 예를 들어 끔찍하고 경멸받는 어떤 몸 안에서 시작하는? 개코원숭이, 닭의 몸…? 권력을 가진 마피아의 몸에서…?"

마리오 슈멍크의 입 안쪽과 귀 안쪽을 가르는 강렬한 하울링[20] 효과가 발생한다.

"맞아요, 제가 긴장이 풀렸나 봐요." 혼잣말하듯이 기자가 인정한다. "네, 알겠습니다, 저에게 벌써 경고하셨었지요. 네. 주관적인 판단은 하지 말라고요. 제가 깜빡했습니다. 잘 알겠습니다…. 시스템에 대한 부정적인 의견도 안 되고요…. 맞습니다, 변명의 여지가 없습니다. 알겠습니다. 다시는 긴장을 풀지 않겠습니다…. 네…? 중간에 방송을 듣기 시작한 분들을 위한 요약이요…? 문제없습니다. 제가 해 보겠습니다."

약간의 시간.

"역외 뉴스, 제 말 들리시나요…? 친애하는 청취자 여러분, 여기는 마리오 슈멍크입니다. 기술적인 문제를 해결하고 방송을 다시 시작합니다. 방송 도중에 듣기 시작한 분들을 위해, 『바르도 퇴돌』에서 묘사된, 죽음 이후에 이어지는 여정의 단계를 제가 간략하게나마 나열해 보겠습니다. 첫째 날, 푸른빛. 둘째 날, 하얀빛. 셋째 날, 노란빛. 넷째 날, 다섯째 날, 붉은빛, 초록빛. (징

---

20. '하울링' 또는 '오디오 피드백'은 소리의 증폭 과정에서 양성 피드백에 의해 일어나는 특정한 현상이다.

소리.) 그다음에는, 다섯 쌍 무리로 구성된 마흔두 명 신[21]들과의 만남입니다…. 엉성한 설명입니다만, 시스템에 관한 개인적인 견해를 말하려고 제가 여기 있는 게 아니라서, 저는…. 암튼, 계속하겠습니다. 일곱 번째 날은, 지식의 신들과의 만남인데, 이 신들은 구부러진 칼로 무장하고, 피로 뒤발한 두개골, 사람의 넓적다리뼈로 만든 북과 나팔, 사람의 피부로 만든 깃발들을 휘두릅니다. (징 소리.) 여덟 번째 날부터 열네 번째 날까지는, 피를 마시는, 성난 신들과의 대면입니다…. 그리고 다음으로, 열다섯 번째부터 마흔아홉 번째 날까지는, 희미한 빛 한복판에서, 엄청난 고통 속에, 돌풍 한가운데서, 우박이 내리는 와중에 죽여 달라고 부르짖는 군중의 외침 속에서 하게 되는 비참한 방황입니다….”

　　침묵.

　　“적어도,” 마리오 슈멍크가 말한다, “이와 같은 시나리오는 죽은 자가 깊은 잠에 빠져 있을 때가 아니라, 바르도를 통과하며 앞으로 나아갈 때 적용됩니다. 글루첸코는 특별한 경우입니다, 제가 볼 때는 그렇습니다…. 그에게는, 이미…. 어휴…! 43일째 낮잠을….”

　　침묵.

　　징 소리.

　　사실, 아주 시끄러운 징 소리는 아니지만, 왠지 모르게, 그 소리가 글루첸코를 깨운다. 병사는 몸을 흔든다. 그가 하품한다. 그가 기지개를 켠다.

　　“이것 참,” 글루첸코가 말한다. “도대체 내가 얼마나 잔 건지 궁금하네. 한두 시간 정도인가. 아니면 겨우 5분 정도인가. 뭐가 뭔지 전혀 모르겠네…! (잠시 멈춤.) 여긴 너무 조용하군…! 너무 조용하고, 너무 어둡고…. 주변에는 아무도 없고…. 하지만… 가끔, 어둠 속에서 누군가가 속삭이는 것 같아, 분명 옆 건물에서 들려오는 소리일 거야…. 아니면, 단지 그런 느낌일 뿐일 수도….”

---

21. déité. 존재의 뿌리 또는 근원으로 간주되는 신. 다른 곳의 질서에 속하지 않는 ‘너머의 세계’, 지평선처럼, 그것을 향해 나아갈수록 사라지는 ‘장소 없음’을 가리킨다.

그가 다시 일어선다. 전화선에 두 발이 걸려 그가
비틀거린다. 전화선이 아주 짧은 시간 동안 떨리자 글루첸코는,
반사적으로, 몸을 숙여 수화기를 집어 든다.

"여보세요, 바블로예프?" 그가 말한다.

그는 수화기를 다시 훅 스위치에 올려놓고 중얼거린다.

"돌아 버리겠네," 그가 중얼거린다. "도대체 나를 뭐로
보는 거야…? 내가 바블로예프에게 말하고 있었지, 그 불쌍한
자식에게…. 그는 비행기가 착륙하자마자, 벌써 비닐봉지에 담겨
주소지로 보내졌어. 기후에 적응할 시간도 갖지 못하고, 적과
싸울 시간도 갖지 못한 채 말이야. 그의 얼굴 앞에서 폭발한 것은
우리가 갖고 있던 탄약이었어…. 묵사발이 되었다고…! 무기고
새끼들, 그 개자식들이 그걸 아무렇게나 포장한 거야…! (잠시
멈춤.) 이봐, 나를 죽은 사람과 얘기하게 만든 게 누구야? 어둠이
내 머리를 후려친 거야…. 어둠, 정적…. 어서 움직여야 해…."

금속 물체가 그의 발부리에 부딪쳤다. 다시 한번, 그는 칠흑
같은 밤 속으로 신중하게 종종걸음을 내디딘다.

"아까부터 변한 게 하나도 없잖아." 그가 말한다. "계속
가야 해. 여기서 나가야만 해. 어딘가에서 나가는 문을 결국 찾게
될 거야. (잠시 멈춤.) 이 지역에는 반드시 문이 있어, 누구라도
나에게 아니라고 말하지 못할걸. 나는 직진할 거야. (잠시 멈춤.)
어서, 글루첸코, 너는 여기서 나가는 거야. 단지 몇 분이면
된다고."

"오 고귀하게 태어난 자여." 갑자기 제관의 목소리가
들려온다. "6주가 넘게 지났지만, 너는 한순간도 너 자신이
해방될 수단에 네 마음을 집중하지 않았다. (징 소리.) 너는 겁에
질린 짐승처럼 어둠 속을 배회했다, 너는 붓다가 될 수 있도록 네
앞에 나타났었던 수천 번의 기회를 활용할 줄 알지 못했다…. (징
소리.) 이제, 너무 늦었구나, 글루첸코. 너는 다시 살아날 것이다.
(징 소리.) 애석하구나, 글루첸코, 내가 너에게 경고하니, 너는
다시 살아날 것이다. 이제, 너는 준엄하게 너의 환생에 다가갈
것이다. 너는 어느 자궁 속으로 빨려 들어갈 것이다, 너는 어느
태아 안으로 스며들 것이다. (징 소리.) 내 말을 들어라, 글루첸코.
(징 소리.) 네가 다음 생에, 동물이 되는 걸 피하려거든 적어도,

63

아무 데나 함부로 들어가지 말고, 사용할 수 있다고 아무 거죽에 달려들지 않을 지성을 가지도록 노력하거라. (징 소리.) 내 말을 들어라, 고귀하게 태어난 자여. 네가 분별력을 가지고 자궁을 선택할 수 있도록 내가 너를 안내할 것이다. 인간의 자궁을.”

“이봐, 말하고 있는 사람…!” 글루첸코가 부른다. “당신 도대체 어디 있는 거야…?”

글루첸코가 앞으로 나아간다. 그의 두 발이 땅에 둔탁하게 내려앉는다. 그가 내는 소리에, 우리는 그가 신발을 신고 있으면 안 된다는 사실을 떠올린다.

“어디선가 속닥거리는 놈이 있는 게 확실해…. (잠시 멈춤.) 이봐! 속닥거리고 있는 놈…! 너 어디 숨어 있는 거야…? 어이, 신병, 어서 모습을 드러내, 장난은 끝났어…! (잠시 멈춤.) 너야, 바블로예프…? 자네들인가…?”

그가 다시 두세 걸음 더 앞으로 나아간다.

그는 철제 반합이나 수류탄 같은 것에 부딪쳤다. 그는 이것들을 멀리 굴려 보낸다. 이것들은 두 번 튕기더니, 한동안, 진자 운동처럼 점점 더 빨리 흔들리다가, 안정된다.

“내 말을 잘 들어라, 글루첸코.” 제관이 말한다.

글루첸코가 멈춰 섰다. 그는 물체가 저절로 움직이다가 잠잠해지는 소리를 듣는다. 갑자기 무엇 때문인지, 그가 공기의 질에 의심을 품는다.

“어럽쇼.” 그가 주목한다. “그것참, 이상하네.”

그가 코를 킁킁거린다.

“지금, 냄새가 나잖아.” 그가 말한다. “거참, 새롭군.”

그는 냄새를 더 잘 맡아 보려고 꼼짝하지 않았다.

“고양이 오줌 냄새잖아,” 그가 말한다. “아니다, 잠깐만… 고양이가 아니라… 혹시, 살쾡이인가….”

“네 주의를 집중해라, 글루첸코.” 제관이 말한다.

“야생동물 오줌이군.” 글루첸코가 말한다.

그가 다시 코를 킁킁거린다.

“아니, 이런!” 그가 외친다. “징하네! 거 냄새 한번 정말 지독하군!”

“온 힘을 다해 내 말을 들어라, 고귀하게 태어난 자여.”

64

제관이 말한다. (징 소리.) "머지않아 네가 계속 걸어 나아간 지 7주째가 될 것이다. (징 소리.) 너는 길의 끝에 도달하게 될 것이다. (징 소리.) 너는 머지않아 수컷과 암컷의 교미를 보게 될 것이다. 너는 그들에게 엄청난 연민, 격렬한 연민을 느끼게 될 것이다. 너는 최대한 빨리 어떤 씨 안으로 들어가려는 생각에 끌릴 것이다. (징 소리.) 너는 어느 아버지와 어느 어머니에게서 태어나고자 하는 욕구를 갖게 될 것이다. (징 소리.) 이제 내가 네게 하는 말에 주의를 집중해라, 글루첸코. (징 소리.) 그 어떤 우연으로도, 너 자신이 아무 배아 안으로 되는대로 끌려들어 가게 놔두지 마라. 분별력을 가지고 행동해라. 만약 네가 이러저러한 연민이나 우연에 빠져든다면, 너는 비참한 짐승으로 환생할 위험에 처할 것이다. 네가 바퀴벌레나 뱀의 모습으로, 아니면 제 배설물에 영원히 더럽혀진 한 마리 야크의 모습으로 깨어날 수도 있으리라. 그건 어리석은 일이 될 게다, 글루첸코. (징 소리.) 어쨌든 너는 전생에 한 명의 인간이었잖느냐."

글루첸코는 듣지 않는다. 그는 듣지 못한다. 그는 코를 킁킁거린다.

"야생동물 냄새가 나." 그가 말한다. "근처에 분명 마구간이 있을 거야…. 더구나, 아니다, 내가 뭐라고 말하고 있는 거야? 말 냄새가 나는 건 아닌데…. 오히려 동물원이나, 야생동물…. 어휴! 냄새 한번 정말 지독하네…!"

그는 손으로 더듬거린다. 파악할 수 없는, 어떤 물체가 그의 뒤로 떨어지더니, 깨진다.

"그들이 나를 어느 동물원 옆에 데려다 놓았군, 저 멍청이들이…. 녀석들은 이게 재밌다고 생각하겠지…. 그리고 이게 계속되고 있는 거야, 계속… 몇 시간째 이게 계속되고 있는 거라고, 그 새끼들의 어처구니없는 장난이. 어제저녁 무렵부터, 심지어, 제대로 계산한다면…. (잠시 멈춤.) 이봐, 이 멍청한 새끼들아…! 너희들은 이게 엄청 재미있지…? 자, 이제 끝났으니, 그만해…! 전등을 다시 밝히라고, 지금 당장…! 야, 이 새끼들아, 내 말 들려?"

그는 귀를 쫑긋 세운다. 조금도 반응이 없다.

그러자 그는 자신을 감싼, 처음보다 현재 훨씬 더 따뜻하고

축축한 검은 공기를, 조금씩 조금씩, 공들여 다시 살펴보기
시작한다. 트럼펫 여러 개에서 울려 나오는 소리, 어떤 징에서
마음을 움직이는 진동 소리가 들려오지만, 글루첸코는 이런
것에는 관심이 없다. 반면, 소변 냄새는 그의 거의 모든 감각을
자극한다. 그는 이 냄새를 따라 다시 앞으로 나아간다. 그는 이
냄새에 자석처럼 끌려간다. 그는 자신이 어둠의 끝에 연결해
놓은, 자신이 삶에, 자유에, 해탈에 강력하게 연결해 놓은 이
흔적에 매료된다.

　　“여기는 마리오 슈멍크입니다.” 갑자기 특파원이 끼어든다.
“연결이 잠시 끊겼습니다. 다시 연결되었다고 음향조정실에서
알려 주는군요. 따라서 저는, 스튜디오 15-0-9를 위해,
바르도에서 생방송으로, 다시 마이크를 잡았습니다. (잠시
멈춤.) 글루첸코의 여정이 끝나 가고 있다고 야광 천체력이
알려 주는군요. 글루첸코는 49일가량을 이곳에 머물렀습니다.
그는 자신이 다시 태어날 장소와 시간을 향해 거침없이
나아갔습니다. 그는 어떤 조언도 듣지 않았습니다, 그는 아무것도
보지 않았습니다. 그는 그것이 무엇이건 간에 공포를 느끼지도
않았습니다…. 어둠을 헤쳐 나가기 위해, 그는 몇 년 전 우리가
그에게 제공한 바 있는 죽음과 투명한 빛에 관한 상세한 개념을
활용하지도 않았습니다. 그는 자신이 받았던 가르침을 기억하지
못했습니다, 오로지 그는 자신의 본능, 그리고 아주 평범한
자신의 지능에만 의존했습니다, 그리고 그 결과가 여기에
있습니다…. (잠시 멈춤.) 참고로, 저는 그에게 비난의 돌을
던지려는 게 아닙니다. 왜냐하면 그는 졸렸기 때문입니다, 과연
그가 졸음을 참아야만 했던 것일까요, 그런가요? 솔직히 말해,
제가 만약 그의 입장에 처했다고 한다면, 잘 모르겠습니다, 저
자신도…. 제가 지금 하려는 말은 전혀 믿을 만한 것이 아닙니다.
하지만 어쨌든, 잠자는 것은 바르도의 악몽을 피하기 위한
좋은 기술인 것 같습니다…. (잠시 멈춤.) 네, 그렇습니다, 이건
개인적인 의견일 뿐입니다. 그렇습니다, 말로 꺼내지 않고 저를
위해 간직할 수도 있었을 테지만…. 저는 약속한 바 있습니다,
저도 알고 있습니다.”

　　이 순간, 글루첸코는 한숨을 내쉬고 있다.

66

"피곤해서 죽을 것 같아." 그가 말한다. "두 다리로 겨우 버티고 있을 뿐이지. 그리고 내 머리는, 말할 필요도 없어…. 머릿속이 완전히 텅 빈 것만 같아…."

그가 몇 걸음 걷는다.

약간의 시간.

"어라, 저기 빛이 보이는 거 같은데." 그가 말한다. "바로 앞에. 맞아, 어둠 속에 더 밝은 빛줄기 하나가 있어. 어떤 문의 안쪽 같은데…. 저쪽으로 가 봐야겠어…. 저기에서 냄새가 나는데…. 냄새가 점점 더 매콤해지네…."

"이 순간," 마리오 슈멩크가 말한다. "글루첸코는 자신이 보았던 빛을 향해 나아가고 있습니다. 그가 더듬거립니다, 손을 손잡이에 올려놓습니다. 그가 마침내 문을 발견한 겁니다. 그는 별다른 어려움 없이 그 문을 밀고 있습니다."

문은 밤, 아주 어둡고, 흐리며, 별이 없는 밤을 향해 열리지만, 글루첸코가 빠져나온 어둠과는 대조적으로 거기서는 모든 것이 대낮처럼 선명하다. 글루첸코는 눈을 가늘게 뜬다. 밤의 빛이 그의 눈을 아프게 한다. 그는, 울창하고, 습하고 더운 어느 숲에, 거대한 나무 아래 있다. 어느 울창한 풍경이 보이고, 여기저기서, 생명체가 짝을 지어 움직이고 있다. 글루첸코는 소음을 듣는다. 그는 교미하고 있는 원숭이 한 쌍과 가까운 거리에 있다. 그 소리는 한밤중 숲의 소리로, 배경에서는 지글거리는 소리와 열대의 울음소리가, 훨씬 더 가까이에서는, 원숭이들이 내는 사랑의 신음, 나뭇잎 바스락거리는 소리가 들린다.

"어이, 거기, 너희!" 글루첸코가 소리를 지른다. "도대체 너희 뭐 하는…. 아니 이런, 저기 둘, 거리낌이 없네…. 어이! 조금 전, 전기를 끊었던 게 너희냐…?"

글루첸코는 한동안 원숭이들을 지켜본다. 처음에는 음탕한 호기심으로, 그다음에는 점점 자라나는 사랑의 감정으로. 그는 이 원숭이들이 좋아지더니, 갑자기 이들에게 엄청난 매력을 느낀다. 그는 이들의 자식이 되고 싶다는 간절한 욕망에 사로잡힌다.

격렬한 소리와 뜨거운 침묵, 검은 웅덩이 위로 물방울 떨어지는 소리, 높은 나뭇가지에서 벌어지는 원숭이들의 소란,

흥건한 숲의 분위기, 야생 짐승의, 썩은 나무의 향내, 진흙탕의 곰팡내, 모든 것 위에서 들리는 비늘과 키틴[22]의 마찰음, 진흙에서 피어오르는 김, 날카로운 으르렁거림과 교미 중에 흘러나오는 체액, 개미 냄새. 이 모든 것이 글루첸코를 둘러싸고 있다.

"글루첸코가 성행위를 하며 결합 중인 원숭이들에게 다가갑니다." 마리오 슈멍크가 묘사한다. "그는 이 원숭이들의 자식이 되고자 하는 압도적인 욕망에 사로잡혀 있습니다. 그는, 자신이 앞으로 나아감에 따라, 원숭이들의 크기가 커지더라도, 두려워하지 않습니다. 그가 다가가면 다가갈수록, 원숭이들에게 닿기 위해 그가 옮겨야 하는 발걸음의 수는 점점 많아집니다…. 이 원숭이 쌍은, 이제, 그에게는 아주 거대해 보입니다…. 수컷과 암컷이 산처럼 그의 앞에서 몸을 일으킵니다…. (잠시 멈춤.) 그가 줄어들었습니다, 그는 아주 작아졌습니다…. 그는 자궁의 입구에 마치 자석처럼 빨려 들어갑니다…. 그는 자궁을 향해 열에 들뜬 듯이 걸어갑니다…. 그가 또다시 줄어듭니다…."

약간의 시간.

"그는 무슨 일이 일어나고 있는지 아무것도 이해하지 못합니다." 마리오 슈멍크가 계속해서 말한다. "이제 그의 마음속에는 단 하나의 소원만 있습니다. 그것은 바로 이 두 존재에게 사랑스럽게 녹아드는 것, 이들을 계승할 씨가 되는 것입니다…. 그의 모든 기억이 사라졌습니다. 그는 아무것도 두려워하지 않습니다…. 그는 자신이 아주 작아졌다는 것도 의식하지 못합니다…."

"좋아." 글루첸코가 말한다. "기다리는 동안, 나는 여기에 정착할 거야. 나는 여기로 들어갈 거야."

"무엇이 되었건 실제로 그는 더 이상 아무것도 의식하지 못합니다." 마리오 슈멍크가 설명한다. "우리는 이 뒤섞인 몸 속에서 겨우 그를 알아볼 수 있을 따름입니다."

약간의 시간.

덥다. 자정이다. 숲이 자신을 어둡게 가리고 있는

---

22. 절지동물이나 연체동물의 껍질을 이루는 성분.

구름 아래에서 바스락거린다. 때때로, 잠깐 동안, 풍경이 고요해지지만, 얼마 가지 않아 원숭이들의 울음소리, 식물의 바스락거리는 소리, 원시림 덩굴손에 매달린 매미의 울음소리가 다시 시작된다.

"끝날 겁니다." 마리오 슈멍크가 말한다. "제가 그의 입장이었더라면, 그보다 더 지혜롭게 행동했을지, 어땠을지, 저도 알지 못합니다. 더 영광스럽게 행동했을지도. 암튼 저는 모르겠습니다."

모르기는 나도 마찬가지, 나도 잘 모르겠으며, 여기서, 나는 모두의 이름으로 말한다.

짧은 전자음이 들려온다.

"네, 죄송합니다." 마리오 슈멍크가 말한다. "저는 이미 방송이 끝난 줄 알았습니다…. 그런데 아니었군요, 물론, 더 이상 자기중심적인 독백은 하지 않을 겁니다…. 오케이…."

그러니까, 글루첸코. 혹은 거기에 남아 있는 건…. 그는 이제 곧 의식을 잃게 될 것이다. (잠시 멈춤.) 이게 다. 측정기가 0을 가리킨다. 글루첸코는 의식을 완전히 잃었다. (잠시 멈춤.) 그는 이제 더 이상 존재하지 않는다.

잠시 멈춤.

그는 더 이상 결코 존재하지 않는다. 그는 삶을 다시 시작할 수 있을 것이다.

나는 어떤 기차에 오른 채였고, 이건 거기서 일어난 일이다. 나의 즐거움을 위해 여행을 하고 있던 건 아니다. 여행 중에 완수해야 할 임무가 내게 맡겨진 거였다. 유쾌하지는 않은 임무였는데, 어떤 남자를, 나처럼, 다시 말해, 십중팔구 실수로, 48년 전에 그가 빠져나왔던 무(無) 안으로 되돌려 보내는 일이었기 때문이다. 나와 나이가 같고, 암튼 그 운명이 처음부터 끝까지 나와 비교될 만한 누군가를 제거해야 한다는 일이 내게는 항상 조금 역겹다. 나는 마지막 순간까지 호위를 받았고, 내가 어디로 가게 될지 고지받지 못한 상태에서 강제로 열차에 오른다. 이것은 우리 지휘 체계에서 사용하는 기술이며, 이 기술은, 우리 각자 자신의 존재 안에서 끊임없이 길을 잃고 헤매기 때문에, 특히 작업을 수행할 차량을 운전하는 사람이 아닌 경우, 실제로 어디로 가는지 알 필요가 없다는 어떤 신념에 기반한다. 그럼에도 불구하고, 마지막 순간에 고군분투했기에, 나는 몰래 몇 장의 이미지를 손에 넣을 수 있었고, 내가 돌아다니게 될 길에 대한 감을 잡을 수 있었다. 나는, 어느 대도시 안에 있는, 어느 도심 노선에 태워졌는데, 무언가를 말하기 위해, 그리고 관례적으로 모든 서사적 웅얼거림의 근거를 이루는 개연성의 원칙을 존중하기 위해, 이 대도시를 홍콩이라고 해 두자.[23] 몽콕[24]에서 바다로 향하는 노선이라고 해 두자. 이 노선은 특정 시간에는 사람이 거의 이용하지 않는다. 여기서는 조직에 해를 끼치지 않고도 세부 사항을 속삭일 수 있으며, 심지어 완전히 잘못된 세부 사항마저도, 확신하지 못하지만 귀 기울여 듣고 있는 사람을 항상 안심시켜 준다.

기차는 앞으로 나아가고 있었다. 나는 순방향에 앉아 축 늘어져 있었다. 어떤 사람은 역방향에 앉으면 심각한 신체적 장애를 겪는다고 주장한다. 지금까지 나는 기차에서 단 한 번도

---

23. 이 작품에 등장하는 모든 거리와 지역은 실제 홍콩의 거리와 지역이다.

24. Mongkok, 旺角. 홍콩의 번화가.

아픈 적이 없었는데, 내가 말하고자 하는 건, 계속되는 열차의
덜컹거림 때문에, 아니면 먼지나 몸 냄새로 내가 불편을 겪은
적이 없었다는 뜻이다. 물론, 끔찍한 상황에서 그리고 평범한
수준을 넘어선 육체적이고 정신적으로 쇠약한 상태에서
여행한 적도 있었지만, 병은 내가 객차에 오르기 전에 이미
발생했거나 잠복해 있던 거였다. 따라서 그날들과 그 밤들에,
교통수단이 원인이었던 것은 아니다. 어떤 병들은 여행할 때
끔찍한 것 같다. 특히 림프샘종 흑사병, 아니면 각기병, 아니면
가스괴저 같은 것들이 그렇다. 나는 가장 잘 알려진 질병만을
언급하는 것이다, 물론이다. 짧은 여행의 경우, 환자는 불운에
맞서 최선을 다하지만, 횡단이 끝없이 길어지면, 증상은
악화된다. 여러 의사가 이에 대해 논문을 발표한 바 있으며,
그들은 이름깨나 날리는 의사들이었다. 나에 관해 말하자면,
당시 나는 어떤 커다란 부상으로도 고통받지 않았다. 그럼에도
불구하고, 자리에 앉으려는 순간, 마치 내 몸이, 본능적으로,
어떤 사고나 불행에 대처하려고 나에게 가능한 한 최선의 자세를
취하라고 지시하기라도 한 것처럼, 나는 앞을 향해 몸통과
얼굴을 돌렸다.

　　몽콕에서 내가 자리를 잡았을 때, 객실에는 사람이 거의
없었는데, 1분쯤 지나자, 내 옆자리에 앉아 있던 중국인 여자
승객이 짐을 챙겨 사라졌다. 내 복장이 사람들을 불편하게
한다는 걸, 나도 잘 알고 있다. 세탁소에 드라이클리닝을 자주
맡기지 않는 수도승 복장 같은 내 낡은 옷은, 부정적인 반응을
불러일으키고, 이런 부정적인 반응은, 좌석 아래, 웅크린 자세,
한편으로 자연스럽고 매우 편안한 이 자세를 내가 선호해서
더욱 악화된다. 내가 좌석 아래에서 꼼짝하지 않고 있다 보면
얼마 지나지 않아 누군가가 나를 부르는 일이 발생한다. 그들은
구두코로 나를 밀어내고, 소란을 피우며, 목소리를 높여 내가
여기 있는 것을 개탄한다. 나는 명령을 받아 업무를 수행 중이고,
돌아가면 조직이 나를 돌봐줄 것이기에, 이러한 굴욕쯤은
용감하게 견딘다. 나는 대응하지 않고서 욕설을 그대로 받고,
나를 구타하면, 그냥 얻어맞는다. 중국 사람 고유의 무관심

문화[25]에 충실한 여자 승객은 사라지기 전에 불쾌한 말은 단
하나도 내뱉지 않았다. 우리 트레이너들이 말하듯, 그래도 우리는
싸움을 피해 갈 수 있으며, 무엇보다도 중국에서는, 살 줄 아는
사람과 살게 내버려둘 줄 아는 사람이 있는 것이다.

　　나는 이렇게, 웅크린 채 흔들거리며, 몽콕 로드에서 청왕
로드[26]까지, 길고도 단조로운 시간을 졸면서, 비교적 건강한
상태로 지나왔다.

　　청왕 로드를 지나고 얼마 되지 않아, 슐룸이 열차의
객실로 스며들었다. 이 시기의 그라는 존재를 두고, 우리는 그가
인간의 형상을 하고 있었다고 주장하는 데 벌써 어려움을 겪고
있었다. 그가 나와 많이 닮았음은 사실이지만, 그렇다고 그 점이
그에게 유리하게 작용하지는 않았다. 가난에 찌든 그의 누더기
수도복은 살에 찰싹 달라붙어 있어서, 마치 그의 뼈를 직접
감싸고 있는 것처럼 보였다. 이것이 그의 골격이 지닌 기이한
견고함을 강조해서, 그를 알아보는 데 크게 도움이 되지 않았다.
그는 눈길 한 번 주지 않고 나를 지나쳐서, 어쩌면 몇 년을 더,
자신이 금욕적인 카타토니아[27] 상태로 머물러야 할지도 모를,
매우 중요한 장소 하나를 발견하기라도 한 것처럼, 창가 쪽을
유심히 살펴보더니, 결심이라도 한 듯, 느닷없이 몸을 접더니,
환기 시스템에 등을 대고 쭈그리고 앉았다. 그는 반대 방향으로
쭈그리고 앉았다. 그의 머플러와 그가 입고 있었던 꾀죄죄한,
남색과 흑갈색이 섞인 꾀죄죄한 옷가지가 그의 주위에서

---

25. '쓸데없이 남의 일에 관여하지 마라[少管閑事]'나 '다른
사람에게 신경 쓰지 않는다[不理他]'라는 말처럼, 쓸데없이
오지랖이 넓은 사람을 질책하는 '무관심 문화'는 중국의
대표적인 습성 중 하나다.

26. Cheungwong Road, 長旺道.

27. catatonia. 정신 질환의 하나로, 의식이 뚜렷한
상태에서도 주위의 자극에 응답하지 않고 표정이나 행동이
정지해 버린 상태. 이 상태는 사람을 완전히 움직이지 않게
하거나, 반대로 무의식적으로 반복적인 움직임을 하게 만들
수 있다.

너풀너풀 소리를 내기 시작했다. 그는 에어컨 조절 장치 쪽으로
팔을 뻗어서 전원을 껐다. 그러자 곧바로 누더기가 가라앉았다.
천 사이로 일단 평온이 자리 잡자, 침묵이 지배했는데, 철도
여행에서 발생하는 소음을 침묵이라고 부를 수 있다면 말이다.
나는 다시 졸기 시작했고, 그런 상태가 한두 시간쯤 계속되었다.
   창문 너머로 풍경이 아련하게 풀어 헤쳐지고 있었다.
청왕 로드의 전경이 뒤로 물러나면서 엉망으로 관리된 캄람
스트리트[28]의 건물 외벽이 이어졌다. 나는 이것을, 한 차례 졸고
나서 다시 졸음에 빠지기 직전, 그 사이에, 매우 단편적으로 보고
있었다. 더 잘 보려면, 유리창에 얼굴을 바싹 댔어야만 했을
것이다. 그러나 나는 슐룸이 지금 차지하고 있는 창가 쪽은 피해
있었다. 창가 쪽을 확보하기 위해서는 때때로 운행 방향과 반대
방향으로 여행해야 해서, 병에 걸릴 위험을 감수해야 하는데도
불구하고, 창가 쪽을 선호하는 경우가 많다. 승객은 지나가고
있는 것을 바라보면서 자신이 있는 세계의 장소를 규정할 수
있다고 믿는다. 이런 믿음이 승객의 불안을 없애 주거나 줄여
준다. 하지만, 곰곰이 생각해 보면, 외부에서 생겨난 이미지를
관찰해 선택하는 기준이라는 것은 아주 허망하다. 아주 허망하고
매우 불안정하다. 간단한 예를 하나 들어 보자. 캄람 스트리트
주변은, 예를 들어, 캄퐁 스트리트[29]의 도착 지점과 합쳐진다.
건물들은 비슷한 수직 구조로 솟아 있다. 입구 위쪽에 적혀
있는, 행운을 기원하는 네 개의 글자도 전혀 다르지 않으며,
인도를 지나가는, 인파 속 아시아인 얼굴은 똑같이 아름다우며
감동적이고, 사람들은 똑같은 방식으로 옷을 입는다. 이런
까닭에, 신뢰할 수 있는 정보를 수집하고자 할 때, 나는 땅바닥
가까이 있는 편을 선호한다. 땅바닥 가까이에서는 기준점이
고정되어 있는 반면, 창문 너머로 바깥을 관찰하려는 순간에는,
모든 것이 어지러울 정도로 움직인다. 땅바닥 가까이에서,
나의 지리는 단순한 데이터를 기반으로 삼으며, 벤치를 바닥에
고정하는 금속 구조물에 국한된다. 내 눈앞에는, 전혀 사라지지

---

28. Kamlam Street, 甘霖街.
29. Kamfong Street, 甘芳街.

74

않는 세세한 것들이, 가령, 여기에는 딱딱하게 굳은 껌 한 조각이, 저기에는 둥글게 말린 검은 머리카락 네 가닥이, 그리고, 더 멀리에는, 짙은 회색 먼지 웅덩이가 하나 있다. 나를 불안에서 벗어나게 해 주는 무언가가 있다면, 그건 바로 이런 것들, 이런 소소한 요소, 그리고 두 차례 졸면서 보낸 그사이에도 사라지지 않는, 발밑에 남겨진 풍경이다. 건축물이나 인파의 저 실처럼 늘어나는 풍경이라기보다는 오히려 이런 것들이다. 어찌 되었건 간에, 오후가 저물어 갈 무렵, 나는 우리가 유리창 너머로 보고 있던 것을 살펴보러 가고 싶은 욕망에 사로잡혔다.

나는 자리에서 일어났고, 그런 다음, 균형을 잃지 않도록 두 손의 도움을 받아 가며, 창가를 향해 갔다. 황혼이 아직 우주를 완전히 지배하지는 않았지만, 나는 자주 그랬듯이, 맹목적으로, 다시 말해 눈꺼풀을 올리거나 내리는 것 따위에는 신경 쓰지 않은 채, 몸을 움직였다. 조직의 신비주의자 중 일부는 손으로 더듬거리거나 호흡을 정지한 상태에서의 이동이 다른 방식보다 덜 위험하다고 주장한다. 이 신비교 신도들에게 늘 동의하는 건 아니지만, 이런 권고에 내가 무관심하지는 않음을 난 인정한다. 슐룸이 신음하는 소리를 들었을 때, 벌써 나는 상당히 앞으로 나아간 상태였다. 내 왼발이 그의 옷자락을 밟고 있었다. 나는 몇 센티미터 물러나서 사과의 말을 웅얼거렸다.

“밖에 뭐가 있는지 보러 가고 싶었습니다.” 내가 설명했다.

“그렇다고 안에 있는 것을 무시할 이유는 없지요.” 슐룸이 말한다.

“당신의 웃옷이 걸리적거리네요.” 내가 말한다.

“웃옷은 무슨,” 슐룸이 말한다. “이건 내 살가죽이오.”

“아,” 내가 말한다. “미안합니다. 못 봤어요.”

“아, 이제는 보이시나?” 슐룸이 정색하며 음산한 투로 말했다. “그런데 이건 안에 있는데.”

“오, 안이건, 밖이건.” 내가 말한다. “이런 걸로 다투지 맙시다. 차이점이랄 것도….”

나는 풍경으로 관심을 돌리고는 입을 다물었다. 이제부터 나는 두 눈을 부릅뜨고 있도록 주의했다. 슐룸의 옷이든 살가죽이든, 다시 밟지 않으려면 통로의 난간을 붙잡아야만 했다.

시계가 돌아가고 있었지만, 몽콕 로드 이후로는 풍경이 그다지 변한 게 없었다. 방수포와 천막으로 둘러쳐 보호되고 있는, 받침대 위에 놓인 좌판에 둘러싸인 채, 우리는 여전히 도심에 있었고, 비가 내리고 있었다. 상인들은 이제 막 알전구를 켰고, 전구 아래에는 철물 잡화며 티셔츠, 패드가 들어간 브래지어, 간장으로 갈색을 낸 오리고기 토막, 각종 해적판 음반이 진열되어 있었다. 나는 지나가다가, 그 무더기 맨 위에 내가 좋아하는 캔턴 팝[30] 스타들이 있는 것을 발견했다. 나는, 탐욕스럽게, 15분 동안 시장의 활기를 유심히 살펴보았다.

"혹시 당신 이름이 퍼프키 아니오?" 갑자기 아래쪽에서, 내 왼쪽 무릎 높이에서 소곤거리던 슐룸의 입에서, 말이 흘러나왔다.

"아닙니다." 내가 말한다. "퍼프키는 죽었습니다. 그는 1층과 2층 사이 중간층에서 발견되었습니다. 그럴 시간이 있었는지, 자신의 피로, 벽에다가 슐룸이 나를 살헤햇다라고 적어 놓았더랬죠."

"그게 무슨 대수라고." 슐룸이 말한다. "모두 그렇게 합니다, 이제는. 하나의 유행이 되었지요."

"내가 사진을 봤습니다." 내가 말한다. "그는 비열한 죽음을 맞았어요."

"터무니없는 소리요." 슐룸이 항의했다. "조직의 여러 잡지에 그런 종류의 사진이 실린 적이 없소이다."

"어느 독립 잡지에는 실렸지요." 내가 근거를 댔다.

"아." 슐룸이 말한다.

저녁이 깊어지자, 슐룸은 자신이 누구인지 내가 알고 있었냐고 물어보았다.

"몰랐습니다." 내가 말한다. "당신이 누군데요?"

"내 소개를 하죠." 그가 말한다. "슐룸, 잉고 슐룸이라고 하오. 어쩌면 조직에서 이 이름을 들어 본 적이 있을 텐데요. 나는 같은 이름을 여러 개 갖고 있소. 어떤 슐룸은 이론 연구에 전념하고, 다른 슐룸은 행동 지부에 소속되어 있소. 또 다른 슐룸들은 불쌍한 놈들이지요. 어쨌든. 조직은 내가 퍼프키라는

---

30. 홍콩 대중음악. '칸토팝'이라고도 부른다.

자를 만나게 될 거라고 경고했소.”

“퍼프키라고요?” 나는, 생각에 잠긴 듯한 말투로 반복했다. “무슨 말인지 잘 모르겠습니다.”

“맞소.” 슐룸이 말한다. “나 같은 사람이오, 아직 죽지 않았지만, 반박할 수 없을 만큼 맛이 간 사람. 나는 진단을 과장하지 않으려고, 맛이 갔다고 말하는 거요. 아직 죽은 건 아니지만, 정체성에 문제가 있는 어떤 작자. 그자가 당신일 수도 있지 않을까 싶은데, 아니오?”

“잘 모르겠어요.” 내가 말한다. “그럴 수도 있겠지요. 내 이름 같은 건 전혀 중요하지 않습니다.”

“좋소.” 슐룸이 말한다. “요컨대, 아무 이름으로나 불러도 괜찮다면, 내가 당신을 퍼프키라고 부르면 안 될 이유 같은 것도 전혀 없겠지요?”

“그러길 원하신다면요.” 내가 말한다. 그런 다음 나는 얼굴을 찌푸렸다.

에어컨의 스위치를 끄자, 온도가 상승했다. 옆 칸의 입구에서 꺼져 가던 분홍빛 야간 조명을 제외하고는 열차 안의 어떤 전등도 작동하지 않았다. 우리 주변에서는 곰팡내와 낮잠의 냄새가 났다. 거주할 만한 공간, 나는 이 말을 우리가 거주하고 있었던 공간으로 이해하는데, 그곳은 김이 서려 있거나, 습기가 응축되거나, 악취를 풍기는 경향이 있었다. 갈색 기운이 도는 내 누더기, 나의 남색 머플러와 두 발은 스포츠 선수들의 탈의실에서 나는 악취를 발산하기 시작했다. 내 옷 안에 받쳐 입은 속옷은 짜내야 할 정도로 젖어 있었다. 한 시간 동안 나는 스토아 철학자처럼 꼼짝하지 않고 있다가, 내가 한 이 행동이 정당했으며, 심지어 바람직했노라고 생각하기 시작했다. 슐룸이 잠시 방심한 틈을 타서, 나는 멀쩡한 발가락 하나를 놀려 에어컨 조절 장치를 조작했다. 냉각 팬이 돌아가기 시작했고, 여행 초반에 그랬던 것처럼, 머플러들이 내 주위에서, 그리고 슐룸의 머리 주위에서 너풀너풀 소리를 내기 시작했다.

밖은, 밤이 지배하고 있었지만, 다시 쇼핑가를 지나자, 화환 모양의 하얀 전구가 어둠을 뚫고 빛을 뿜어냈다. 수많은 여자 판매원들이 자신들이 팔고 있는 상품 뒤에 앉아, 즉석

수프가 담긴 그릇 위로 고개를 숙이고 있었다. 빗줄기가 조금만 덜 거셌더라면, 국수에 곁들여 내는 것들이 무엇인지, 생선이나 게, 아니면 매콤한 오징어, 아니면 참새우인지 알아볼 수 있었을 것이다. 비는 조금 전부터 더욱 거세졌다. 비가 수직으로 쏟아지고 있었다. 창문에는 빗방울이 거의 없다시피 했다.

"툥초이."[31] 슐룸이 말한다.

꼬질꼬질한 무명천 조각이 그의 입술 앞에서 펄럭거리는 바람에, 그의 말은 제대로 알아들을 수 없었다.

"뭐라고 하셨나요?" 내가 말했다.

"여기는 툥초이 스트리트 근처인 게 틀림없어요." 슐룸이 말한다. "바다로 곧장 내달리는 게 아니라 지그재그로 가고 있잖소."

"그럴지도요." 내가 말한다.

"툥초이 시장을 아시오?" 슐룸이 물었다.

"툥초이 마켓 말입니까?" 내가 말한다.

"그래요. 그렇게들 부르지요. 가 본 적 있소?"

"아니요." 내가 말한다.

1분가량의 시간이, 슐룸의 얼굴 주위의 피부나 천이 너풀대는 소리에 맞추어, 흘러갔다.

"그 퍼프키라는 자와 매듭지어야 할 일이라도 있었나 봅니다?" 내가 정보를 얻으려고 물었다. "행동 지부에서 당신에게 그를 제거하라는 임무를 맡기기라도 했나요?"

슐룸은 대답하지 않았다. 그때까지, 창밖을 계속 바라보고 있던 나는, 그를 향해 몸을 돌렸다. 나는 그가 있는 방향으로 고개를 숙였다. 냉각 팬에 날리는 천 조각이 그의 코앞에서 나부끼며 이따금 그의 눈꼬리를, 이마의 절반과 입을 때리곤 했다. 어떤 사람도 우리의 얼굴이 아주 비슷하거나, 거의 똑같다고 주장하지는 않을 거라는 걸 나는 알고 있지만, 객실의 어둠 속에서, 나는 슐룸의 가면, 굶주리고, 볼품없으며 심리적으로 불안정한 저 복서의 가면을 보면서, 어떤 연민도 느끼지 않았다.

---

31. Tungchoi Street, 通菜街. 몽콕 로드 근처에 있다.

"미리 말해 두는데, 나는 퍼프키가 아닙니다." 내가 말한다.
"이 주제로 농담은 그만합시다. 내 이름도 슐룸이오. 나도
슐룸이라고. 조니 슐룸."

슐룸이 반응하지 않자, 나는 다시 밖을 향해 몸을 돌렸다.
기차는 속도를 줄였고, 그 움직임이 부드러워졌다가, 잠시
멈췄고, 우리는 빨간불에서 기다리고 있는 것 같다는 느낌을
받았다. 침묵이 한결 깊어졌다. 슐룸과 나는, 어둠 속에서 거의
돌처럼 굳어서, 꿈쩍도 하지 않은 채, 오로지 말에 의해서만,
상인들의 조명에 의해서만, 바깥에서 비쳐 드는 축축한 반사광에
의해서만 존재하고 있었다. 분홍빛이 감도는 야간 전등은, 접근할
수 없는, 또 다른 우주에 있기라도 한 것처럼, 우리에게서 멀리
떨어져 있었다.

"동명이인 하나 추가." 나는 계속 말했다. "짐작건대, 당신네
집단의 분류에 따르면, 당신은 불쌍한 유형 축에 들겠군요."

슐룸이 기침을 했다. 그는, 이렇게 역방향으로, 창문 쪽에서,
여행하는 걸 힘들어하고 있었던 건 아닐까. 나는 그에 대한 말을
들은 적이 있었고, 그에 관한, 그의 알레르기와 신경증에 관한
보고서도 읽은 적이 있었다. 나는 또한 그가 죽음의 첫 49일간의
인격 상실에 대해, 첫 번째 지옥들을 건너는 일을 망치고 마는
분열 감각에 대해 연구하고 있다는 것도 알고 있었다. 조직은
그가 연구 결과를 조직에 전달하는 데 동의하는 경우에 한해,
불경스러운 이 연구를 최근까지 허용해 왔으나, 그가 여행 일지를
더 이상 누구와도 공유하지 않았기 때문에, 오늘날에는 연구를
더 이상 용인하지 않았다. 나의 일, 나의 임무는 바로 여기서
비롯되었다. 거칠고 수척한 슐룸의 얼굴 주위에서, 찢어진 천
조각이 너풀거리고 있었다. 이 거무스름한 조각들이 내리칠 때,
슐룸의 두 뺨, 심지어 그의 두개골은, 행복한 육체를 떠올리게
하는 게 아니라, 오히려 육체의 소멸에 대한 깊은 욕망은 염두에
두지 않은 채, 결정적이고 돌이킬 수 없는 모종의 평화를 향한
육체의 난폭한 끌림도 염두에 두지 않은 채, 살아가도록 강요받는
어떤 유기체를 떠올리게 하는 식으로 소리를 내고 있었다.

"나는 당신을 믿지 않아, 퍼프키." 내 오른쪽 다리에서
떨어져 나오며, 슐룸이 갑자기 강경한 태도를 취했다. "당신은

나를 제거하러 여기에 왔어, 내 연구 결과를 빼앗고 나를
제거하라는 조직의 명령을 받은 거야."

"여기로 침입한 건 바로 당신이잖습니까, 슐룸." 내가
반박했다. "나를 함부로 부당하게 비난하지 말아요. 역할을
뒤바꾸지 말라고. 내가 몽콕에서부터, 몇 시간 동안 여행 중이던
열차에 나타난 건 바로 당신입니다."

"아하, 당신이 몽콕에서 탔다고?" 슐룸이 물었다.

"그래요."

"나도요." 슐룸이 말한다. "여자 한 명이 있었소. 내 존재가
그녀를 방해했지. 그녀는 객실을 바꿨소."

"중국 여자였습니까?" 내가 관심을 보였다.

슐룸은 뼈만 남은 단단한 두 어깨를 들썩였고, 힘없는
소 울음 같은 소리로 그 사실을 인정했으며, 더는 아무 말도
덧붙이지 않았다.

기차가 다시 출발했고, 신호등은 다시 녹색으로 바뀌었을
것이다. 나는 순방향으로 돌아앉아 몸을 쭈그려 앉았다. 내가
흥분했던 것은 나에게 아무런 도움이 되지 않았고, 슐룸과 벌였던
논쟁은 머리끝에서 발끝까지 나를 흔들어 놓았다. 그리고 나자,
몸에서 문제가 발생했다. 나는 이제 오한과 식은땀을 동반하며
급등한 열에 시달리기 시작했다. 목에서 통증이 느껴졌다.
나는 모르는 사이에 노출되었을 수 있는 특이한 질병을 하나씩
점검하기 시작했다. 대중교통 수단에서는, 타액 같은 것에 의해
전염되는 경우가 흔하다. 그때까지 나는 잘 피해 왔지만, 내가
정말로 그랬는지 온전히 확신할 수는 없었다.

"누가 당신에게 침을 뱉은 적이 있었습니까?" 내가 물었다.

"아니오," 슐룸이 말한다. "내가 아는 한 그런 일은 없었소."

우리는 별다른 소리를 내지 않은 채 몇 시간을 그대로
있었다. 우리는 좌석 발치에, 짙은 미광 속에서, 각자 나름의
방식으로, 나란히 앉아 있었고, 이따금, 나는 냉각 팬에서 내 위로
불어오는 바람을 느꼈으며, 그러면 곧바로, 천이 내 목 위에서,
내 이마 위에서, 구겨지며 내는 소리가 이어졌으며, 우리 두 사람
옷가지의 찢어진 부분이 서로 엉키고, 서로 꼬이고, 서로 접히고,
뱀처럼 구불거리고, 나붓거리며, 소리를 냈다. 열차가 따라간

80

경로는 박포 스트리트와 학포 스트리트[32] 사이에서 오랫동안
지그재그로 이어졌고, 그러다가, 우리는 야우마테이[33]를 향해
전속력으로 달렸다.

고약한 약점 하나가 나를 사로잡았다. 나는 몇 번이나 졸곤
했다. 모든 가능성을 따져 볼 때, 내가 의식하지 못한 상태에서
며칠 밤낮이 지나간 것 같았다. 어쩌면 내가 모르는 사이에
사람들이 기차에 오르고 내렸을 것이며, 객실에 들어왔다가
떠나갔을 것이다. 이 불분명한 아침나절 중 어느 늦은 아침
아니면 이른 오후에, 슐룸은 다시 한번 에어컨 조절 장치를 0으로
고정했고, 천 조각이 너풀거리던 소리가 우리 주위에서 사라졌다.

"사흘 전에, 티베트 여자 하나가 리입 스트리트[34]에서
기차에 올라탔소." 슐룸이 말한다.

"아, 티베트 여인이라." 내가 말한다.

"조직에서 보낸 티베트 사람이었소." 슐룸이 상세히 말했다.

"그래서요?" 내가 말한다.

"그 여자는 다시 떠났소." 슐룸이 말한다. "우리가 섹룽
스트리트[35]에 도착하기 조금 전에. 그녀도 퍼프키라는 사람을
찾고 있었소, 그녀도 말이오. 조직이 당신의 흔적을 추적하려고
그녀를 투입했던 거요. 그녀의 임무는 당신에게서 정보를 빼내는
것이었소."

"어떤 종류의?" 내가 물었다.

"당신이 넘겨주지 않으려고 하는 바로 그 정보 같았소."

내 온몸 위로 땀이 샘물처럼 흘러내리기 시작했고,
여기저기 수십 군데에서 한꺼번에 터져 나왔다가 몸의 주름진
여러 곳과 매끄러운 표면에 골고루 퍼지면서, 머리부터 발끝까지
나를 적시고, 얼어붙게 만들었다. 나는 몸서리쳤다.

---

32. Pakpo Street, 白布街, Hakpo Street, 黑布街. 둘 다 몽콕
로드에 있는 거리 이름이다.

33. Yaumatei, 油麻地. 홍콩 가우룽반도의 야우짐윙구에
속한 지명.

34. Leeyip Street, 利業街. 몽콕 로드에 있다.

35. Sheklung Street, 石龍街.

"정보라니." 나는 숨이 가빠졌다. "무엇에 관한 정보 말입니까?"

"죽음 이후에 이어지는 7주에 관한 정보." 슐룸이 말한다.

"거참, 죽음 이후에는 그보다 더 많은 주가 이어집니다." 내가 말한다.

"그녀가 관심을 가졌던 것은 첫 7주였소." 슐룸이 말한다.

"그리고 그녀가 떠났다고요?" 내가 물었다.

"그렇소." 슐룸이 말한다. "하자마자…."

"하자마자라니, 뭐를요?" 내가 말한다.

"계시를 받아 당신이 7주를 끝내자마자." 슐룸이 말한다. "알고 있는지 모르겠지만, 당신은 잠결에 말을 했소."

"무슨 말이든 지껄였을 텐데, 그게 뭐였는지는 잘 모르겠습니다." 나는 거짓말을 했다. "첫 7주라. 그렇다면 마지막 7주는 왜 아닌가요, 그녀가 거기 있는 동안에?"

"셱룽 스트리트에서 내렸을 때, 그녀는 흡족한 표정을 짓고 있었소." 슐룸이 알렸다.

"내가 뭘 했길래요?" 내가 물었다. "당신이 거기 있었잖아요, 당신이. 당신이 거기 있었으니까, 모든 걸 들었을 것 아닙니까? 내가 뭐라고 말했나요, 네?"

"나도 모르오." 슐룸이 말한다. "자고 있었거든, 나도. 당신이 원한다면 말하겠지만, 요즘 들어, 내 건강이 많이 안 좋아져서. 그래서 예전처럼, 더 이상 잠을 못 이긴다오."

그는 실망한 표정이고, 걱정하는 안색이었지만, 나는 그가 나를 조롱하고 있다는 느낌을 받았고, 그와 싸우거나, 아니면, 적어도, 후려치기라도 하려고 자리에서 일어났다. 그는 너무 많은 것을 알고 있었고, 그건 내가 그를 제거할 때가 됐다는 뜻이었다. 우리는 맞붙어 싸웠다. 우리는 둘 다 땀에 흠뻑 젖어 고약한 냄새를 풍겼다. 우리 둘 다 극도로 지친 상태여서 움직임이 느려졌다.

나는 그의 얼굴에 주먹을 날리려고 시도했다.

"당신 말대로 잠결에, 내가 도대체 뭐라고 지껄였는데, 응?" 내가 거친 목소리로 말했다. "내가 뭐라고 했는지 나한테 도로 뱉어 내, 그럴 거야, 말 거야?"

그가 순식간에 우위를 점했다. 나는 그가 근접전, 권법,
주짓수 기술을 알고 있다는 말을 들은 적이 있었으나, 그는
무릎으로 내 가슴을 가격할 뿐이었고, 내 흉골이 산산이
조각났다고 생각하던 바로 그 순간, 그가 나를 뒤로 젖혀
넘어뜨리더니, 마치 나를 뼈 몇 개와 톱밥 한 삽을 담은 자루처럼
아주 쉽게, 반대편 좌석 밑으로 굴려 버렸다.

몇 시간 동안 우리는 한마디도 하지 않은 채 서로를
노려보았고, 그동안 우리 안의 아드레날린은 희석되고 있었다. 내
폐를 감싼 갈비뼈 조직이 다시 형성되었고, 보다 적절한 용어가
없어서, 살이라고 불러야 할 부위의 혈종도 더 이상 부풀어
오르지 않았다. 나는 싸움의 결과보다 고열로 인해 더 고통을
겪고 있었다. 때로는 숨 쉬는 게 힘들었다가, 괜찮아지기도
했다. 기차는 사원들을 따라가거나 가로질러 가곤 했다. 훈향의
향내와 연기가 통풍 장치로 스며들었다. 조직과 그 하수인들과
겪는 갈등만을 편협하게 생각하다가 우울에 빠져들지 않기 위해,
나는 상상 속에서 제단에서 신앙심으로 인해 벌어지는 난잡한
일들, 관음보살께 기도를 올리거나 개의 머리를 한 우상 앞에
절을 올리면서, 조상들, 혼령들을 부르면서, 한 줌의 가느다란
백열 봉을 흔들고 있는 신도들을 보려고 노력했다. 나는 항상
이러한 의식에 대해 강한 호의를 느껴 왔지만, 경건함을 보여 줄
것을 요구받는 어떤 상황에 나 자신이 처해 있다고 가정할 때면,
이러한 의식을 관찰하는 것이 내게는 터무니없는 일처럼 보였다.

오후가 끝나 갈 무렵, 열의 발작이 잦아들었다. 밖에는
어둠이 내려앉고 있었다. 내 생각에, 우리는 윙싱 레인[36]의
끝에 당도했던 것 같다. 나는 우리가 세상의 어느 곳에 있는지
알아보기 위해 바깥의 풍경을 살펴보기를 항상 거부해 왔다.
허름하고 더러우며 엉망진창인 내 옷가지 외에도, 나는 내 오른쪽
팔꿈치가 그리고 있는 제멋대로인 각도와, 저만치 보이는, 검은
머리카락 뭉치 하나를, 햄버거 부스러기를, 기름진 흙바닥에
어떤 구두 밑창이 남긴 반원 모양의 자국을 내려다보고 있었다.
나는 그것들을 내가 이미 기억하고 있는 것들과 비교했다. 이런

---

36. Wingsing Lane, 永星里.

정신 활동에 전념하다 보니, 두들겨 맞아서 분통해하는 감정도
다소 누그러졌고, 여행의 덜컹거림에도 덜 괴로워할 수 있게
되었다. 실제로 객실은 끊임없이 흔들리고 있었고, 그로 인해
지금 구역질이 날 정도로 짜증이 밀려왔다. 그뿐만 아니라
어쩌면 싸움으로 인해 중요한 장기가 손상되었을지도 모른다.
나는 잠시 동안 슐룸을 더 지켜보았다. 꺼진 송풍기는 그의
머플러도, 주먹다짐하는 동안 내가 잡아당기지 않았기에 지금
너덜너덜하게 매달려 있는 그의 웃옷 윗부분도 더 이상 호되게
몰아붙이지 않았다. 슐룸은 싸움을 다시 하려는 의향도, 비참해
보이지 않게 옷을 고쳐 입으려는 의향도 전혀 드러내지 않았다.

우리가 윙싱 레인을 지났을 때, 나는, 그와 1미터 떨어진
곳에, 그와 같은 좌석에 등을 기댄 채, 다시 자리를 잡고 앉았다.
우리는 이렇게 옆 칸에서 야간 조명이 은은히 붉게 비추던 희붐한
어둠 속에서 새벽이 밝아 오도록 아침까지 있었다. 창 밖으로
새로운 도시 풍경이 보이기 시작했다. 주름진 철제 셔터가 잠시
나타났다가 사라졌다. 철제 셔터는 알아볼 수 없는 어느 상점
앞에 내려져 있었다. 나는 '10000'을 의미하는 아주 간단한
한자를 식별해 볼 시간이 있었지만, 그렇다고 해서 나에게 크게
도움이 되지는 않았다.

"우성 스트리트[37]로군." 슐룸이 중얼거렸다.

어지간히 삐쳐 있었지만, 나는 우리 사이에 적대적인 일이
전혀 일어나지 않은 것처럼 행동했다. 뜨거운 습기가 우리가 갇혀
있던 공간을 가득 채웠다.

"에어컨을 다시 켜면 어떨까요?" 내가 제안했다.

"내가 마침 그러려던 참이었소." 슐룸이 말한다.

그는 조절 장치에 손을 뻗었지만, 시스템이 작동하지
않았다. 그는 요철 모양의 버튼을, 알루미늄 직사각형 위에서,
있을 법하지 않은 불꽃 문양과 하늘색 눈송이 그림 사이로,
억지로 왔다 갔다 하게 하면서, 여러 번 조작해 보았다.
헛수고였다.

"고장 났군." 그가 간략하게 말했다.

---

37. Woosung Street, 吳松街.

“내가 한번 해 볼까요?” 내가 제안했다.

“원하신다면.” 슐룸이 말한다.

나는 전기판 방향으로 기어가기 시작했다. 내가 슐룸의 앞을 지나갈 때, 그가 얼굴을 찡그렸다.

“당신 웃옷인가?” 내가 물었다. “당신 살가죽?”

“당신이 한번 말해 봐요, 퍼프키, 궁금한데, 당신이 그렇게 한 게 아닌가….” 그가 신음한다.

“일부러 그런 건 아닙니다.” 내가 말한다.

“그것참 다행이네.” 그가 말한다.

나는 조절 장치를 집었고, 나에게 남아 있는 연골들, 뼈를 이용해 조절기를 눌러 댔다. 나는 슐룸과 아주 가까이 있었다. 그를 다시 밟지 않으려고 나는 여러 가지로 주의를 기울였다. 나는 위태롭게 균형을 유지하고 있었다. 마치 수상쩍은 감염이 우리 몸의 보이지 않는 장기를 파괴하기라도 한다는 듯, 움직이거나 말을 하기 시작하면 그 즉시 피해가 늘어나기라도 한다는 듯, 숨이 막히고 악취에 둘러싸인 채로, 우리 두 사람은, 실신하기 직전의 상태에서 땀을 줄줄 흘리고 있었다. 나는 하루 종일, 더 이상 시스템과 연결되지 않는 스위치와, 여전히 아무 반응도 없는 그 시스템 자체에 악착스럽게 매달렸다. 주먹 쥔 두 손의 마디마디가 터졌고, 한 줄기 액체가, 진짜 호박색은 아니지만, 우리가 붙잡을 때 겁에 질려 메뚜기가 흘리는 것과 충분히 견줄 만한 희귀한 방울들이 내 손가락 사이에서 흘러나왔다. 나는 몸부림치던 것을 멈추었고, 창턱에, 수평 난간에 매달린 다음, 거의 수직 자세가 될 때까지 몸을 곧게 세웠다. 나는 누구도 알아주지 않았던 곡예의 위업을 완성한 것만 같은 기분이 들었다. 바깥의 대기는 회색빛이었다. 짙은 안개가 창문을 덮고 있었다. 더럽고, 상처 입은 두 손으로, 나는 축축한 표면에 대고 몇 마디 낙서를 휘갈겨 썼다.

“뭐라고 쓰는 거요?” 슐룸이 질문했다.

“슐룸이 나를 공격햇다.” 내가 말한다.

“뭐라고,” 슐룸이 말한다. “왜요?”

“내가 직접 기억하려고요.” 내가 말한다. “누군가가 이걸 기억하게 하려고요.”

"누군가라," 슐룸이 말한다. "그게 누구요?"

"조직에서 조사관들을 보낼 때를 대비한 것이기도 하고." 내가 말한다.

"그러면, 차라리 슐룸이 나를 살해햇다라고 쓰시지요." 슐룸이 말한다.

우리는 한동안 생각에 잠겨 있었다.

"살인이 일어나지 않는 이상, 아무것도 기록하지 않는 편이 좋을 것 같은데요." 마침내 슐룸이 말한다. "누가 우리를 죽일지 우리가 미리 알 수는 없잖소. 예측은 할 수 있겠지만, 100퍼센트 확신할 수는 없지요."

"맞습니다, 허용되는 오차라는 게 있는 법이지요." 내가 말한다.

나는 슐룸을 한 번 흘겨보았다. 저녁이 내리고 있었고, 어둠이 벌써 의기양양한 가운데, 그의 표정은 점점 더 내 마음에 들지 않았다. 그의 입꼬리가 악의적인 아이러니 말고는, 무엇으로도 설명할 수 없는 방식으로 구겨져 있는 것만 같았다. 이 남자는 무관심하게 살인에 대해 말하고 있었다, 오로지 살인자만이 할 수 있는 것처럼 살인에 대해 말하고 있었다. 나의 골수 깊은 곳에서 무언가가 뒤틀리면서 내 피에서 두려움이 터져 나왔고, 5분 후, 나는 창문 귀퉁이에서, 움직이지 않아 겉으로는 평화로워 보였지만, 지금 매우 불안해하고 있는, 슐룸의 웅크린 몸에서 떨어져 나왔다. 그는 자고 있는 것처럼 보였다. 그가 정말로 잠에 빠진 것인지, 혼수상태인 척하고 있는 것인지, 아니면 최악의 가정이지만, 이 두 가지를 동시에 하고 있는 것은 아닌지, 그 가능성도 배제할 수 없었다.

나는 슐룸의 몸에서 늘어진 천 조각에 걸려 넘어지지 않도록 수없이 주의를 기울이면서 이동했다. 나는 슐룸을 성가시게 하거나 깨우는 걸 되도록 피하고 싶었다. 나는 원래 내 자리, 여행을 시작할 때 내가 차지하고 있었던 자리로 돌아왔고, 그런 다음, 슐룸이 나를 붙잡아 무(無) 속으로 돌려보내려고 하는 것이라면 그가 제 몸을 숙여 나를 향해 팔을 내뻗는 것으로 충분했기에, 우리 사이의 거리가 내게는 여전히 우스워 보였던 만큼, 나는 객차의 문턱을 향해 계속 움직였고, 문턱을 넘어갔다.

나는 복도에서 기어가려고 시도했다. 유일하게 작동하는 야간 조명만이 희미한 빛을 발산하며 나를 안내하고 있었다. 나는, 더 나은 생존 조건을 확보하기 위해, 이 빛이 비치고 있는, 바로 옆 칸으로 가기로 결심했다. 이는 조직이 나에게 명령했던 절차에서 벗어나는 것은 아니었고, 내겐 그럴 의도도 없었지만, 그저 약간의 시간과 공간을 확보하기 위한 것이었다. 온도를 제외하고는 어떠한 유려함도, 어떠한 달콤함도 없는 밤에, 나는, 시든 라일락 색깔의, 빛바랜 푸크시아 색깔의 이 전등에 두 눈을 비끄러매고 있었으며, 나에게 이 전등은 보잘것없는 연명을 비추어 주는 별이 되었다. 나는 즉각적인 공격을 피할 수 있게 해 준, 따라서 일순간일지언정, 최후의 무(無)에서 벗어나, 나 자신을 존속하게 해 준 모든 것을 여기서 '연명'이라고 부른다. 때때로, 살인자가 내 뒤를 쫓고 있는 건 아닌지 귀를 기울이기 위해, 나는 완전히 꼼짝하지 않고 조각상처럼 서 있었다.

　　실제로, 나는 진짜로 걱정스러운 것이라고는 하나도 느끼지 못했다. 기차는 바다를 향해 제 길을 계속 가고 있었고, 바퀴는 칸칸이 단절된 레일을 아무 문제 없이 집어삼켰으며, 충격 흡수 장치는 규칙적으로 삐걱거리고 있었다. 공기와 철이 쉭쉭거리는 소리가 확연하게 이례적이지는 않은 방식으로 어둠을 가르며 흘러나오고 있었다. 내 몸이 조금 내게서 벗어나 있어, 이미 통증과 두려움에 맞서 싸울 능력이 없는 상태에서, 내 몸이 나를 넘어서 배회하고 기어다니는 느낌이 들었지만, 아직 완전히 소멸한 건 아니라는 생각이 뚫고 들어와 나를 자극하고 있었다. 나는 치명적으로 무기력해지는 대신, 오히려 고개를 다시 들었다. 나는 전등을 향해 팔다리를 내뻗어 다시 앞으로 나아가기 시작했다.

　　몇 시간이 지났다. 나는, 기절할지라도, 단 한순간조차 노력의 끈을 놓지 않았다. 나는 마침내 내가 꿈꾸었던, 약 여덟 명 정도의 산 자들이 앉을 수 있도록 고안된, 이 안식처에 도착했다. 야간 전등의 조명이 벤치를 부드럽게 스치고 있었다. 그러나 나에게 밤은 다른 곳보다 더 짙은 것처럼 느껴졌는데, 분명 내 시력이 나빠졌기 때문일 것이다. 나는 경계심을 늦추지 않으려고 애쓰며, 내가 할 수 있는 한, 좌석의 가장 아래쪽, 순방향에 자리를 잡았다.

　　어둠 속에서 누군가 몰래 다가오면 잡아당겨서 경고할 수 있도록, 나는 내 웃옷 조각을 주위에 촉수처럼 배치해 두었다. 이것은 조직이 행동 지부의 수도승에게 가르치는 하나의 기술이다. 덕분에 나를 에워싼 어둠이 아무리 짙다고 해도, 그 누구도 나에게 몰래 다가와서 내 목숨을 빼앗을 수는 없다는 사실에 나는 안심했다. 행동 지부의 지침에는, 보다 안전을 기하기 위해, 잡음이나 숨소리, 심지어 다른 소리도 삼가야 한다고 명시되어 있었다. 나는 산소에 관한 생각보다 여행에 관한 생각에 집중하면서, 숨을 참았다.

　　기차는 더 이상 움직이지 않았다. 저 멀리, 스피커에서 안내 방송이 흘러나왔다. 나는 귀를 기울였다. 외부의 음향 상태는 그다지 좋지 않았다. 그러나 나는 다음 정거장이 하우푹 스트리트[38] 역이라는 걸 알고 있다고 생각했다. 따라서 우리는 여전히 바다에서 멀리 떨어져 있었다. 다른 객차에서 문이 닫히는 소리가 들렸다. 내 주변은, 이제 모든 것이 고요해졌다. 칸막이 뒤에서는 아무도 자신의 존재를 드러내지 않았다.

　　한 시간이 조각조각 부서지듯 흘러갔고, 이후 열차는 다시 시동을 걸었다. 어둠, 잔잔한 흔들림, 내가 처한 극심한 피로 상태가 나를 압도하고 있었다. 확신을 가지고 단언할 수는 없지만, 나는 하루나 이틀 밤 정도 의식을 잃은 것 같았는데, 왜냐하면, 얼마 지나지 않아, 객차를 뚫고 이른 새벽의 미광이 새어 들어왔기 때문이다. 미광은 유리를 뒤덮어 불투명하게 만드는 성향을 가진 작은 물방울 조직을 통과해서 힘없이 스며 들어왔다. 나는 주변에 보이는 세상을 주의 깊게 살펴보았다. 내 기억은 흐릿해졌고, 정신은 무기력해졌다. 나는 사물을 받아들이기만 하고 결론을 내리지 못하고 있었다. 예를 들어, 나와 마주한 좌석 아래에, 딱딱하게 굳은 껌과 머리카락이 있었지만, 그것이 내게 익숙한 것인지 아닌지 나는 말할 수가 없었다. 김 서린 차창에, 누군가가 서툴고 더러운 손으로 퍼프키가 나를 살해했다라고 써 놓았다. 나는 이렇게, 저

---

38. Haufook Street, 厚福街.

보잘것없는 표식 앞에서, 그것들을 서로 연결해 일관되고 이지적인 건물을 하나를 지어 보려 애썼지만, 나의 생각은 결실을 맺지 못했다. 아무것도 지어지지 않았다. 나는 단 하나의 건설적인 집착에 사로잡혀, 내가 순방향에 잘 앉아 있는지 아닌지를 끊임없이 확인하고 있었다.

칸막이 반대편에서, 나는 코 고는 소리를 들은 줄로 믿었고, 그런 다음에는 삶이나 수면과 관련이 있을지도 모르는 모든 것이 조용해졌다.

"퍼프키, 당신 거기 있나요?" 내가 외쳤다.

아무런 대답도 들려오지 않았다. 나는 잠시 기다렸고, 그런 다음 질문을 반복했다.

"이봐요, 당신 거기 있는 거, 나 알아요." 내가 말한다.

나는 우리 사이에 접촉이 이루어지도록 칸막이를 두드리기 시작했다.

"살인이 있었어요." 내가 말한다. "당신, 살아 있어요?" 내가 물어보았다.

나는 계속해서, 오른쪽 주먹과 두 발로, 좌석 기둥이나 에어컨 철제 덮개를 두드렸다.

"이봐요, 퍼프키, 구석에 그렇게 있지 말아요. 당신을 해치지 않을게요." 내가 말한다.

퍼프키는 대답하지 않았고, 며칠 동안, 우리가 바다를 향해 계속해서 여행하는 동안, 나는 살인이 실제로 일어났었는지 아닌지 알 수 없었다.

IV. 메두사의 바르도

1342년 여름이 지속되는 동안, 작가이자 배우인 보그단 슐룸은, 어려운 상황에서도, 도움을 받지도 않고, 세 차례나 죽음 이후의 바르도를 지나쳐 갔다. 그가 『바르도 퇴돌』을 낭독하는 힘찬 목소리가 들려왔는데, 그런 다음에 그는 그것을 중얼거렸으며, 그와 동시에, 자신의 입술이 큰 소리로 말하고 있던 것을 이해하지 못하는 척, 심지어 들리지도 않는 척했다. 이렇게 세 번이나 그는 임종의 고통과 현실 사이에서 동요하면서, 바르도의 좁은 통로 앞, 검은 공간과 아주 가까운 거리에서 균형을 잡고 서 있었다. 그것은 끔찍한 경험이었다. 몇 차례의 트랜스[39] 상태에서, 그는 산 자처럼 말하기도 하고, 죽은 자처럼 듣고 자신을 표현하기도 했다. 이미 노랗게 시든, 주로 자작나무 잎이었던, 나뭇잎이 땅에 떨어져 있던 몇 제곱미터로 자신이 끼어들 수 있는 공간을 제한하면서, 그는 거의 움직이지 않고 있었다. 대기 상태는 조악한 면이 있어, 그가 순조롭게 임무를 수행할 수 있게 해 주지 않았다. 땅은 젖어 있었고 비가 내렸다. 비가 오지 않을 때는, 비정상적으로 많은 찌르레기가 슐룸 위의 나뭇가지에 몰려들어 슐룸에게 배설물을 쏟아 내면서도 시끄럽게 재잘거리거나, 아니면 까치가 참을 수 없을 정도로 울어 댔다. 자연은 결코 슐룸에게 순순하지 않았다. 그는, 이 모든 상황에도 불구하고, 불운에 굴하지 않으려고 애쓰고 있었다. 그는 역경과 배설물을 대수롭지 않은 척 무시했고, 이런 종류의 상황에 대해 전문가들이 권고하는 대로, 연민과 유머를 가지고 행동했다. 그는 먼저 자신의 텍스트에, 그리고 자신의 등장인물에 더 잘 몰입할 수 있도록 완성해야 했던 동작과 표정에 집중하려고 노력했다. 때때로, 그는 눈을 떴다, 작가의 눈을, 그런 다음 다시 눈을 감곤 했다. 그의 고독은 엄청나서 그를 지치게 했다. 그의 주변, 나무 아래에는, 그에게 박수를 쳐 줄 사람이 아무도 없었다.

---

39. transe. "외부와의 접촉을 끊고 깊은 명상에 빠져 특수한 희열을 느끼는 상태." 앙투안 볼로딘, 『찬란한 종착역』, 김희진 옮김, 워크룸 프레스, 2022, 52쪽.

화요일이 되었고, 그다음에는 수요일, 그다음에는 목요일이
되었다.

관객의 부재는 오래전부터 슐룸과 평화롭게 공존해 왔던
현상이었지만, 이번에는 그의 기분에 영향을 미쳤는데, 그것은
그가 관객이 올 수 있도록 노력을 했기 때문이었다. 일주일 전,
그는 본격적인 광고 캠페인에 착수했다. 비록 미디어 광고의
대전략가는 아니었지만, 그는 대중을 대상으로 하는 최면술을
알고 있었으며, 자신의 공연에 사람을 끌어오기 위해 이 기술을
활용하고 싶어 했다. 그는 공연 시간과 자신이 연속으로 공연할
세 단편극의 제목을 명시한 선전 자료를 작성했다. 물론, 그는
행사 날짜를 구체적으로 언급하는 것을 잊었지만, 그건 그다지
중요하지 않다. 그는 선전물 원본을 여러 차례에 걸쳐 손으로
직접 베껴 적었는데, 이는 엄청난 에너지를 소모하는 일이었다.
그 결과로 얻은 종이 뭉치는 인상적이었다. 과장하지 않고, 내
생각에는 여기서, 쉼표 한두 개의 차이만 있을 뿐, 원본과 동일한
사본이 열여덟 혹은 열아홉 부 나왔다고 말할 수 있겠다. 보그단
슐룸은 그중 한 부를 보관용으로 간직하고, 나머지는 공동 숙소의
창문 밖으로 던져 버렸다. 그는 이렇게 선제공격[40]을 감행했다.

종이들이 날아올랐다. 밤 열 시였다. 하루가 끝나지 않고
계속 죽어 가고 있었다. 마침내, 하루가 죽었다. 다음 날, 젠플
병동 앞에서 자라난 풀숲과 까치밥나무 덤불에서, 슐룸이
회수할 수 있었던 전단은 고작 열한 장뿐이었다. 나머지는
바람에 날아갔지만, 관심 있는 사람이나 운터멘쉬[41]가 가져간
것도 의심의 여지가 없었다. 슐룸은 이 선제공격의 결과에

---

40. '선제공격'은 군사전략에서 선수를 쳐서 다수의 무기를
사용해 기습 공격하는 것을 말한다. 여기서 슐룸이 이러한
행동을 한다는 것은 그가 군사전략을 숙지했던 경험이
있음을 의미한다.

41. Untermensch. '하위 인종', '하등 인간', '열등 인간'을
의미하는 독일어로, 독일 나치당이 게르만 민족의 우월성을
강조하며 슬라브족, 집시를 포함한 유대인과 러시아인을
이렇게 불렀다.

고무되어, 즉시 두 번째 공격을 감행했다. 여전히 그의 목표는 극작가라는 자신의 존재가 이미 의료진의 주목을 받은 바 있었던, 그리고 한가한 이와 호기심 많은 이가 들끓고 있던 젠플 병동의 관객이었다. 부드러운 흙에 발목까지 묻힌 채, 까치밥나무 덤불 근처에 서서, 그는 완벽하게 작은 공이 될 때까지 전단지를 두 손 사이에서 굴렸다. 밤과 비로 인해 종이가 무거워졌고, 공기역학적인 이유로, 종잇장은 더 이상 그대로 다시 사용할 수 없었다. 광고 문구 열한 개가 다시 공동 숙소의 창문을 통해, 이번에는 외부에서 내부로 투척되었다. 작은 종이 공 네다섯 개가 침대 밑으로 굴러가서 분실되었고, 다른 공은 건물 내부에 도달하지 못하고 덤불 속으로 떨어져 복구할 수 없을 정도로 찢어져 버렸다. 그러나 정보는, 부인할 수 없을 만큼 확실히, 유포되었다. 소문이 하나 생겨나서, 처음에는 젠플 병동에, 이어서 수용소의 다른 구역으로 걷잡을 수 없이 번져 나갈 참이었다. 입소문이 놀라운 효과를 발휘할 참이었다. 일주일이 지나는 동안, 슐룸은 이 입소문에 기대어, 터무니없는 희망을 키워 나갔다. 그는 관객이 몰려오리라는 환상에 푹 젖어 있었다.

바로 여기서 그의 괴로움이, 그의 어마어마한 괴로움이 생겨난다.

내가 말했듯이, 공연이 진행되는 동안, 슐룸은 때때로 눈을 감고 있기도 하고, 때때로 눈을 뜨고 있기도 했다. 그가 눈꺼풀을 들어 올려 자신이 연출하고 있던 세계 너머로 제 시선을 보내는 데 성공했을 때, 그가 포착한 이미지는 자작나무 줄기, 식물, 웅덩이와 흙뿐이었다. 움직이지 않는 이 실루엣 사이에는 더 이상 아무것도 없었다. 관객은 오지 않았다. 이번 화요일, 이번 수요일과 이번 목요일에는, 포스트엑조티시즘 연극의 열성 팬도, 길을 잃은 산책자도, 심지어 숲의 또 다른 포유류조차 슐룸이 그토록 떠들썩하게 홍보했던 공연에는 참석하지 않았다.

관객을 변호하자면, 공연 장소가, 숲을 통과하는 긴 산책을 마친 다음에야 접근할 수 있다는 사실을, 그리고 마지막 몇 킬로미터는, 진창길이 거듭된다는 점을 환기해야 한다. 이런 외진 장소를 선택한 데에는 슐룸의 가혹한 정신 분열적 수줍음만큼이나 이데올로기적으로 고려한 사항도 크게

작용했다. 누구도 그에게 이 주제에 대해 질문하지는 않았지만,
만약 그랬더라면, 그는 공식적인 문학과 공식적인 문학이
순종을 대가로 누리고 있는 편의를 자신은 거부한다고 다시
한번 선언했을 것이다. 슐룸은 스타 시스템을 혐오했는데, 예를
들어 젠플 병동 앞의 지붕이 씌워진 앞마당, 혹은 구내식당,
아니면 의료진을 위해 마련된 진찰실과 같은, 보다 전통적인
홀에서 공연하면서, 스타 시스템의 톱니바퀴를 덥석 물기를
원하지 않았다. 게다가, 슐룸은 숲속 깊은 곳이, 도심이나 동물원,
수용소의 속물근성과 편견에서 벗어나, 자신의 예술을 치밀하게
탐구할 수 있게 해 주리라 생각하고 있었다.
　　슐룸은 숲속으로 떠났고, 은빛 나무줄기와 적막함으로
둘러싸인, 아주 작은 무대에 이르렀는데, 이곳은
포스트엑조티시즘의 트랜스에 빠지기에 이상적인 장소이자,
보안이 엄중한 구역의 어떤 감방만큼이나 샤머니즘에 거의
우호적이라고 할 만했다. 그는 몹시 빈약한 자신의 장비를
풀었고, 수풀이 더 이상 수풀이 아닌 것처럼 보이게 되자마자,
죽음 이전의 바르도와 함께, 그리고 죽음 이후의 바르도와 함께
어지러운 춤을 추기 시작했다. 그는 '말하는 침묵'을 만들어 내고
있었다고 하겠는데, 그가 자신의 연극을 설명하기 위해 즐겨
사용하던 용어를 우리가 다시 취한다면 말이다. 이윽고, 공연이
끝났고, 그는 자신의 물품을 도로 쌌으며, 사과를 먹었고 젠플
병동, 다시 말해, 그의 거처, 다시 말해, 우리의 거처로 잠을
청하러 돌아갔다.
　　첫날에는 소나기 형태로 비가 쏟아졌지만, 이후 날씨는,
변덕스럽기는 했으나, 슐룸에게 그다지 불리하지는 않았다.
문제가 있었다면, 그것은 날씨가 심술을 부렸기 때문이 아니라,
연기자의 다채로운 목소리와 경쟁을 벌였던 새들의 날카로운
소리에, 이따금 그를 방해했거나 모욕했던 새들의 배설물에,
나무가 점령당했기 때문이었다. 슐룸은 자신을 언제나
운터멘쉬라고 생각했지만, 자신의 얼굴에 새똥이 떨어지는 건
질색했다. 그는 굳게 버티고자 했고, 중단하고 싶지 않았겠지만,
그렇게 되는 데 항상 성공하지는 못했다. 새똥은 산성이었다.
눈이나 입에 묻으면, 자신의 글을 계속해서 살려 내기에 앞서,

반드시 닦아 내야만 했다.

　　보그단 슐룸은 모든 배역을 혼자 도맡아 연기했다.
그에게는 극단을 꾸릴 기회가 없었다. 그가 대사를 맡기려고
의중을 떠보았던 배우 세 명 중에서, 한 명은 독백을
외우기는커녕 심지어 나무줄기에 기대어 말없이 서 있기조차
힘들 정도로 극심한 우울증 상태였다. 두 번째 배우는 탈출을
시도하다 총에 맞은 적이 있었고, 세 번째 배우는 의료진과의
인터뷰를 마친 다음, 다른 곳에서 약속이 있어서 이번 계절에도,
다음 계절에도 참여할 수 없을 것 같다고 슐룸에게 알려 왔다.
따라서 슐룸은 평소처럼, 자신이 직접 모든 것을 말하고 모든
것을 하기로 결정했다.

　　그 당시, 칙칙한 색깔의 딱정벌레와 젖은 나무 앞에서,
무대에 올렸던 작품들은 작품 속에 자리 잡은 목소리와
등장인물의 젤라틴처럼 끈적끈적한 성격을 강조하기 위해
'메두사의 바르도'라는 제목을 붙인 「음유시인의 일곱 소극」의
전체에 속한다. 이 소극은, 보그단 슐룸이 항상 주장해 왔던 바에
따르면, 일곱 개 세트와 일곱 개 배우 그룹을 한꺼번에 수용할
수 있는 하나의 무대 위에서, 반드시 연달아 공연되어야만 한다.
내가 아는 한, 어느 극단도 작가의 이 극단적인 지침을 그대로
따르며 「메두사의 바르도」를 공연한 적은 없었다. 실험극이라는
이름 아래 수많은 일탈이 무대에 올려진 바 있었고, 어떤 것들은
감옥의 현실을 구역질이 날 정도로 미니멀하게 복원했고, 어떤
것들은 배우와 관객에게 위험을 초래하기도 했으며, 또 어떤
것들은 추잡했고, 마지막으로 어떤 것들은 그저 우스꽝스럽기만
했으나, 이 작품은, 이번의 일탈만은, 절대 그렇지 않다. 수용소
안에서도, 세상 그 어디에서도, 보그단 슐룸의 이 일곱 편의
촌극이 전부, 그리고 연달아 공연된 적은 없었다. 젠플 병동에
머무르는 동안, 보그단 슐룸은 싱가포르의 아마추어 극단인 '바바
앤드 니요냐 시어터'가 매년 11월 둘째 주 일요일에, 정기적으로
「음유시인의 일곱 소극」을 가장 급진적인 다성(多聲)적 형태로
공연한다는 사실을 믿게 하려고 애썼다. 보그단 슐룸에 따르면,
아시아 관객은 시드니, 홍콩, 또는 나가사키에서 좌석을 예약해,

중국 오페라 추종자들이 전 세계를 가로지르며 「모란정」[42]의
55막 전곡을 들으려고 열광하는 것과 같은 열정을 품고서 이
공연을 관람하러 왔다고 한다. 실제로 조사한 결과, 이 싱가포르
이야기는 주로 보그단 슐룸의 억압된 욕망, 엄청난 영광을 바라는
그의 우스꽝스러운 꿈을 반영하며, 이는 스타 시스템에 적대적인
그의 말과는 완전히 상반된다. 실제로, 슐룸은 사실을 터무니없이
뻔뻔한 방식으로 과장했다. '바바 앤드 니요냐 시어터'는 딱 한 번,
「바르도 이전 영광의 바루드」라는 음유시인 소극 한 편을 공연한
적이 있다. 공연이 끝날 때까지 객석은 비어 있었고, 배우들은
다음 날로 예정된 두 번째 공연을 취소하기로 결정했다.

1342년 여름의 저 유명한 날들이 지나는 동안, 「메두사의
바르도」에서 발췌한 촌극 세 편이 연달아 공연되는 일은
일어나지 않았다. 슐룸은 고난도 곡예를 맡기로 수락함으로써,
여러 등장인물을 동시에 연기할 수 있었지만, 이 세 작품을
동시에 연기할 충분한 힘이나 기술적인 요령을 자신에게서
발견할 수는 없었으리라. 따라서 그는 이 세 작품을 차례로
연기했다.

화요일은 바르도의 불가능한 과학적 탐험을 주제로 한
「목표 없음」에 할애되었다. 강한 비가 쏟아지는데도, 텍스트는
하나도 중단되지 않고 낭송되었고, 죽은 것도 아니고 살아
있는 것도 아닌, 심지어 살아 있는 시체조차 아닌, 보르셈이,
잠수를, 저 운명적인 잠수를 준비한 수도승들이 자신을 기다리고
있는 방으로 되돌아가는 대신, 바르도에서 질식과 절망으로
고통받는 모습을 보여 주는, 아주 놀라운, 긴 즉흥 팬터마임으로
마무리되었다.

수요일에, 보그단 슐룸은 매우 절제된 작품, 그러나

---

42. 「모란정(牡丹亭)」은 명나라의 극작가 탕현조의 최고
걸작으로, 55개의 단막으로 구성되었으며, 당시 유행하던
곤곡(崑曲)의 공연용 대본으로 1598년에 창작했다.
'환혼기(還魂記)', '모란정환혼기(牡丹亭還魂記)'라고도
칭한다. 「모란정」은 「서상기(西廂記)」, 「두아원(竇娥寃)」,
「장생전(長生殿)」과 함께 중국의 4대 희곡으로 손꼽힌다.

극적인 강렬함을 오롯이 야외에서 전달하는 게 까다로웠던
소극 「석탄 회사」를 선보였다. 숲의 자연적인 배경은 광산의
어둠, 갱도에서 가스가 폭발한 이후 바위 아래 갇혀서 느끼는
무시무시한 어둠을 구체화하는 데 도움이 되지 않았다. 슐룸이 두
생존자의 첫 숨을 내뱉는 순간, 태양이 자작나무와 구름 사이에서
숨바꼭질하면서, 기이한 광선으로 끊임없이 장면을 물들이면서
보그단 슐룸이 눈을 찡그리지 않을 수 없게 만들었고, 이 바람에
그의 등장인물들을 신뢰할 수 없게 되어 버렸다. 그러고 나서는
찌르레기가 끼어들었다. 이 괴로움에 관해서라면, 나는 벌써 몇
마디 한 바 있다. 최소한으로 잡아도, 150여 마리의 찌르레기가
날아와, 슐룸의 머리에 내려앉아, 거기서 열정적으로 여러 가지
문제에 대해 온갖 토론을 벌이고 있었다. 찌르레기는 짹짹거리고,
울어 댔는데, 이 소음은 불교의 교리를 믿지 않으면서도 죽은
자를 차츰 질투하게 된, 불행한 두 사람이 어느 무덤 같은 곳에
갇혀 그들의 동료 중 한 명의 시체를 앞에 두고 『바르도 퇴돌』을
암송하고 있던 어둡고 닫힌 방과는 아무런 관련이 없었다. 새들은
슐룸의 연극 작업을 지독하리만큼 복잡하게 만들어 버렸다.
게다가, 그리고 우리가 이미 개탄했듯이, 새들은 슐룸에게
자신들의 배설물을 조준했다. 슐룸은 이를 악물었으나, 훌륭하게
연기를 하지 못할 기회만 지나치게 늘어나 버렸다. 그는 집중하지
못했다. 그는 대사를 줄여 보거나 엉덩이를 높이 쳐든 새들을
쫓아 버리려고 휘파람을 세게 불거나 몸짓을 하면서 대사를
어색하게 늘리곤 했다. 그의 머리와 어깨는 새똥으로 뒤덮였다.
이 수요일은 음유시인 연극의 역사에 커다란 흔적을 남기지는
못할 것이다.
　　목요일 아침에는, 새로운 소나기가, 짧고, 우중충하게,
퍼붓기 시작했다. 이 소나기는 찌르레기 무리를 흩어 놓았다.
이윽고 축축한 고요함이 숲을 지배했지만, 사실은 슐룸의 머리
위에서 전날의 지옥을 재현하겠노라고 몇 분 동안 위협하는 까치
떼에게 방해를 받았다. 까치의 울음소리는 고통스러웠지만, 이
우여곡절은 얼마 지속되지 않았다. 까치는 날아가 버렸고 다시는
나타나지 않았다. 보그단 슐룸은 살짝 익살스러운 분위기의
음유시인 촌극 「영안실의 흉계」를 연기했다. 배우로서, 이날, 그는

탁월한 성과를 거두었으며, 심지어 우리는 그가 기대에 부응하며
성공적으로 공연했다고까지 말할 수도 있다.

나는 이 눈부신 공연에, 통상 문학적 상식이 전혀 없는,
민달팽이 등등의 미미한 무척추동물 몇몇만이 참석했음을 항상
아쉬워했다.

세계 혁명 전, 1342년의 이 여름 축제에 대해서는 이쯤
하겠다.

누가 나에게 집요하게 부탁한 것은 아니지만, 보그단
슐룸이 공연했던 소극 세 편에 대한 요약을, 여기에, 부록으로,
덧붙이려 한다. 이것을 굳이 읽지 않고서도 다음으로 나아갈
수 있고, 더 멀리 나아갈 수도 있으리라. 아무도 귀담아듣지
않았으며, 따라서 여기서 굳이 이것을 읽는 수고를 하지 않을
수도, 이 페이지를 건너뛸 수도, 더 멀리 나아갈 수도 있으리라.

목표 없음

무대 제작진은 네 개의 목소리를 염두에 둔다:
존 가비아니우크, 사원장,
윌슨, 평수도승,
메이어버흐, 수도승, 트레이너,
보르솀브슈우우슐룸, 약칭 보르솀, 명예 수도승.
이 목소리에, 마지막에 이르러, 속삭임의 합창이 추가된다.

유일한 출입문으로는 방탄 처리된 입구 하나가 있고, 안쪽에는,
완전히 밀폐된 화덕 문이 하나 있는, 지하 체육관의 거대한 홀
안이다. 훈련의 리듬을 부여하는 트레이너의 목소리가 들려온다.
스프링 장치가 삐걱거리고, 어떤 몸은 줄넘기를 하고, 분투하며,
허공에 주먹을 날리거나 모래주머니를 때린다. 트레이너가
다음과 같은 말을 외친다. "그만하면 충분해, 보르솀…! 더 이상 숨
쉬지 마…! 숨 쉴 필요 없어…!"

사원장은 보르솀이 떠나기 전에 그의 마지막 훈련을
참관하도록, 평수도승 윌슨을 초대했다. 사원장은 윌슨에게, 영적
능력이 보잘것없고, 요가에는 영 소질이 없으니, 원래대로라면

98

그는 수도원의 지하실 아래 위치한 이 비밀의 방에 있어서는 안 될 거라고 설명한다. 우리가 있는 이곳은 바로 바르도의 대기실이라네, 가비아니우크가 말한다. 우리는, 죽음을 목전에 두었지만, 당장 죽음의 위협을 받지는 않는, 어느 특수 감압실에 있다. 사원장은 윌슨이 반드시 오도록 했는데, 이는 윌슨이 순진한 증인 역할을 수행하게 하기 위함이었다. 윌슨의 악의 없는 발언이 이 실험을 기획했던 자들에게는 유용할 수도 있으리라. 그런데 무슨 실험인 것일까? 보르셈은 사후에 바르도에 보내질 예정이며, 대략 15년 동안 받아 왔던 특수 훈련 덕분에, 그는 3주 동안 그곳에 머문 다음, 다시 출발점으로 돌아올 것이다.

윌슨은 마음이 편하지 않다. 죽음이 가까워졌다는 것에 그는 깊은 인상을 받는다. 그는 보르셈이 이제 곧 커다란 가마솥 문처럼 생긴 어떤 문을 통과해야 한다는 생각에 겁을 먹고 있다. 사원장이 그를 꾸짖는다. 이건 단지 복도일 뿐일세. 가비아니우크 또한, 윌슨에게, 보르셈에게 말을 걸어 그의 집중을 흐트러뜨려서는 안 된다는 점도 다시 한번 상기시킨다. 보르셈은 한때 윌슨의 의형제이자 매우 가까운 동지였지만, 이제는 그에게 무언가를 요구하거나 작별 인사를 하기 위해 말을 거는 일이 금지되었다.

사실, 보르셈은 이미, 살아 있는 다른 이들과는 다른 위상을 가지고 있었다. "그의 몸은 살아 있고," 사원장이 말한다. "움직이며 자신을 표현하지만, 이와 동시에, 다른 곳에 있을 만반의 준비가 되어 있기에, 이미 바르도에서, 죽음 이후의 세계에서 방황하고 있는 죽은 자와 비슷하다네."

윌슨은 '먼지투성이 플라스틱에' 조각된 듯한 이 남자를 알아보는 데 어려움을 겪지만, 계속해서 그에게 형제 같은 우정을 느끼고 있다. 그는 가비아니우크 곁에서 불안해한다. 보르셈이 살아 있는 사람에게로 다시 돌아오면, 그에게 무슨 일이 일어날까요? 자신이 완수하게 될 여행으로 인해 영원히 트라우마에 시달리게 되진 않을까요…? 사원장은 질문을 회피한다. 중요한 것은, 보르셈이 물건과 정보를 가져오리라는 것, 그리고 그의 잠수가, 지금으로서는, 여전히 빈약하기 짝이 없는 바르도에 대한 우리의 지식을 발전시켜 주리라는 점이다.

월슨이 보르솀에게 다가간다. 보르솀은 떠나기 전에
마지막으로 컨디션을 조절하는 단계에 들어갔다. 그는 3주
남짓으로 예정된, 바르도에서의 체류 기간 내내 숨을 쉬지 않을
것이기 때문에, 숨을 참은 상태로, 연달아 극한의 신체 훈련에
임하고 있다. 그는 숨을 내쉬지 않고 말한다. 그는 최악의
여행 조건에 대처할 준비가 되어 있는, 정말로 노련한, 명예
수도승이다. 하지만, 그의 트레이너, 메이어버흐와의 대화에서는
어느 정도 불안감이 간파된다. 실험자들은 여행한 지 스물다섯째
되는 날에 그를 회수할 계획이었다. 좋다. 그런데 만약 바르도의
세계와 살아 있는 자들의 세계 사이에 지속 시간이 일치하지
않는다면…? 예를 들어, 바르도에서의 하루가 수도원에서는
0.5초에 해당한다면…? 혹시, 그와 반대로, 바르도에서의 하루가
살아 있는 자들에게는 한 달, 아니면 1년, 또는 그보다 더 오래
지속된다면…?

메이어버흐는 보르솀을 안심시킨다. 그는, 문제가 발생할
경우 발동할 수 있는 조난 신호 장치를 휴대하게 될 것이다.
탄트라교 팀이 24시간 대기할 것이며, 특수 북, 특수 나팔, 특수
마법 주문을 사용해 그를 살아 있는 자들의 세계로 다시 빨아들일
준비를 한다.

트레이너나 사원장의 설명에도, 보르솀도, 월슨도 완전히
안심하지는 못한다. 가비아니우크가 입을 다물게 한 월슨이 보는
앞에서, 메이어버흐와 보르솀은 바르도에서 생존에 필요한 기본
원칙을 검토한다. 꽤 설득력 있는 다음과 같은 종류의 실용적인
처방이 들려온다. "주위의 어둠이 견디기 힘들면, 나는 눈을
감습니다, 나는 좋은 기분을 잃지 않습니다, 나는 피부 속의
피처럼 이동합니다, 내가 앞으로 나아가는 데 빛은 필요하지
않습니다." 혹은 "불바다가 나를 감싸면, 나는 눈을 감습니다,
나는 뼈가 따닥따닥거리는 소리 속으로 피신합니다, 나는 쾌활한
마음을 유지합니다, 나는 불꽃 한가운데의 불꽃처럼 춤추면서
앞으로 나아갑니다, 불 속을 걸어 다니기 위해 내가 불에 타지
않을 필요는 없습니다." 이런 문구는 아주 아름답다. 이와 같은
문구가 열 개쯤 된다. 다음과 같은 마지막 문구는 아주 주목할
만하다. "조난 신호 장치가 작동하지 않으면, 나는 눈을 뜹니다,

나는 입을 벌립니다, 기뻐하면서 나는 나의 상황을 성찰합니다, 나는 당신의 지시를 기다리면서 움직이지 않습니다, 조난 상태를 알리기 위해 나에게 조난 신호 장치는 필요하지 않습니다."

보르셈의 기계적인 암송에서, 윌슨은 망설이는 대목을 계속해서 감지한다. 사원장은 어깨를 으쓱한다. 그는 몸짓으로 윌슨의 의심을 털어 버린다. 보르셈은 어떠한 불안도 느끼지 않으며, 보르셈은 몇 년 전부터 잠수에 자원해 왔고, 보르셈은 여러 명상 회합에 참여하면서 이미 수천 번이나 바르도를 방문했으며, 그는 그곳에서 자신이 모든 위험을 극복하리라는 것을 알고 있다.

출발 전 최종 점검으로, 메이어버흐는 바르도로 이어지는 문 근처에서 중단 없이 읽어 나갈 『바르도 퇴돌』에서 발췌한 내용을 낭독해서, 출발한 지 며칠이 지났는지 보르셈이 계산할 수 있게 해 준다. 각 날마다, 사실상, 구체적인 텍스트가 하나씩 대응되는 셈이다. 자신의 잠수 일정에서 자신이 어디에 있는지 즉시 알려면, 보르셈은 하나의 표현, 하나의 문구를 인식하는 것으로 충분할 터이다. 메이어버흐는 문장을 암송하고, 보르셈은 책에서 그 문장을 정확히 찾아낸다. 예를 들면 다음과 같다. "어느 바위투성이 해안에 소리가 두루마리처럼 펼쳐지리라, 그러면 너는 '공격하라…! 학살하라…! 죽여라…!'와 같이 두려움을 불러일으키는 일련의 마법적인 음절을 알아듣게 되리라. 두려워하지 마라. 도망치지 마라." 이건 일곱째 날이다.

안타깝게도, 메이어버흐는 보르셈이 실험에 임하는 동안에는 어떤 경우에도 들어서는 안 되는 『바르도 퇴돌』의 순간도, 여행자를 스물다섯째 날 이후에 안내하려는 용도로 마련된 말도 언급한다. 보르셈은 이를 알아차리고는 이렇게 항의한다. 책의 그 부분은 자신과 관련이 없다고. 넷째 주가 시작되자마자, 자신은 다시 빨려 들어가게 될 거라고. 혹시라도 수도승들이 문 반대편에서 이와 같은 설교를 한다면, 그건 그를 살아 있는 자들에게로 제때에 데려오지 못했을 것이기 때문이리라고.

트레이너가 실험의 실패는, 정말로 일어날 법하지 않기에, 고려된 적조차 없었다고 보르셈에게 단언한다. 바르도의 문은 완벽하게 작동하고 있으며 스물다섯째 날에 그를 위해 다시 열릴 것이다. 보르솀은 정말로 아무것도 두려워하지 않는다. 모든 것이 아주 세세한 부분까지 검토되었으니 말이다.

보르솀은 대꾸하지 않지만, 우리는 그가 훈련을 시작할 때보다 더 걱정하고 있음을 간파한다. 윌슨으로 말하자면, 그는 이제 자신의 형제가 '자살 미션'을 수행하기 위해 떠날 것임을 확신한다. 그는 그것을 사원장에게 말한다. 출발식이 시작되었기 때문에, 가비아니우크는 윌슨이 계속 말하도록 놔두지 않는다.

수도승 여럿이 거기에, 뒷문까지 줄지어 있다. 그들은 보르솀이 자신들 옆을 지나가는 것을 지켜보며 『바르도 퇴돌』에서 가져온 문구를 계속해서 중얼거린다. "오 그대들, 자비로운 이들이여, 보르솀이 저세상으로 가기 위해 이 세상을 떠나려고 합니다…. 바르도에서 그는 친구도, 보호자도, 힘 있는 자들도, 부모도 갖지 못할 것입니다…. 그는 침묵과 어둠 속으로 들어갑니다, 그는 안정이 존재하지 않는 쪽을 향해 갑니다…. 곧 그는 죽음의 지배자의 목소리에 겁에 질리게 될 것입니다…. 오 그대들, 자비로운 이들이여, 무방비 상태의 보르솀을 지켜 주소서…."

보르솀은 메이어버흐가 굳게 잠긴 잠금장치를 풀고 있는 철문 앞에서 숨을 쉬지 않은 채 서 있다. 금속이 비명을 지른다. 보르솀은, 문이 커다란 가마솥으로, 아주 분명하게 화덕을 연상시키는 무언가로 통한다고 지적하지만, 사람들은 그것이 단지 복도일 뿐이라고 반박한다. 보르솀은 안으로 들어가기를 꺼리지만, 이제는 들어가는 것밖에는 다른 해결 방법이 보이지 않았기에, 그는 들어간다.

윌슨은 윌슨대로 보르솀의 출발을 다음과 같은 기도로 동행한다. "오 그대들, 자비로운 이들이여, 바르도의 길고 좁은 통로에서 그를 구해 주소서…. 그를 도와주소서…. 그는 힘이 없습니다. 나의 형제 보르솀은 어떤 힘도 없습니다…. 혼자 가야만 하는 순간이 그에게 당도했습니다…."

불꽃이 타오르는 소리, 금속이 덜컹거리는 소리, 문이 도로 닫힌다.

이어서 정적이, 어둠이 찾아온다. 우리는 보르솀과 함께

바르도 안으로 갔다. 우리는 미세한 메아리와 마찰 소리를
해석하려고 노력한다. 보르솀이 움직이는 소리가 들려온다.
1분은 족히 정적이 지속된다. 그때, 어쩌면 아직 문일지도
모르는 무언가의 반대편에서, 낭송하는 자의 목소리가 들려온다.
목소리는 떨어진 거리 때문에 심하게 변형되어 있고, 오랫동안
파이프를 따라 여행한 것 같다. 이 목소리를 해독하려면
전문가여야 한다.

　보르솀은 귀를 기울인다. 그가 바로 그 전문가다. 그는
소리의 질을 못마땅해한다. 그는 열악한 음향 조건이 자신의
여행을 망칠 거라고 투덜거린다. 그가 불평을 하는 동안, 자신의
옷이 너덜너덜해졌고, 자신이 조난 신호 장치를 잃어버렸다는
사실을 깨닫는다. 그러다 멀리서 들리는 목소리가 무엇을 읽고
있는지 그는 마침내 이해하게 된다.

　그것은 『바르도 퇴돌』의 맨 마지막 페이지에 있는 산문의 한
구절이다.

　"오 고귀하게 태어난 자여, 네가 올바른 씨 안으로 들어가는
기술을 모르고, 올바른 자궁을 선택하는 기술을 터득하지
못했다면, 어떤 대가를 치르더라도 다시 태어나기 위해 몸을
얻으려는 욕망에 온 힘을 다해 저항하라. 고개를 들어라, 네가
사랑했으며 뒤에 남겨진 사람들을 이제 더는 생각하지 말아라.
비록 마지막 날이라 하더라도, 너는 여전히 삶의 저 끔찍한
시궁창으로 되돌아감을 피할 수 있다. 내면의 길을 택하거라,
나타나는 모든 태아를 무시하거라. 귀중한 금속으로 된 커다란
저택들로 들어가거라. 매혹적인 정원들로 들어가거라…"

　마흔아홉째 날.

　사망 이후 마흔아홉째 날에 읽는 구절이다.

　여행의 끝에 도달했고, 보르솀은 단 한 순간도 그 사실을
깨닫지 못했다. 아직 질식의 고통을 느끼지는 않지만, 그는
그것이 곧 닥쳐오리라는 걸 알고 있다. 그는 자신이 방황하면서
7주가 흘러갔음을 알지 못했다. 바르도에 침입한 후, 그는 거기서
살아남을 수 있었지만, 지속과 관련된 모든 것이 그에게는
낯설기만 하다. 그에게는 이제 어떠한 전망도 있지 않다.
그에게는, 이제 더 이상 살아 있는 자들의 세계로 돌아갈 때가

아니다. 실험은 실패했고, 탄트라교 팀은 그를 다시 빨아들이지
못했다. 언뜻 보아, 그는 이제 더는, 태아의 형태로 바르도를
떠나는 데도 성공하지 못하리라. 가까운 곳에 태아는 없다,
아무것도 없다.
　　연극은 보르솀의 다소 넋 나간 독백으로 마무리된다. "어떤
정원들인가요…? 어떤 매력적인 정원들인가요? 모든 것이 어둡고
적막합니다…. 그들은 나를 잊었어요. 아무도 없습니다…. 이제
나는 무엇을 할까요…? 어떤 커다란 저택들인가요…? 어떤 내면의
길인가요…?"

석탄 회사

　　무대 제작진은 두 명의 연기자로 축소된다:
　　모레노, 갱도 광부,
　　루고보이, 갱도 광부.
　　이 두 배우의 목소리 외에도 무대 밖의 다른 두 사람의
　　　목소리가 추가된다:
　　캄차킨, 엔지니어, 구조 팀 조정관,
　　반조 그림, 라마승.

무대는 아무런 변화도 없이 어둠에 잠겨 있다. 지하 900미터,
어느 광산의 갱도 안이다. 재앙이 발생했다. 두 생존자, 모레노와
루고보이는 무사하다. 그들은 석탄과 바위가 무너져 내려
출구가 막혀 버린 좁은 공간, 구조의 손길이 닿지 않은 통로에서
피난처를 발견했다. 광산 안의 다른 곳은, 재앙의 규모가
엄청났다. 침수된 갱도, 불타고 있는 각 층, 접근할 수 없는
수직 갱도, 모레노와 루고보이가 견디고 있는 틈새는, 사실상,
구조자들이 장기간 들어갈 수 없는 무덤이다.
　　간헐적으로, 컴컴한 공간에서 아주 작은 산사태가
발생한다. 돌들이 서로 부딪히며, 굴러가는 소리가 들린다. 두
남자의 옆 어딘가에서 물이 스며 나온다. 이 소음은 두 사람을
둘러싼 정적으로 인해 훨씬 크게 들린다.
　　두 광부는 작업용 랜턴을 하나 가지고 있다. 그들은 그것을

아껴서 사용한다. 그들은 많이 말하지 않고서 어둠 속에 머물러 있다. 그들은 기침을 하고, 헛기침으로 목을 가다듬는다. 그들은 여기서 벗어날 기회가 자신들에게 없는 것이나 마찬가지라는 사실을 알고 있다. 그들이 랜턴을 거의 켜지 않는 이유 중 하나는 불빛이 자신들의 모습을 음산하게 만들어 버리기 때문이다. "어둠 속에 있는 게 차라리 낫지." 루고보이가 말한다. "빛이 비치면, 우리가 죽은 사람처럼 보일 것 같아. 어느 지하 납골당 깊숙한 곳에서 막 깨어난 시체 같을 거라고. 생각만 해도 정말 징그럽고 소름이 끼치네." 시체가 아주 가까이 있다는 사실도, 어둠을 깨뜨리도록 그들을 자극하지는 않는다. 죽은 사람의 이름은 야노 발덴베르크이며, 자갈 무더기 아래 몸의 4분의 3가량이 파묻힌 상태다. 그의 두 다리만 밖으로 드러나 있다. 이 우울한 광경을 피하기 위해, 루고보이와 모레노는 랜턴을 끈 상태로 놔둔다.

무너져 내린 물질 수십 톤 너머에서는 인간에게서 비롯된 그 어떤 소리도 들리지 않는다. 그럼에도 불구하고, 두 광부는 구조대가 이미 지상을 떠나, 광산 안으로 깊숙이 들어와 생존자를 수색하는 중이라고 가정한다. 실낱같은 희망이 그들에게 깃들어, 그들이 무너지지 않도록 막아 주고 있다.

그들이 꼼짝 않고 앉아 있는 자리에서 1미터 떨어진 곳에, 작업장 전화기가 부착된 판자가 있다. 전화선은, 당연히, 끊겼다. 그럼에도 불구하고, 루고보이는, 규칙적으로 자리에서 일어나, 수화기를 들고 전화를 걸어 본다. 이것은 모레노가 환멸 어린 말로 비판하는, 암울한 행동이다. 전화 케이블이 파손을 피했을 가능성은 거의 없어 보인다. 그런데, 갑자기, 발신음이 울린다. 기적이 일어나, 다시 지상과 접촉하게 되었으며, 누군가 루고보이에게 응답한다.

광부들에게 말을 거는 사람은 구조 책임자인 거친 성격의 엔지니어, 캄차킨이며, 모레노와 루고보이는 그와 노조 문제로 여러 번 충돌한 적이 있었다. 두 사람은 그에게 어떤 존경심도 갖고 있지 않았고, 그 역시, 이 두 사람의 무정부주의 때문에 이들을 혐오했다. 캄차킨과의 대화는 잘 풀리지 않는다. 엔지니어는 그들에게 피해의 정도를 설명한다. 두 명의 생존자가 갇혀 있는 층이 몇 주 안에 치워질 수는 없을 것이라고. 그는 이와 같은 사실을 가차 없이 알려 준다. 그는 전화 연결이 어떻게 가능한지, 루고보이와 모레노가 어떻게 조치해서 죽음을 피할 수 있었는지 이해하지 못한다. 모레노가 발언한 이후, 분위기가 긴장되기 시작한다. 캄차킨의 관심은 생존자가 아니라 죽은 자들에게 있으며, 그가 신경 쓰고 있던 것은 모레노와 루고보이의 그룹에 속한 죽은 자들을 세는 것이며, 그의 연민은 모범적인 팀의 리더였고, 조직에서 좋은 평가를 받았으며, 테러리즘과 공모했다는 혐의를 받지 않은, 야노 발덴베르크를 향한다. 오가는 대화가 너무 격렬해져서 양측 모두 전화를 끊을 생각을 한다. 분노를 잘 다스리지 못하는 캄차킨은 실종자와 그들의 가족을 지원하기 위해 재난 현장에 도착한 라마승, 반조 그림에게 수화기를 넘긴다.

　　여기서부터 「석탄 회사」를 진정한 의미의 바르도식 소극으로 만들어 주는 장치가 작동하기 시작한다. 반조 그림은 라마교 승려로, 그의 영적인 권위는 루고보이와 모레노에게는 거의 인정받지 못하는데, 이는 두 사람 중 누구도 불교 수행에 열정적이었던 적이 없었기 때문이다. 그들의 개인 이력에, 고용주와 벌였던 수많은 투쟁이 있고, 무장투쟁을 지지하는 조직에 가입한 경험은 있었지만, 사원에서 명상을 한 시간은 거의 없었다.

　　반조 그림은 따라서 이 두 광부가 자신의 말을 듣고 자신의 권고에 따르더라도 이념적으로 무너지지 않을 것이라는 점을 그들에게 긴급하게 설득해야 한다. 루고보이와 모레노는 라마승과 차분한 대화를 시작한다. 그들은 함께 죽음에 관해 이야기한다. 두 광부는 자신들의 죽음 이후에 일어날 수 있을 일에 대해 단편적인 상상만을 할 뿐이지만, 자신들이 죽은 이후 49일 동안 걸을 수 있고, 그런 다음 다시 태어날 수 있다는 생각에 매료되어 안도한다. 반조 그림은 설득력 있는 목소리를 가지고 있으며, 그가 말하는 모든 것이 그들의 마음을 가라앉혀 준다. 잠시 후, 두 남자는 라마승에게 적극적으로 호감을 갖게 되었다. 시간이 흐르고, 자신들의 음울한 무기력함에 맞서 싸우기 위해, 그들은 반조 그림이 다음과 같이 제안하는 것을 받아들인다. 야노 발덴베르크가 바르도의 첫 단계를 통과하도록 도울 것, 또한,

발덴베르크에게 봉사하는 동안에도, 건강한 삶을 영위하는 데
필수적인 것, 즉 죽음 이후 선한 행동의 기본을 배울 것. 실제로,
반조 그림은, 그들이 아직 죽어 가는 자들이 아니라 종교적
도움보다는 심리적 도움이 더 필요하다는 점을 고려해서, 야노
발덴베르크를 우선적으로 돌봐 달라고 그들에게 부탁한다.

　　이렇게 루고보이와 모레노는 야노 발덴베르크 앞에서, 아니
그보다는 어둠 속에서, 석탄 더미에서 튀어나온 발덴베르크의
두 다리가 있는 곳에서, 『바르도 퇴돌』을 낭송하는 임무를 맡게
되었다. 그들은 번갈아 가며 낭송했다. 반조 그림이 전화로
그들에게 죽은 자에게 하는 기도, 훈계, 권고, 조언을 구술하면,
그들은 그것을 반복한다. 때때로 그들은 수화기를 놓지 않은
상태에서, 확고한 믿음이 부족한 채로, 그대로 그것을 반복하기도
하고, 때때로 그들은, 이런저런 구절의 힘과 이미지에 충격을
받은 탓에, 더듬거리며 죽은 자에게까지 다가가서, 어조를
넣어 가며 그것을 낭송하기도 한다. 그들의 무정부주의 신념이
자신들이 광대 짓을 하고 있다고 암시하기에, 그들은 주저하면서
시작하지만, 텍스트를 비방하지는 않는다. 한편으로는, 텍스트가
아름답고, 다른 한편으로는, 그들이 반조 그림의 기분을 상하게
하길 바라지 않기 때문이다.

　　그러다가 그들의 감정이 바뀐다.

　　그들은 자신들이 발덴베르크에게 드리우고 있는 배려를,
그를 구원하기 위해 전개하고 있는 이 의식 전반을 더 이상
견디지 못하기 시작한다. 그들은 죽은 자를 질투하기 시작한다.
발덴베르크는 이 순간 깨달음이나 부활을 향해 걸어가면서, 모든
평범한 죽은 자가 두려움과 혼란에 떨지 않도록 하는 데 필요한
경고와 설명을 듣고 있으며, 그의 머리맡에서는 두 목소리가
번갈아 가며 그에게 『바르도 퇴돌』을 읽어 주고 있다. 반면에
그들, 모레노와 루고보이는 빛에서 멀리 떨어져, 또다시 죽게 될
운명에 처한 사람으로 다시 태어나기 위해 싸우고 투쟁하는 일이
얼마나 어리석은지 자신들에게 상기시켜 줄 사람이 아무도 없는
가운데, 가장 끔찍한 고독 속에서, 죽어 갈 것이니 말이다.

　　그러자 『바르도 퇴돌』의 낭독이 혼란스러운 단계에
접어든다. 반조 그림은 여전히 광부들에게 신성한 텍스트를

구술하지만, 이 두 사람 중 아무도 발덴베르크의 시체가 있는
방향으로 그것을 전달하려는 수고조차 하지 않는 일이 점점
더 자주 일어난다. 루고보이와 모레노는 전화기에서 멀찌감치
떨어진 곳에 앉아 침묵하거나, 캄차킨이나 발덴베르크의
나약함에 대해 혼잣말하거나 대화를 나누기도 하면서,
자신들의 운명에 대해, 다양한 사원 지부 특권층의 운명에 대해,
프롤레타리아의 운명에 대해 곱씹고 있다.
　　그들은 점점 지쳐 간다.
　　그들은 기침을 내뱉는다.
　　반조 그림의 목소리가 어둠 속에서 찍찍거린다. 그
목소리가 끝없이 찍찍거린다. 목소리는 죽은 자라면 누구나
어려움 없이 어마어마하게 두꺼운 벽이나 어떤 컴컴한
장애물이라도 통과할 수 있는, 완전히 어두운 어떤 세계를
묘사하고 있다.
　　루고보이와 모레노는 자기들이 갇혀 있는 석탄 감옥에서
이 목소리를 듣고 있으며, 랜턴을 켜지 않은 채, 기침을 하고,
헛기침으로 목을 가다듬으며 기다린다.

영안실의 흉계

　　무대 제작진은, 여기서도, 두 명의 배우로 축소된다:
베키 글로모스트로, 여대생,
베레나 랭, 실업자.
이 두 여자 배우의 목소리 외에 보조 등장인물의 녹음된
　　목소리가 추가된다.
잠링 슈루프, 라마승.

의학을 전공하는 대학생, 베키 글로모스트로는 법의학
연구소에서 야간 당직을 서야 한다. 그녀의 업무는 그리 어렵지
않은데, 어려움이라면 무엇보다도 잠과의 싸움으로 한정된다.
그녀는 책을 읽고, 잠들지 않기 위해 커피를 준비하며, 시체가
놓인 안치실의 냉각 상태를 보존하는 엔진이 잘 작동하고 있는지
감독한다. 추가로 그녀는 정해진 시간에 냉동고의 서랍에서

죽은 사람을 꺼내 그의 옆에 녹음기를 틀어 놓으라는 요청을
받았다. 고인의 가족은, 사실, 고인이 바르도에 머무는 첫 순간에
어떤 목소리가 그를 안내해 주기를 바란다. 고인은 호이고
유고로프스키라는 저명한 인물로, 살해된 지 얼마 되지 않았다.
녹음된 목소리는『바르도 퇴돌』을 낭독하는 라마승의 목소리다.
　　베키 글로모스트로는 근무의 지루함을 깨고 싶다. 그녀는
자신을 만나러 와 달라고, 친구, 베레나 랭을 초대한다. 이 젊은
여자는 정신적인 문제를 가지고 있다. 그녀는 과거의 어느 날,
호이고 유고로프스키에게 성적으로 학대를 당했던 적이 있음이
밝혀지는데, 베키 글로모스트로는 이 사실을 알지 못했다.
　　베레나 랭의 등장은 무미건조한 이곳의 평온을 뒤흔들어
놓는다. 호이고 유고로프스키의 시신 앞에서, 베레나 랭은 자신이
희생자였던 강간 사건을 이야기하고, 그런 다음에는 도시를
장악하고 있는 부패한 명사들을 비판하기 시작한다. 그녀는
그들에게 총알을 퍼붓는 사람들을 칭찬한다. 그녀는 녹음기를
켜더니, 재생 방향이 맞는데도 불구하고, 녹음기를 멈추고는,
카세트테이프를 뒤집은 다음, 재빨리,『바르도 퇴돌』의 낭독을
교란한다. 호이고 유고로프스키에게 복수하기 위해, 그녀는 죽은
자에게 낭독하는 지침을 뒤죽박죽 섞어 버린다. 이따금 죽은 자가
자신을 알아볼 수 있도록 자기 신분을 밝히기도 하고, 이따금
라마승의 목소리를 흉내 내며 호이고 유고로프스키에게 잘못된
조언을 건네기도 하면서, 그녀는 라마승의 역할을 대신한다.
자신의 말에 리듬을 부여하기 위해, 그녀는 법의학자들이 부검
도구를 내려놓은 크롬 판을, 임시 징으로 사용한다.
　　“고귀하게 태어나지 않은 자여,” 예를 들어 그녀가
말한다. “호이고 유고로프스키라 불리는 너, 이제 너는 너의
그 가증스러운 성기로, 너의 그 가증스러운 눈길로, 너의 그
가증스러운 재산으로 네가 박해했던 여성 중 한 명을 만나게 될
것이다. 너는 이 여성에게서 벗어나려고 시도하겠지만, 그렇게
하는 데 이르지 못하리라. 너는 올가미에 걸려든 짐승처럼
미쳐 날뛰면서 사방으로 뛰어갈 것이다. 그녀는 범죄자인 너의
존재를 너 자신이 기억할 수 있도록 너에게 다가갈 것이다. (징
소리.) 그녀에게 아무것도 요구하지 말아라, 그녀의 동정심에

호소하지도 말아라. 그녀는 너를 도우려고 여기에 있는 게
아니라, 너를 벌주려고 있는 것이니라. 네가 몸부림치며
그녀에게서 도망치려 하면 할수록, 그녀는 고통을 주기 위해
더욱더 오랫동안 너를 짓누를 것이다. (징 소리.) 예전에 누군가
너에게 말하길, 해탈을 얻으려면 사원에서 바르도의 저 소름
끼치는 존재들과 네가 합치를 이루어야 한다고 했다. 그러나
그것은 잘못된 말이다, 유고로프스키. 네가 도망을 치든, 네가
합치를 하려 하든, 너의 두려움은 엄청날 것이다. 내 말을 잘
들어라, 유고로프스키. 비명을 지르지 않도록 애써라, 네 육신을
잠식할 떨림을 감추거라. 그녀가 너의 가장 은밀한 신체 부위를
학대하고 더럽히는 동안, 너는 다른 것을 생각하려 노력하겠지만,
너는 성공하지 못할 것이다. 네 고통은 끝이 없을 것이니, 네가
그걸 아는 게 차라리 낫다. (징 소리.) 나는 너의 가족이 너를
깨달음으로 인도하기 위해 고용한 라마승, 잠링 슈루프다.
내 말을 잘 들어라. 너는 깨달음도, 해탈도, 환생도 알지 못할
것이다. 너는 네가 온몸의 무게로 짓밟았으며 너의 성기로 치를
떨게 한 여인들, 그리고 네가 그녀들을 찢어 버리면서, 그리고
네가 너의 정액을 뿌리면서, 비열한 눈으로 네가 바라보았던
여인들과 마주하게 될 것이다. (징 소리.) 너는 어떤 휴식도 알지
못할 것이다. 그녀들은 너에게 몇 번이고 끔찍한 보복을 가할
것이며, 네가 그녀들의 손이 닿지 않는 곳으로 기어 나가려고 할
때마다, 너를 붙잡아 다시 시작할 것이다.”

　　베키 글로모스트로는 이 사보타주를 반대하려 시도하지만,
죽은 자에 대한 어떤 존경심도 없기에, 잔인한 의식에 되는대로
이끌리게 자신을 놔둔다. 자신의 차례에, 그녀는 호이고
유고로프스키가 방황하게 할 용도로 마련된 말을 내뱉는다.
그녀는 베레나 랭보다 강간의 이미지에 덜 집착하며 자신의
상상력이 자유롭게 흘러가도록 놔둔다. “유고로프스키,” 그녀가
외친다, “너는 이제 아무것도 아니다, 너는 이제 끝장났다, 너는
숨이 막힐 것이다, 너는 몸부림칠 것이다. 너는 먼지로 인해 병든
한 마리 박쥐다, 다시 날고 싶겠지만 너는 검은 땅에서 어떻게
몸을 떼는지 잊어버렸다. 너의 팔다리는 비참하게 허둥거린다.
너는 다시는 일어나지 못할 것이다.”

베키 글로모스트로는 자신들의 저주에 연극적인 깊이를
더하기 위해, 호이고 유고로프스키의 목소리를 가져온다. 그녀는
그의 격렬한 공포를, 그의 무기력함을 우스꽝스럽게 과장한다.
그녀는 비웃고 싶어지게 만드는 기괴한 태도를 그에게 돌려준다.
호이고 유고로프스키는 자신을 박해하는 자들에게 달러를
제시하며 환심을 사려고 시도한다. 그는 그녀들을 위해, 피를
마시는 신들에게 호소하겠다고 약속한다. 자신 덕분에, 그녀들이
다른 세계에서 여왕의 삶을 살게 될 거라고, 그는 주장한다.

유머는 있지만, 근본적으로, 상황은 여전히 폭력적이다.
당직을 서는 밤이 환상적인 색채로 물든다. 베키 글로모스트로와
베레나 랭은 현실을 떠나, 죽은 자의 세계로 들어가서, 호이고
유고로프스키 자신이 범죄자의 삶을 살면서 벼려 놓은 끔찍한
도구가 된다. 죽은 자의 머리맡에서『바르도 퇴돌』을 읽는
행위는 점차 재판으로, 그런 다음 비이성적인 샤머니즘의 춤으로
변형된다. 마지막을 향해 가며, 전등이 꺼지고, 냉동고는 작동을
멈춘다, 그리고 우리는 이 두 여인이 이미 어떤 악마의 세계에
빠져들어, 영원토록 포효하면서 죽은 자나 그와 같은 존재와
동행하도록 스스로에게 강요하지는 않을지 자문한다.

연출 노트에, 보그단 슐룸은 등장인물의 외모를 강조한다.
"처음에는 모든 것이 평범하고 비어 있다." 그가 말한다.
"영안실의 분위기에 불안해할 만한 것이라고는 전혀 없다.
우리는 새들의 세계에 있다. 베키 글로모스트로, 그리고 이어서
베레나 랭은, 나신으로 등장하며, 온몸이 깃털로 뒤덮여 있다.
베키 글로모스트로는 거의 인광이나 다름없는 에메랄드빛 녹색
관모(冠毛)가 솟아 있어, 바라보는 게 지극히 즐거운 진줏빛
회색 얼굴을 보여 준다. 그녀의 눈은 호박색이며, 하얀 솜털로
된 두 개의 동그라미가 여전히 두 눈을 장식하고 있으며, 그녀의
두 손은 짙은 회색이며 아주 깨끗하다. 베레나 랭은 검고,
반짝거리며, 눈가에는 강렬한 파란색 반점이, 그리고 배와
등에는, 황금색 반점이 있다. 그녀의 눈은 노랗다, 미친 듯한
탄성을 자아내는 노란색."

여기까지다. 우리가 원한다면, 이제 더 멀리 갈 수 있다.

Ⅴ. 퍼프키

슐룸은 갓난아기처럼, 머리를 먼저 내밀고 가슴은 아코디언처럼
오므리고서, 지하실에 들어갔고, 곧바로, 퍼프키가 자신을 만나러
달려오는 것을 보았다. 처음에 그는, 오랜 기간 방문자가 없었던,
다른 이가 자신을 환영해 줄 준비가 되어 있는 거라고 생각했다.
실제로, 퍼프키는 슐룸을 향해 두 팔을 벌리고 있었지만, 제
가슴에 슐룸을 끌어안을 의도 같은 건 아예 없었다. 그는 이 틈을
타 외부의 세계로 다시 들어가길 바라고 있었다. 그는 슐룸을
밀쳐 내고, 도망치기를 원하고 있었다.

　"안 돼," 슐룸이 말한다. "그건 안 돼. 그런 건 안 돼."
　그는 퍼프키를 다시 밀쳐 내고 더듬거리며 문을 도로
닫았다. 자물쇠가 게걸스러운 소리를 내뱉었고, 그런 다음에는
이쪽에서 침묵이 흘렀다.

　빛의 질은 매우 열악했다. 희미한 황혼과 비교해 보아도,
빛은 전혀 가치가 없었다. 빛은 어디에서도 스며들지 않았고,
구석에서 구석으로 물결치고 주저하면서 눈알 깊숙한 곳을
때렸다. 슐룸은 탄소 필터를 통해 퍼프키를 알아본 것 같은
느낌을 받았다. 그는 퍼프키가 자신을 피해 이미 닫혀 있는 문에
다가가려고 시도하는 것을 보고는 퍼프키를 다시 밀쳤다. 마치
주짓수를 시연하듯, 그는 손목 비틀기와 다리 걸기 기술로 밀치는
행동을 마무리했다.

　퍼프키는 검은 그을음을 구름같이 일으키며, 땅에
쓰러졌고, 그대로 히죽히죽 웃고 있었다. 그는 눈이
휘둥그레지고, 기분 나쁜 얼굴을 하고 있었는데, 그것은 조직의
내부 보고서에서, 인물과 그 인물의 철학적 망상에 관한 신랄한
논평과 함께, 수차례 수록되었던 바로 그 얼굴이었다. 퍼프키는
여기서 반절쯤 바보 같은 표정을 지으며 히죽거리고 있었다. 잠깐
동안, 그가 기뻐하고 있는 이유는 드러나지는 않았으나, 이제
그가 슐룸의 목 뒤 어느 한 지점을 강렬하게, 고약하고 강렬하게,
응시하기 시작하자, 슐룸은 텁수룩한 무언가가 자신을 위협하고
있다는 확신이 갑자기 들어, 소스라쳐 펄쩍 뛰었다. 그 지점은
거미가 있을 만한 높이였다. 그는 재빨리 돌아섰다.

"이게 뭐야." 그가 말한다.

잠시, 그는 거대한 테게나리아[43]나 그보다 더 끔찍한 무언가를 때리기 위해 준비하고 있었다. 하지만 어떤 타란툴라[44] 종류의 생물도 검은 벽에 붙어 있지 않았고 그의 두개골이 닿는 범위 안에서 흔들거리지도 않았다.

벗겨져 기름기가 흐르는 내벽은 마치 석탄 블록으로 만들어진 것 같았다. 어떤 생명체도 거기에 숨어 있거나 매달려 있을 수는 없으리라. 잠시 무익한 관찰을 한 다음, 슐룸은 타란툴라 사냥 따위는 잊어버리고서, 조금 전 출입문 하나가 자신을 지나가게 해 주었던 곳으로 시선을 옮겼다. 손잡이도 자물쇠도 더 이상 보이지 않았다. 아마도 퍼프키의 불안해하는 희열은, 바로 여기, 이런 세세한 것에서, 이런 부재에서 그 원인을 찾을 수 있으리라. 문은 벽과 비슷한 재질을 잘라 만들어진 게 틀림없었다. 문은 틀에 지나치게 딱 맞추어 끼워져 있어서, 마치 벽돌 내부에 녹아 있는 것처럼 보였다. 문이 하나 있었던 곳에서 문의 흔적을 감지할 수 있는 것이라곤 아무것도 없었다.

퍼프키를 기습하기 위해 슐룸이 지원했을 때, 그는 자신의 임무가 기괴한 일과 위험으로 넘쳐나게 되리라는 경고를 받았다. 악몽이 될 것이다, 숨 돌릴 틈도 없을 것이다. 조심하시오, 끊임없이 경계하시오. 항상 태세를 갖추고 있으시오,라는 말을 들은 바 있었다. 슐룸은 사라진 문을 찾으면서, 어딘가 문을 메꿔 놓은 틈이 있는지 찾으면서, 손바닥으로 벽을 꼼꼼하게 더듬어 나갔지만, 아무것도 찾지 못한 채, 퍼프키에게 돌아왔다. 퍼프키는 일어나서 몸에 묻은 검은 먼지를 털었다. 그는 더 이상 히죽거리지 않았지만, 그래도, 슐룸이 조직 내부의 언론 팀에 자문을 구한 덕분에, 마침내 동정심을 갖게 되었던, 정신병자 수도승의 표정을 간직하고 있었다. 실제로 퍼프키의 반체제적인 발언을 고발한 각각의 기사 아래에는 퍼프키의 사진이 첨부되어 있었다. 이 인물 사진은 독자로 하여금 퍼프키와의 첫 대면부터,

---

43. 유럽에서 서식하는 대형 거미의 일종.
44. 두툼하고 굵은 다리에 털이 많이 난 커다란 독거미의 일종.

부정적인 판단을 갖게 하려고, 불편함과 심지어 거부감까지
불러일으키도록 의도된 것이었다.

조직의 관점에서는, 퍼프키가 개발하고 있는 것은 받아들일
수 없는 것이었다. 예를 들어, 무엇이 그런가? 음, 예를 들어,
죽음의 불완전함. 아니면 윤회의 추악함. 아니면 여행 도중
올리는 모든 기도의 무용함, 종교적 지식의 쓸모없는 특성.
아니면 투명한 빛과의 만남의 절대적인 불가능성. 그리고,
마지막으로, 우리가 가진 환생에 도달할 지극히 희박한 기회.
이런 종류의 신성모독이었다. 이 모든 것을, 슐룸은 대강 훑어본
적이 있었다. 이론적 탐구에 별로 관심이 없었기 때문에, 그는
이러한 물음에 대해 명확한 견해를 가진 적이 한 번도 없었다.
논쟁가들은, 참아 줄 수 없는 박식함을 뽐내며 자신들의 주장을
펼쳤다. 슐룸은 특히 이미지에 관심이 많았다. 텍스트의 여백에
나타나는 삽화 말이다. 기본적인 신비주의 교육을 받았음에도
불구하고, 그는 퍼프키가 말했던 것도, 당국이 어떨 때는
말한다고, 어떨 때는 말하지 않는다고 그를 비판했던 것도
이해하지 못했다. 그는 퍼프키의 교활하게 생긴 이목구비를,
비정상적으로 떨어져 있는 두 눈을, 과거 틱 장애로 인해 근육이
불거진 그의 두 뺨을, 아니면 또, 사진사가 전신을 찍었을 때,
무엇으로도 결코 풀리지 않을 것같이 엉킨 그의 뼈마디 굵은 손을
살펴보기를 더 좋아했다. 여행을 준비하는 몇 시간 동안, 그는
호기심을 가지고 이런 것들을 살펴보고 있었다.

지하실의 짙은 어둠 속에서, 모델을 사진들이 과장했는지
충실히 담았는지 판단하기란 쉽지 않았다. 그 순간, 퍼프키는 제
옷을 털고 있었는데, 그 누더기 사이로 그의 마른 살이 드러났다.
그는 고개를 들어 슐룸과 눈을 맞추지 않으려 하고 있다가,
갑자기, 판자 조각을 들고서 슐룸을 향해 달려들었다.

"나는 이제 조직에 속해 있지 않아." 그가 소리쳤다. "저리
꺼져, 슐룸! 내 앞에서 비키라고!"

슐룸은 그가 나무 조각을 집어 드는 모습을 보지 못했지만,
무기가 어떤 궤적을 그릴지 짐작할 수는 있었다. 판자가 한 자루
검처럼 그를 덮쳐 왔다.

"아." 그가 말한다.

그러고는, 어린 시절부터 무술을 연마한 덕분에, 그는 공격을 피했고, 판자를 무력화시킨 다음, 망설이지 않고, 반격에 나섰다. 그는 퍼프키의 태양신경얼기[45]를 가격했는데, 이번에는, 퍼프키가 도망치려고 시도했을 때, 그들이 처음 맞붙어 싸웠을 때보다 훨씬 더 강하게 그를 가격했다.

퍼프키는 뒤로 튕겨 나가 온몸으로 바닥을 쓸면서 쓰러졌다. 그의 주위로 돌처럼 굳은 먼지가 파도처럼 일었다. 그을음이, 구름 모양으로, 물 한 컵에 떨군 잉크가 번져 나가는 과정을 연상시키며 느린 속도로 피어올랐다. 이 소용돌이 뒤편에 퍼프키가, 모습을 드러내지 않고, 불쌍한 몰골로, 쓰러져 있었다. 그가 고통스러워하는 소리가 들려오기 시작했다. 몹시 그르렁거리며, 그는 공기를 삼켰다가 도로 뱉어 내고 있었다. 그을음이 장엄하게 떠올랐다가 비처럼 쏟아져 내렸다. 그것은 극도로 어두운, 검은 솜으로 덮인 듯한 덩어리 위로 떨어지는, 말 없는, 검은 추락이었다.

슐룸은 그을음에 부분 부분 묻혀 가는 퍼프키를 지켜보았다. 그는 신음하는 퍼프키의 모습이 안타까웠다. 슐룸 자신도, 종아리까지 검은 물질에 파묻혔다.

"들어 봐, 퍼프키." 그가 말한다, "우리 얘기를 좀 나누는 게 낫겠어. 나는 당신을 때려눕히려고 파견된 게 아니야, 당신도 알잖아. 조직이 나에게 요구한 건 당신의 연구 결과에 대한 보고서뿐이라고."

"보고서라." 퍼프키가 쉰 목소리로 말했다.

"맞아." 슐룸이 말한다.

"내 연구라니, 무엇에 관한 연구?" 퍼프키가 말한다.

슐룸은 약 10초 동안 입을 다물고 있었다. 그는 이러한 대화의 배경이 된 무대의 어둠 속 풍경을 분석하고 있었다. 아주 가까운 곳에는, 조금 전 벌어졌던 싸움의 흔적으로 인해 바닥이

---

45. 동물체의 특정한 부위에 신경세포가 그물을 이루며 모여 있는 것을 '신경얼기'라고 부른다. 그중 경추신경얼기, 상완신경얼기, 허리신경얼기, 엉치뼈신경얼기, 복부신경얼기를 '태양신경얼기'라고 말한다.

긁혀 있었고, 보다 먼 곳, 그러니까 천식으로 숨을 몰아쉬는
퍼프키 너머로는 거의 아무것도 보이지 않았다. 눈길은 어디에도
머무를 수 없었다. 너무 어두웠다. 똑바로 서 있는 표면은 알아볼
수 없게 되었다. 남아 있는 것이라곤 퍼프키가, 맨 처음, 슐룸을
만나러 달려왔을 때, 발자국을 남겼던 그을음으로 뒤덮인
공간뿐이었다. 그마저도, 이 자국을 해독하려면 아플 정도로
동공을 크게 벌려야 했다. 이윽고 자국이 사라졌다.
　　"어두운 공간에 관한 당신의 연구," 슐룸이 말한다. "환생에
앞선 여행의 기간에 관한 연구 말이야."
　　"아, 저들은 그것에 관심이 있군." 퍼프키가 말한다.
　　"그래." 슐룸이 말한다.
　　그는 자신과 대화 상대 사이에 평화로운 관계가
시작되었다고 느끼며 용기를 얻었다.
　　"자," 그가 계속했다. "조직은 탄생 이전 세계에 대한 당신의
탐험이 어느 단계까지 진척되었는지 알고 싶어 해. 죽음 이후에
이어지는 세계에 대해 말이야."
　　퍼프키는 앉은 자세에서 몸을 다시 세웠다. 그의 등에서
그을음 덩어리가 떨어져 나와 산산조각이 났다. 슐룸은
눈살을 찌푸렸다. 퍼프키의 실루엣은 선명하지 않았다. 기름진
덩어리들이 실루엣의 가장자리를 짓누르고 있었다. 둥근 돌기와
몇몇 비스듬한 줄무늬가 동요했다. 교활한 쾌활함이 다시
발작하며 퍼프키를 뒤흔들고 있었다, 아니면 전율에 사로잡혀서.
아니, 어쩌면 떨떠름한 트림을 연달아 하고 있었는지도 모른다.
퍼프키가 여기서 뭔가를 먹고 있었는지, 그에게 소화 장애가
있었는지 아닌지 어떻게 알 수 있겠는가?
　　"이 분야에서, 새로운 게 뭐가 있다고." 흔들림이 멈추자
퍼프키가 주장했다. "한 세계에서 다른 세계로 이동하는 기간…?
새로운 건 아무것도 없어. 어쨌든, 이에 대한 답이라면 공인된
학자들이 이미 내놓았다고."
　　"오, 학자들." 슐룸이 말한다.
　　"그들 또는 그들의 아첨꾼들." 퍼프키가 말한다. "쓰는
글마다 나에게 더러운 침을 묻혀 가며 일일이 나를 비판하던
뇌물을 받아먹은 엉터리 작가들. 스스로를 연구자라고 착각하는

그 모든 이데올로그들. 천박하고 대중적인 나팔이나 부는 그 모든 라마승들."

"이봐, 이봐." 슐룸이 말한다.

"답을 원한다면,『바르도 퇴돌』을 참고해." 퍼프키가 말한다. "모든 것은『바르도 퇴돌』안에 있으니까. 나한테 기대하지 말고."

기침이 발작해 그를 방해했다. 그는 목 주위를 쓸더니, 자신을 둘러싼 어둠을 향해 살짝 침을 뱉었다. 이제 그는 다시 일어섰다. 소맷부리에 달라붙은 덩어리를 모두 떼어 내지 않은 채, 그는 두 다리를 움직여 한 발을 내디뎠다.

그는 다른 발로 한 걸음을, 그런 다음 몇 걸음을 더 내디뎠다.

이제 그는 어둠 속으로 빠져들고 있었다. 그는 이미 멀어지고 있었다.

"이봐!" 슐룸이 말한다. "그렇게 떠나지 마…!"

"날 내버려둬." 퍼프키가 말을 뱉었다. "당신이 할 수 있겠다 싶으면, 어디 한번 표면[46]으로 돌아가 보든가."

"오, 내가, 표면을." 슐룸이 반박했다.

퍼프키가 어깨를 으쓱거렸다. 그는 계속해서 앞으로 나아가고 있었다.

그가 영원히 사라져 버릴까 두려워, 불안에 사로잡힌 슐룸이 그를 따라갔다.

빛이 점점 어두워졌다. 그들 발밑의 땅이 옆으로 미끄러지거나 눈 녹는 소리를 내면서 내려앉고 있었다. 그들은 몸을 앞으로 숙이고는 더 이상 말을 하지 않았다. 이렇게, 10분 혹은 15분이, 그런 다음 일주일이 흘러갔다. 가끔씩, 슐룸은 퍼프키를 붙잡고서 그들이 어디로 가고 있는지 말하도록 강요하기 위해, 아니면 지하실에 한계가 있는지 없는지, 아니면 그들 중 한 사람이 죽었는지, 만약 그렇다면 누가 죽었는지, 둘 다 죽은 것인지, 죽은 지 얼마나 되었는지 알아보기 위해, 질문을 하면서 그를 두들겨 패곤 했다. 퍼프키는 굳게 다문 입을

---

46. '표면'은 바르도에서 벗어난 세계, 죽기 전의 현재 세계를 말한다.

열지 않았다. 그는 아무것도 밝히지 않았다. 그는 그저 자신이
길을 알고 있다는 인상을 주면서, 때로는 큰 원을 그리며 어떤
가상의 장애물 주위를 돌기도 하면서, 때로는 먼지와 부스러기
속에서 지름길을 선택하기도 하면서, 때로는 쪼그려 앉아 휴식을
취하기도 하면서, 계속해서 앞으로 나아갔다. 그 리듬을 부여한
것은 바로 그였다.

　어둠이 한치의 양보도 없이 군림하고 있었다. 예전에,
불명예를 당하기 전에, 퍼프키가 공개할 권한을 부여받았던
무(無)에 대한 설명에는, 어두운 평원 위로, 무채색 먼지로 뒤덮인
모래언덕 위로, 연속해서 떠오르는 달, 그리고 방위기점[47]이
제거된 아스팔트처럼 검은 지평선 위로 지는 달이 등장했었다.
하지만 여기에는, 그 어떤 별도 없다. 어딘가 천상에는, 그러니까
그들 위에는, 분명, 궁륭이 있어야 했지만, 어느 시각이든,
그곳에는 어떤 별도 나타나지 않았다.

　그들이 두 번째 열흘에 접어들자, 슐룸은 헛소리를 하기
시작했다. 걷다 보니 그는 기진맥진했다. 그는 여러 명의 슐룸,
각기 다른 인격으로 분열되었고, 그중 어느 것도 그에게는
익숙하지 않았다. 그는 퍼프키의 바로 옆이나 발치께에 자신이
있는 것에 조금의 의미라도 부여해 보려고, 두 눈을 감고서
자신에게 고유한 기억을 되찾아 보려고 노력하고 있었다. 그에게
되살아난 것이라곤 퍼프키가 비밀을 자백할 때까지 고문해야
하는 의무뿐이었으며, 그는 퍼프키와 드잡이를 하고 있었지만,
더 이상 구체적인 요구를 하지는 않았다. 그의 관심은 점점
무뎌졌고, 심문의 존재 이유는 그의 의식 밖으로 밀려나 버렸다.
다시 질문에 착수하려고 했을 때, 그는 침묵을 지키는 편을
택했고, 그때부터, 그는 입을 굳게 다문 채로 퍼프키를 움켜잡기
시작했다. 퍼프키도 그를 따라 했다. 그들은 대화 없이 서로
치고받았다, 그들은 앞으로 나아갔다, 그들은 숨을 쉬기 위해

---

47. 천공의 자오선과 수평선의 두 개의 교점을 '남점'과
'북점'이라 하고, 천정과 천저를 포함한 자오선과 직교하는
대원과 수평선의 두 개의 교점을 '동점'과 '서점'이라 하며, 이
네 개의 점을 '방위기점'이라 한다.

몸을 웅크렸다, 그들은 다시 싸웠다.

어느 날, 퍼프키는 말하기로 결심했다.

"죽음과 탄생 사이의 기간은 49일이야." 그가 갑자기 속삭였다.

"길군." 슐룸이 언급했다.

"우수리 없이 7주." 퍼프키가 말한다. "자연의 법칙이지. 티베트인들은 수 세기 동안 이 법칙을 자신들의 책에 언급해 왔어. 이걸 몰랐다는 얘기는 나한테 하지 말고."

"오, 내가 바로 티베트인이야." 슐룸이 말한다.

어린 시절의 원한이 예고도 하지 않은 채 그를 급습했다. 학교가 갑작스레, 얼음처럼 차가운 바람이 뚫고 들어오는 작은 창문과 교실과 함께, 그의 기억에 떠올랐다. 그는 『바르도 퇴돌』의 일흔일곱 개 비밀 서문을 외우느라 고생했던 것이며, 여행 중 이어지는 지옥의 순서[48]를 묻는 필기시험에서 떨어졌던 것이 떠올랐다.

교수는, 서문들의 저자와 마찬가지로, 토토리 도르지라 불렸거나, 아니면 토토리 도르지의 환생이었는데, 어쨌든, 그는 자기 책상 위에서 나뒹굴고 있는 숭배의 물건들, 가령 은종(銀鐘), 성스러운 조개껍질이나 또 다른 물건 등, 무엇이든 손에 잡히는 것들로 열등생을 때리곤 했다. 슐룸은 폭행을 당하는 동안, 기둥에, 벽에 그려진 악마들의 이미지를 살펴보고 있었다. 자신이

---

48. 『바르도 퇴돌』에서 '여행 중 지옥들의 순서'는 죽음 이후 영혼이 통과하는 다양한 단계 또는 영역을 의미한다. 죽음 이후 인간의 영혼은 다시 태어나기 전에 일련의 상태 또는 바르도를 거친다. 이러한 상태에는 '죽음의 순간의 바르도', '중간 현실 경험의 바르도', '환생의 바르도'가 포함된다. 이 각각의 상태 사이에, 카르마(업보)와 과거 행위에 따라 영혼이 통과할 수 있는 다양한 상징적인 영역 또는 '지옥'이 있다. '지옥들의 순서'는 계급에 따른 위계질서가 아니라, 주관적이고 개인적인 경험을 바탕으로 각 개인이 다양한 중간 상태를 거치며 죽음과 환생의 과정을 겪어 나갈 때 이들을 유리한 환생의 상태로 안내하는 것을 목표로 정해진 순서다.

받았던 수많은 체벌에서, 그는 어떤 고통도 기억해 내지 못했다.
그에게 다시 떠오른 것은 학문의 기초를 머릿속에 집어 넣는 데
자신이 너무 서툴렀다는 부끄러움뿐이었다.

"그럼 지옥의 세계들은?" 슐룸이 경련이 이는 듯 외쳤다.
"지옥의 세계들은 어떤 순서로 나타나지, 응? 그리고 색깔로
보이는 것들은? 보기 싫을 정도로 칙칙한 빨간색, 무미건조한
빨간색, 활활 타오르는 주홍색, 응…? 눈부시도록 찬란한 파란색…?
정말로 티베트인들이 예측한 순서대로 나타나기는 하는 건가?"

퍼프키는 대답하는 데 뜸을 들였다. 그는 걸었고, 몸을
웅크렸고, 아무 말도 하지 않고 숨을 쉬고 있었다.

슐룸이 그를 쥐어박았다.

"맞아, 아니야?" 그는 악착스럽게 물고 늘어졌다.

"여행하는 7주 동안, 여러 지옥을 방문하게 되지." 퍼프키가
마침내 입을 열었다. "하지만 우리는 그걸 깨닫지도 못해.
지옥들을 구분해 주는 게 아무것도 없거든. 그저 건조한 사막
같은 어둠만 연속될 뿐이지."

"색깔로 보인다는 얘기를 귀에 못이 박히도록 들었는데."
슐룸이 말한다.

"그건 잊어도 돼." 퍼프키가 말한다. "게다가, 일곱 번째 주를
향해 나아갈수록, 우리는 훨씬 덜 기억하게 돼. 기억을 담당하는
반사 신경이 감소하는 거야. 어린 시절마저 사라지고. 기억이
아예 흐려지고 말지. 이런 결핍을 메우기 위해, 우리는 항상,
외부에 머무르는 동안에는, 여기저기서 녹음된 목소리를 들을 수
있지. 그러나 그것도 별로 소용이 없어. 그게 과거인지조차 알 수
없는걸. 우리가 원하는 게…."

"녹음된 목소리를 가지고 있나?" 슐룸이 그의 말을 끊었다.

"녹음되어 있는 걸 좋아해 보려고 해도, 알아들을 수 있는
게 아무것도 없어." 말이 끊긴 것을 무시하면서 퍼프키가 계속
말했다. "더는 그걸 해석해 낼 수도, 가로채 소유할 수도 없어.
그건 낯선 거야. 아무리 이해하고 싶어 해 봤자 소용없어."

퍼프키가 거칠게 한숨을 쉬었다.

"미라가 된 것 같고 식욕도 안 느껴지지." 그가 말한다. "서른
번째 날부터는, 더 이상 계속하고 싶지도 않게 돼."

"녹음한 것들, 레코드판을 가지고 있지?" 슐룸이 다시 물어보았다.

"그래." 퍼프키가 말한다.

"그거 궁금하군." 슐룸이 말한다.

그는 경찰 수사관의 거친 말투로 이 말을 내뱉었다.

"한때 자신이었던 자아를 알아볼 수 없기 때문에," 퍼프키가 계속 말했다. "그것이 무엇이건. 더 이상 탐구하고 싶은 마음을 갖지 않게 되는 거야. 과거도, 현재도, 앞으로 다가올 것도 말이야. 33일째 날이 지나면 이것이 당신의 마음을 덮치는 거야. 이것이 납빛 베일처럼 당신을 덮칠 것이고, 당신을 압도할 거라고. 내 연구가 당도한 지점이 바로 여기지."

"그 녹음을 듣고 싶군." 슐룸이 끈질기게 요구했다.

퍼프키가 싫은 내색을 하자, 슐룸이 그를 살짝 밀쳤다. 두 사람은 몇 마디를 주고받고 몇 차례 주먹다짐을 했다. 퍼프키는 힘을 쏟아 싸웠으나, 슐룸의 상대가 되지 못했다. 퍼프키 역시, 과거에 군사기술 교육을 받은 적이 있었으나, 자신의 지식을 실전에서 써 본 적이 한 번도 없었고, 더구나, 이즈음에, 그의 권투 실력은 보잘것없었다. 두 눈은 뒤집히고, 폐는 공기가 완전히 빠진 채, 그는 5미터 떨어진 곳으로 나가떨어졌다.

슐룸은 승리의 기분을 전혀 느끼지 못했다. 그는 자신보다 몸은 약하지만 머리는 똑똑한 사람을 가혹하게 대하는 것이 얼마나 끔찍한 일인지 모르지 않았다. 후회가 그의 입안에 불에 탄 흙 같은 맛을 가져다주었다. 그는 더듬거리는 한두 문장으로 이 맛을 희석해서 누그러뜨려 보려고 서둘렀다.

"나는… 나는 그 레코드판을 원해." 그는 말을 더듬거렸다. "무언가를 말하고 있는 멜로디의 흔적이 담긴…. 나는 알고 싶다고, 그게 어떤 목소리인지…."

알아들을 수 없는 유의 중얼거림.

퍼프키는 명상하는 자세로 앉았다. 그의 가슴 윗부분에서 엉덩이까지 그을음이 폭포수처럼 흘러내렸다. 땀을 흘릴 때처럼 그는 그을음을 잃어 가고 있었다. 열기가 올라간 것 같았지만, 실제로는, 정체되어 있었다. 침묵에 대해 말하자면, 침묵은 앞서 싸울 때보다 훨씬 더 두텁고 압도적인 짜임새를 갖추고 있었다.

퍼프키는 이러한 침묵 속에 자리 잡은 채, 거기서 더는 꼼짝하고 싶어 하지 않는 인상을 풍기고 있었다.

술룸은 퍼프키와 자신을 갈라놓았던 거리를 뛰어넘었다. 그는 몸을 낮추었고, 퍼프키의 남루한 승려복 앞자락을 잡고서— 살에 달라붙어 있지 않은 피부 꺼풀이 아니라면 말이다— 퍼프키를 흔들었다.

"나는 녹음된 소리를 듣고 싶어." 그가 반복했다. "녹음된 소리가 듣고 싶다고, 알겠어?"

이렇게 결실을 보지 못할 무력시위를 한 다음, 그는 퍼프키를 놓아주었다. 심문을 당하는 자는 절제된 태도로 반응했다. 그는 그을음과 아주 가느다란 흐느낌, 그리고 헛웃음을 내뿜었다. 그는 대답하지 않았다.

그의 손가락 끝보다 더 멀리로는 거의 보이지 않았다. 두 사람은, 십중팔구, 서로 얼굴을 마주 보고 기침을 해 대느라 바빴으리라. 그들은 휴식 단계에 접어든 것처럼 무릎을 꿇고 앉아 있었다. 둘 사이의 모든 증오는 사라져 가고 있었고, 그들의 관계에서는 본능적이고, 환원할 수 없는 난폭함만이 단단한 골격처럼 남아 있었다. 그것은 서로에 대한 완강한 저항이었다.

그렇게 셀 수 없는 시간의 조각이, 밤에 밤을 거듭하며, 달아나 버렸다. 이동한 지 셋째 주가 끝나 가고 있었다. 퍼프키는 침을 삼켰고, 마침내 자신의 입 밖으로, 새로운 정보를 흘려보냈다.

"녹음된 목소리는 자궁들의 가장자리에서 오는 거야." 그가 말한다.

"아하, 이제야 명확하게 설명하시는군." 술룸이 말한다. "진작에 그렇게 말할 수 있었잖아."

"글쎄." 퍼프키가 말한다.

퍼프키가 발설한 정보로는 명확하게 설명이 되지 못한다는 것을 깨달은 순간, 술룸은 잠시 입을 다물었다.

"어떤 자궁들?" 그가 물었다. "당신이 말하려는 것은 다가올 환생들의 자궁인가, 아니면 또 다른… 이전의 자궁, 내가 이미 그 안에 있었던… 우리 모두 한때 아기였던 그 자궁들…?"

"두고 보면 알게 되겠지." 퍼프키가 말한다. "모두 주크박스

안에 기록되어 있어.”

“어디 안이라고…?” 슐룸이 물었다.

“주크박스.” 퍼프키가 반복했다.

“아.” 슐룸이 말한다.

“우리 뒤에.” 퍼프키가 가리켰다.

슐룸은 몸을 돌리더니, 꿈쩍하지 않았다.

한참 동안 그는 공간을 가득 채우고 있던, 빛이 아닌 모든 것을 샅샅이 살폈다.

“아무것도 분간할 수가 없어.” 그가 불평을 했다.

“저기.” 퍼프키가 가리켰다.

“여전히 아무것도.” 슐룸이 말한다.

그는 몸을 흔들더니, 어둠 사이를 더듬어 보려고 컴컴한 공기 속으로 나아갔다. 싸움과 휴식 중에 그의 몸에 달라붙었던 그을음이 큰 덩어리로 떨어져 나왔다. 그의 두 손이 떨리고 있었다. 두 손은, 얼마간 뜻대로 움직이지 않아, 그의 앞에서 허우적대기도 했지만, 곧이어, 울퉁불퉁한 곳에 가닿았다. 거기에는 제법 따뜻한 안전유리 칸막이가 있었고, 키보드도 하나 있었다. 거기에는 주크박스처럼 생긴 기계가 한 대 서 있었다. 망가진 주크박스.

“이 기계가 아직 작동했으면 좋겠구먼.” 퍼프키가 알아들을 수 있는 목소리로 희망하며 말했다.

“나야말로.” 슐룸이 위협적으로 말했다.

“어쨌거나,” 퍼프키가 말한다. “내가 당신에게 말했듯이, 기적을 기대하진 마. 스피커는 단지 파편만 재생하니까. 그걸 듣고 낙담하는 사람도 여럿이야.”

“어떤 종류의 파편인지.” 슐룸이 불안해하며 말했다.

“다른 곳에서 온 거짓말과 암호화된 언어로 된 짧은 전례(典禮) 시이지.” 퍼프키가 침울한 표정으로 설명했다. “진짜 기억은 정말 아니지.”

“하지만 어쨌든, 기억과 닮지 않았나?”

“꼭 그렇지는 않아.” 퍼프키가 말한다.

“아.” 슐룸이 소리를 냈다.

그의 억양에는 열정이 결여되어 있었다. 벌써 그는 기계

쪽으로 몸을 숙이고 있었다. 그는 스위치를 조작했다. 간단한 토글스위치[49]였는데, 입체적으로 도드라진 오프(OFF)/온(ON) 표시가 검지 끝에 느껴졌다. 주크박스가 반응했다. 주크박스의 은밀한 부분이 인색하게 빛나며, 희미한 핑크빛과 반짝이는 빛을 외부 일대로 전달했다. 키보드의 틀은 띠로 둘려 있었다. 그 가장자리 위로, 세 개의 자주색 네온 불빛이 부활을 시도했다. 튜브[50]들은 과거에 자신들이 보였던 능력을 과시하려 해 보았지만, 그 노력에 튜브들이 지쳐 가고 있다는 것이 느껴졌다. 가스가 붉어지는 건 확실했지만, 튜브들의 벽 너머로 더 멀리 밝힐 수 있을 만큼 충분하지는 않았다. 다른 램프는 꺼져 있었다.

　　슐룸이 키보드를 손가락으로 눌렀다. 주크박스에 대한 그의 지식이 실제로 적용된 적은 한 번도 없었다. 그는 어쩌면 자신의 경험 부족이 문제의 원인일 거라고 의심하면서, 망설임과 후회를 되풀이했지만, 퍼프키 앞에서 망신을 당하고 싶지는 않았다. 스피커 안쪽에서 전류가 소리를 내며 흘러갔지만, 녹음 여부와 상관없이, 어떤 목소리도 울려 나오지 않았다. 몇 분 동안 슐룸은 키보드 위쪽에서 동요하면서 기다렸다. 몇 분이 성과 없이 지나갔다.

　　"구멍에 동전을 하나 넣어야 해." 퍼프키가 조언했다.

　　"얼마짜리 동전이지?" 슐룸이 어이없어하며 말했다.

　　"1달러짜리." 퍼프키가 말한다.

　　슐룸은 뒤적거렸다. 그 금액이 그에게는 엄청나 보였다. 그의 두 손이 마지못해 뒤적거리거나 아껴 놓은 돈이나 주머니 안쪽을 뒤지는 척하는 소리가 들려왔다.

　　"저금통이 밀봉되어 있는 건 아니잖아." 퍼프키가 그를 위로하기 위해 알려 주었다.

　　슐룸은 중얼거리면서 결정을 내리지 못했지만, 자신을 감싸고 있는 천과 주머니를 한참 동안 흔들어 본 후, 마침내

---

49. 시소처럼 한쪽을 누르면 한쪽이 올라가며 온·오프가 결정되는 스위치.
50. 여기서 '튜브'는 주크박스에서 빛을 방출하는 전기 부품을 의미한다.

행동에 나섰다.

"당신의 달러는 단지 장치를 작동시키는 역할을 할 뿐이야."
퍼프키가 덧붙였다. "걱정하지 마, 슐룸, 마지막에는 그 돈을
되찾을 수 있을 테니까."

"마지막이라니, 무슨 말이지?" 슐룸이 말한다. "이봐,
퍼프키, 나를 바보 취급하지 말라고. 나도 내가 갖고 있던 유일한
달러를 영원히 잃어버렸다는 걸 잘 아니까."

"언젠가는 써야 했을 돈이잖아." 퍼프키가 지적했다.

"제발 그 입 좀 다무시지." 슐룸이 조바심을 냈다. "작동하기
시작하는군."

기계의 뱃속에서, 톱니바퀴 장치가 딸꾹질 소리를 냈다.
달러가 떨어지자 전기 작용을 일으킨 진동 막이 이제는 방광이
터지는 소리와 빗자루로 쓸어내리는 소리를 전송했다. 날은 덥고,
답답하고, 어두웠다.

"내가 가서 몸을 다시 숙여 볼까?" 슐룸이 아무에게나
말하듯 제안했다.

그러더니, 대답을 기다리지 않고, 그는 퍼프키에게로
돌아왔다.

"숨이 막혔네, 저쪽은." 그가 설명했다.

주크박스는 칙칙한 듀엣곡의 도입부를 흥얼거렸고,
그런 다음 중단되었다가 되새김질하는 소리가 기계에서 다시
들려왔다. 지글거리는 소리는 거의 인간의 소리에 가까우며
황폐한 콧소리를 실어 나르고 있었다. 조금씩, 이 음성적
반죽으로부터, 어떤 점에서 볼 때, 의미가 있다고 주장할 수 있는
요소가 추출되고 있었다. 이것은 지하실 이전의 악취와, 어느 날
반죽되거나 무두질된 아련한 기억의 덩어리와, 표면에서 혹은
지하실에서, 또 다른 때에, 혹은 다른 곳에서, 체험한 꿈들의
잔여물과 결합하고 있었다. 그리고 우리는 누구에 의한 것인지
도통 알 수 없었다. 가깝거나 혹은 먼 이런 종류의 모험이.

갑자기 스피커에서 안내 방송이 나왔다.

"욕동주의자,[51] **요하네스 슐룸이 전한다."** 기계가 말한다.

---

51. 'dynamistre'는 'dynamiste'(역동주의자)의 오기로, 기계

"주근 쥐들에게 받히는 자금 무사."

"죽은 자들에게 바치는 작은 미사." 퍼프키가 번역했다.

"아," 슐룸이 말한다. "이런 거였군."

"그래," 퍼프키가 확인했다. "그들은 암호화된 언어로 말하지."

"티베트 사람들인가?" 슐룸이 물었다.

"그러면 나도 놀랄 것 같은데." 퍼프키가 말한다. "이런 건 티베트 사람들의 스타일이 아니거든."

이때, 기계가, 미사는 이번 주가 이어지는 내내, 어떤 상황에서건, 여자건 아니건 고인을 위한 즉각적인 혜택을 제공하면서 행해질 수 있다고 명시했다.

"그들은 거짓말을 하고 있어." 퍼프키가 중얼거렸다. "순식간에 우리는 들을 수 없다는 느낌을 받게 돼. 어떤 살벌한 경고에도 귀를 막은 채, 무기력하게, 거기 있는 거지. 생각도 더 이상 하지 않아. 그을음 아래 입을 벌린 채 떠다니는 거야, 자기 운명에서 완전히 떨어져 나오기라도 한 것처럼 말이야. 과거에도 미래에도 관심이 없지."

"훌륭한 프로그램이군." 슐룸이 요약했다. 그러더니 입을 다물었다.

퍼프키는 한마디도 덧붙이지 않았다.

계속해서 기계는 장황하게 말을 늘어놓았다. 기계는 우선 「입례(入禮)」[52]를 곧 제공하겠다고 명시했다. 그런 다음에는, 의미 없는 잡음, 조각난 소리 이외에는 아무 소리도 들리지 않았다. 파이프에서 숨소리가 천둥처럼 울려 퍼졌지만, 파이프의 취구에서는 아무것도, 멜로디도 이야기도 흘러나오지 않았다.

"이거 고장 났군." 슐룸이 말한다.

"아니." 퍼프키가 말한다. "침묵은 「입례」의 일부야."

소리가 명확하지 않아 생긴 오독의 결과다. '역동주의'는 추진력과 에너지를 가지고 행동하는 태도, 그 행동의 특성, 활동성, 에너지를 의미한다.

52. 예배가 시작될 때 연주하는 곡 또는 합창단이 부르거나 읽는 시편으로, 미사 전례의 시작을 의미한다.

"그래도 나는 리듬을 더 빠르게 하고 싶은데." 슐룸이
신경질을 낸다. "어떻게 하지?"

"나한테 했던 것처럼 하면 돼." 퍼프키가 말한다.

슐룸은 무겁게 하반신 위로 몸을 일으키더니, 기계까지
걸어가서 입을 굳게 다물고는 기계를 물끄러미 주시했다.
그러더니 텍스트가 흘러나오게 하려고 기계에 발길질을 퍼붓기
시작했다. 푹신한 먼지 부스러기가 강화유리 경사면을 타고
미끄러져 내려와 이리저리 흩어졌고, 이어서 슐룸의 신발을
더럽혔다. 한편, 네온 불빛은, 아주 서툴게 충격을 견디고 있었다.
네온의 자줏빛이 잠시 반짝이더니 이내 사그라졌다.

슐룸이 기계에 대고 홀로 지껄이는 동안, 기계는 적절한
방어 시스템을 가동하기 시작했고 우발적인 공격자를 겁주기
위한 용도로 마련되어 있던, 악취를 풍기는 구름 조각 같은 것을
뱉어 냈다. 우리는 기계의 톱니바퀴가, 혼란스러운 상태에서,
거칠게 뿜어내고 있던, 감옥과 중세 독재의 고리타분한 냄새를
코점막에 한가득 받아들였다. 만일 공격자가 성찰에 필요한
에너지를 충분히 가지고 있었더라면, 여기서 위협을 감지했을
것이며, 이 냄새를, 옛날에 남성과 여성이, 지옥에서, 수용소
막사나 지하 구덩이에서, 밤낮으로 잠을 자면서, 숨 쉬곤 했던
것과 비교해 보았을 것이고, 어쩌면 냄새로부터 물러섰을지도
모른다. 그러나, 슐룸의 기억 속에서는, 아무것도 깨어나지
않았다. 그는 멍이 든 자신의 팔다리 말단부로, 그리고 자신의
스카프, 아니면 한 줌의 조밀한 그을음, 아니면 흙이나 뼈가 조금
섞인 살덩어리 같은, 임시 무기로 오랫동안 이 기계를 때렸다.

이제 램프 대부분은 제 숨을 다했다. 점점 어두워지고 있었다.
모두가 땀을 흘리고 있었다. 누더기처럼 슐룸의 승려복, 그를
뒤덮고 있던 이 전통 의복을 쥐어짤 수도 있었을 것이다. 공격을
받으면서, 기계는 초라하고도 실체 없는 덩어리처럼 서 있었다.

시간이 흐르다 보니, 어느새 슐룸이 난리 블루스를 멈춘
순간이 당도했다. 그는 더 이상 몸짓을 하지도, 입에서 거품을
뿜어내며 흥분하지도 않았다. 그는, 퍼프키가, 멀리 있지도
않았던 퍼프키가 잘 들을 수 없을 만큼, 아주 작고 쉰 목소리로,
몇 마디 명령을 내뱉고 있었다.

"당신의 메시지를 전달하시오." 슐룸이 말했다. "말하시오. 나는 당신이 말할 수 있다는 걸 알고 있소."

파괴된 키보드 위로 그가 비틀거리고 있는 게 보였다.

"당신 머릿속에 든 것을 어서 뱉어 내시오." 그가 고집했다. "아니면, 내가…."

"외부 세계들에 대한 정보." 기계가 작동하기 시작했다.

"아," 슐룸이 언급했다. "얼마나 기다렸는지."

"관찰 가능한 어둠을 건너는 데 필요한 조언들." 기계가 깨갱거렸다.[53]

"좋아." 슐룸이 기뻐했다. "이제 시작되었군. 시간이 좀 걸렸지만, 어쨌든 시작되었어."

"당신도 곧 알게 되겠지만, 오래가지는 않을 거야." 퍼프키가 경고했고, 전문가 같은 표정으로, 코를 킁킁거렸다.

"나에게 영향을 주려 하지 마." 슐룸이 분개했다. "아무도 없이 나 스스로 판단하고 싶으니까."

그는 자기 자리로, 퍼프키 옆으로 돌아왔고, 그의 하체 3분의 2가량이 부서지기 쉬운 비단 안락의자 같은 곳, 부서지기 쉬운 비단으로 된 어느 더미 속으로 가라앉았다.

"스물여덟 번째 강의." 기계가 끙끙거렸다.

"아, 운도 없지." 슐룸이 투덜거렸다. "이렇게 수업의 첫 부분을 놓쳤군."

"마찬가지로 마지막도 놓치게 될 거야." 퍼프키가 예언했다.

"아." 슐룸이 말한다.

"오보에 연주자, 보그단 슐룸이 전하는," 기계가 다시 말했다. **"교활함에 관한 강의."**

"뭐라고 하는 거야." 슐룸이 말한다.

"쉿." 퍼프키가 명령했다.

"…채소 사이에서 채소가 되기. 기다리기. 무엇보다도 이것, 기다리기. 이슬비가 내리거나 물을 주는 이유를 알아보기. 성장을 느끼기, 반점들이 생긴 이유를 찾기. 빛을 얻으려고

---

53. couinailler. 볼로딘의 신조어로 '기계가 동물처럼 소리를 내다'라는 뜻이며, 개가 썰매를 끄는 소리에서 착안한 속어다.

달에 의존하지 않기. 정렬을 존중하기, 아무것도 깨뜨리지 말기, 대신 뿌리를 내리고 있는 것을 이해하기. 이렇게, 습한 밤에 위험한, 반항적인 채소가 되기. 사방이 막힌 상태에서 음흉하게 저주하기. 꽃병 속에서처럼 잠자기, 그러나 잠들지 않기. 정원사와 그가 놀리는 삽의 움직임을 나직이 감시하기. 항상, 칼날을 피할 거라는 걸 염두에 두기, 그리고 항상, 기회만 오면, 기습적으로 빠르게 행동하기. 느닷없이 더 이상 기다리지 않기. 느닷없이 자신의 터전을 벗어나기. 정원사를 뽑아내기, 신랄한 주문으로 그를 쪼개기. 목청을 다해 그를 파괴하기. 목청껏 큰 소리로 그를 뿌리까지 쪼개고 파괴하기."

볼룹 슐룸의 답창(答唱),[54] 12음 음악.[55]

"이 횡설수설, 도대체 무슨 얘기야?" 슐룸이 퍼프키의 귀에 속삭였다. "문장이 하나도 머릿속에 남질 않는군."

"쉿," 퍼프키가 말한다. "열두 음을 동시에 말하지는 않는 법이야."[56]

"거품에서 태어나기, 거품에 감탄하지 않기," 기계가 말한다. "포옹하기. 특히 이것, 포옹하라. 갈색 머리 여인이나 현명한 빨간 머리 여인의 조용한 어깨를 가리지 마라. 말하지 않고 예술은 까악까악 100년을 우짖는다…. 그녀가 왜 너의 출현을 증오하는지 알아보아라…. 달 위에 앉아 있는 천박한 누이는 선택받은-어머니를 기피한다…."

54.가톨릭에서 독창 뒤에 독창자와 성가대가 교대로 부르는 성가.

55. 초기 무조(無調) 음악의 단점을 보완하기 위해 아르놀트 쇤베르크가 발명한 독창적인 작곡 기법.

56. 12음 기법에 사용되는 음은 C, C#, D, D#, E, F, F#, G, G#, A, A#, B이며, 각각은 단 한 번만 선택할 수 있다. 가령 C를 한 차례 사용했다가 다시 쓰려면 나머지 11개 음을 한 번씩 사용한 다음에야 가능하다. 12개 음은 독립된 음으로 존재하며, 음의 나열은 주제가 아니라 기본적인 패턴에 불과하다. 아르놀트 쇤베르크, 『음악의 양식과 사상』, 대학음악저작연구회 옮김, 삼호출판사, 1989, 67-117쪽 참고.

"말장난!" 슐룸이 분개했다. "암호화된 언어로 우리에게 말장난을 퍼붓고 있잖아!"

답창과 강의가 줄줄이 이어졌지만, 기억하기도 어렵고 심지어 따라가기도 힘들었다. 텍스트는 생동감이 없었으며, 알아들을 만한 그 어떤 경험도 떠오르게 하지 않았고, 완전히 난해해서 듣는 사람에게 끔찍한 실망을 안겨 주었다.

"말장난, 끝도 없고 …도 없는…." 슐룸이 투덜거렸다.

"바로 이렇게 해서 기억이 3주 후에도 살아남는 거지." 퍼프키가 말한다.

"이건 죽음보다 더 끔찍하군." 슐룸이 말한다.

"오, 최악이지." 퍼프키가 말한다.

이따금, 주크박스는 자궁들의 지옥이나 표면의 지옥과 평행한 지옥들에서 벌어지는 몽환적인 촌극을 이야기로 들려주면서 분위기를 누그러뜨렸다. 우리는 이렇게 해서 추가적인 희비극, 즉 평등주의자, 아브람 슐룸, 혹은 운터멘쉬, 프리크 슐룸, 그리고 같은 부류의 또 다른 시인들, 더 악명 높고 더 미미한 이명(異名)[57]의 사람들이 체험했던 모험을 접해 볼 권리를 갖게 되었다. 이들은 12음 음악으로 된 언어보다, 덜 폐쇄적인 일반 언어로 자신을 표현했다. 단어는 하나같이 이해할 수 있었고, 구문은 흔히 사용되는 방식에서 크게 벗어나지는 않았으나, 결국, 몇몇의 파편만 에둘러 이해할 수 있을 뿐이었다. 설상가상으로, 답창과 소극 사이에서, 기계는 간혹가다 몽상에 빠지기도 했다. 기계는 우아한 시체 놀이를 중얼거렸고, 초현실주의적인 문장을 만들어 냈다.

"뭔가를 발견했다고 믿고 있었던 부검은," 기계가 말했다…. **"바다 분위기 속에서 늙은 왕거미가 광대 인형 상자를 부수었다…. 우리는 우리 자신이 갇힌 비밀스러운 말로 날아오르고 있었다…. 나는 이렇게 반복한다: 우리는 우리 안에 갇힌 비밀스러운 말의 등으로 날마다 오르고 있었다….**

---

57. hétéronyme. 작가가 다른 문체로 글을 쓰기 위해 만든 하나 이상의 가상 이름. 필명이 가명이라면, 이명은 각각의 고유한 스타일을 갖는다.

물보라의 이름도 없이, 비구니들이 웃고 있었다…. 그녀들은
예견한 바 있었다, 우리의 기억을 관통하리라, 솜털 방향으로….
나는 이렇게 반복한다: 그녀들은 우리의 기력을 간통하리라….
소털 방향제로….”

　　모든 답창이 끝났을 때, 텍스트에 공감하지 못한다는
강렬한 느낌이 드는 이들의 등줄기를 훑고 지나갔다. 수많은 밤이
뭉텅뭉텅 흘러갔고, 우리는 어둠 속에서 말라 가며, 앉아 있었을
뿐, 아무것도 요약할 수 없었고, 아무것도 다시 말할 수 없었으며,
도대체 무슨 일이 일어났는지 더 이상 알 수도 없었다.

　　기계는, 구석에서 힘겹게 숨을 쉬며, 주변의 구릉, 둔덕과
흙덩어리를 비추고 있었다.

　　퍼프키도 슐룸도 꿈틀거리지 않았고 움직이지도 않았다.
그들은 나란히 주저앉아 유일하게 폭력에서 벗어나 있던 자줏빛
광선을 그저 바라보고 있었다. 이 색의 얼룩이 너무나 슬프게
그들의 발가락 앞에 당도해, 그들을 한층 더 꼼짝 못 하게
자극하고 있었다. 배경의 지친 모습과 이 광채의 불결함 때문에,
우리는 줄거리도 없고 대사도 없는 연극적 의식에서 두 남자가
어떤 역할을 맡으려 했으며, 그저 리허설이 실패했다고 믿고 싶은
유혹을 느꼈다. 두 사람을 감싸고 있던 초라한 옷가지가 그들에게
무성(無性)적인 외양을 부여하고 있었던 것처럼, 그들은
자신들의 역할을, 어쩌면 자신들의 쇠락과 두려움을 잊으려고
술을 마시면서, 이제 재난의 한복판에서 얼빠진 채 있는, 두 명의
눈먼 여자 거지 역할을, 그들이 왜 그토록 형편없이 연기했었는지
침묵 속에서 그 이유를 곱씹고 있는 듯 보였다. 이러한 반추는
길어졌으나 결실을 거두지 못했다.

　　이제, 슐룸과 퍼프키 사이에는 차이가 거의 없음을 지적해
두기로 한다. 슐룸은 늙었고, 그의 신발은 터졌으며, 그의 옷은
물론 피부마저도 알아볼 수 없을 만큼 들쭉날쭉한 색을 띠었는데,
이런 모습은, 출구 없는 회랑들의 주민, 즉 티베트 사람들이
자신들의 상상 속에서 중간 세계라고 부르며, 이후나 내세에 다시
태어나려면 49일 동안 그곳을 떠돌아다니는 걸로 충분하다고,
아주 잘못된 주장을 하는 곳에 머물고 있는 자들을 단박에
배반하는 것이었다. 지금 슐룸은, 마치 오래전부터 퍼프키가

132

가장 친한 친구였던 것처럼, 퍼프키를 껴안고 있었다. 그는 더
이상 자신의 두 발로 서 있을 수 없었다. 지하실의 끝에는 자궁이
없으며, 따라서 거기서 빠져나갈 어떤 희망도 없다는 끔찍한
생각과 마찬가지로, 공간의 열기가 그를 압도하고 있었다.
영원이 아무리 길더라도, 그는, 다시 태어나지 못한 채, 거기서
아무것도 이해하지 못한 채, 퍼프키와 함께, 메아리를 대충대충
쪼아 먹으면서, 마치 그것들이 자신의 머리에서 직접 나오기라도
하는 것처럼 그것을 받아들이고, 사랑하고, 확인하는 척하면서,
그곳에서 근근이 살아가야만 할 것이었다.

    대략 두 주 동안, 그들의 상황은 거의 변하지 않았다. 그들은
명상을 했고 번갈아 졸곤 했다. 그들의 억눌린 호흡이 느껴졌다.
가끔, 다소간 억지로 환희가 터져 나와, 미친 듯한 흐느낌과
전율로 퍼프키를 흔들었다. 주크박스는 참고할 수 있는 최후의
아카이브이자, 유일한 지성의 불꽃이었다. 주크박스는 계속해서,
그리고 소리 죽여 헐떡거렸다. 주크박스가 변조하는 추억이
누구의 것인지 우리가 확인할 수만 있었더라면, 아마 모든 것이
달라졌을 것이다.

    "슐룸, 네 꿈을 꾸었어." 기계가 덧없이 한숨을 내쉬며
말한다. **"네 꿈을 꾸었어…. 주머니에 쓰레기를 넣고, 너는
6월-27일가를 난로가 있는 방향으로 올라가고 있었어…."**

    "이 슐룸이," 슐룸이 갑자기 말한다. "그가 나에게 누군가를
떠올리게 해. 그의 얼굴이 내 혀끝에서 맴돌아."

    "우리는 여기에 있어." 퍼프키가 말한다.

    "뭐라고," 슐룸이 몽유병과 거무죽죽한 갈색에 흠뻑 젖은,
질척한 억양으로 말한다. "뭐라고. 우리는 대체 어디에 있는
거야."[58]

---

58. 물음표를 생략한 것은 더 이상 물어볼 것도, 할 수 있는
것도 없음을 반영한다. 이 구절은 사뮈엘 베케트의 『고도를
기다리며』 마지막 장면에서 블라디미르와 에스트라공이
"[우리] 가자."라고 했는데도 '그대로 있는' 모습을
패러디했다고 보인다.

"내가 다시 한번 너에게 말한다, 오 고귀하게 태어난 자여, 오 슈몰로프스키여." 어떤 목소리가 말한다.

무심한 목소리 하나.

말을 하는 사람은 거의 정상적이라고 할 만한 탄트라교 승려다. 이 이야기에서 매번 만나게 된 나머지, 그들을 사랑하게 되었던, 라마승. 그는 수차례 집고 꿰맨, 전반적으로 산딸기 색조의 옷을 두르고 있다. 그는 가슴에 끈 달린 남색 천 가방 하나와 용도가 불분명한 다양한 천을 가로질러 메고 있다. 그의 온몸에서 먼지 자욱한 웅장함이 풍긴다. 언뜻 보면, 그의 태평함이 상당한 유머에 바탕을 두고 있으며, 또한 가식적이지 않음을 알 수 있다. 그는 허무주의적인 불안감을 느끼는 일 없이, 태연하게 모든 것에 개의치 않는다. 그는 어떤 나이로든 볼 수 있는데, 가령, 말도 안 된다는 비난을 받지 않으려면 쉰한 살이라고 말하겠지만, 쉽게 믿어 버리는 사람들 앞에서는, 그가 700년이나 800년 전, 심지어 그보다도 오래전, 예를 들어 세계 혁명 이전에 태어났다고, 시치미 뚝 떼고 농담하듯 주장할 수도 있으리라. 이러한 주장을 분별력이 모자란 서양의 일부 광신도 앞에서 풀어 놓았다고 가정해 보자. 아무런 반박도 제기되지 않을 것이다. 이런 세세한 사항은, 게다가, 그의 정확한 나이는, 우리에게 중요하지 않다.

거의 정상적이라고 내가 말한 이유는, 어쩌면 비폭력에 대한 수도승의 향수 때문인지, 아니면 정치적 신중함이 어쩌면 따발총 한 자루를, 어쩌면 두세 글자로 된 테러리스트 암호를, 어쩌면 어느 게릴라 병사나 어느 사상가의 초상화를 요구하기 때문인지, 핵심적인 모티브가 긁히고 지워져 버린, 눈에 잘 띄지 않는 붉은 별 모양의 배지를 그 사이에서 눈여겨보게 되는, 예사롭지 않은 수의 부적을 그가 보란 듯이 과시하고 있기 때문이었다. 이 배지도 마찬가지로 산딸기 색깔이다. 배지는 스카프 아래로 사라졌고, 때때로 빛이 그의 위로 떨어지면 배지가 반짝거린다.

"내 말을 잘 들어라, 슈몰로프스키." 라마승이 반복한다.

그는 본당이 아니라, 어느 중국 사원에서 제식을 집전하는
중이다. 그는 지금 극심한 무더위가 오후를 녹여 버릴 때
사원의 관리인이 낮잠을 자는 비좁은 방에 서 있는데, 이 방은
향유병, 향 침, 우산 두 개, 빨간 플라스틱 양동이 하나, 그리고
중국 망자의 사후 안녕을 위해 불태우는 지폐 뭉치가 담긴
종이 상자를 보관하는 광으로도 사용되며, 이 지폐로 망자는
저승에서 최소한의 필수품이나 팔려고 내놓은 여분의 물건을
산다. 라마승은 관리인이 땀을 닦는 작은 수건 옆에 매일같이
1달러를 놓아둔 다음 이 잡동사니 사이에 자리를 잡았다. 다른
곳, 가령 공식 제단 앞에서는, 어쩌면 용납되지 않을 수도 있는데,
그 이유는 그가 때로는 정중하게, 때로는 휘두르는 몽둥이에
내쫓기며, 직무를 수행하러 다른 지붕 아래로 가라는 요청을
자주 받는, 반체제 성향에 속하기 때문이다. 따라서 그는 중국인
거리로 가서, 교리 문제로 자신이 곤란해질 위험이 적은 예배
장소를 선택하지만, 자신을 환영하는 사람들의 환대를 남용하는
법이 없고, 주요 우상에는 가까이 가지 않는다.

한 종이 상자 위에 그는 맑고 간결한 소리를 내는 휴대용 징
하나를, 사진 한 장, 그리고 개인 소장본으로 축소된『죽은 자들의
책』의 뻣뻣해진 낱장 더미와 함께 내려놓았다. 그의 맞은편에는,
곰팡이로 검어진 벽과, 엄밀히 말해 티베트 탄트라교와는 아무런
관련이 없는 중국 신화 속의 장수와 대신으로 장식된 음력 달력이
하나 있는데, 이런 것들은 여기서 무시하고 지나갈 수 있다.
천장에는 불 꺼진, 알전구 하나가 달랑 매달려 있다. 하나뿐인
창문은 차라리 총안(銃眼)⁵⁹을 닮았으며, 화분 하나에 가려져
있다. 이곳은 습하고, 더우며 볕이 잘 들지 않는 방이다. 외부의
소음, 가령 제물 주위로 신도들이 오가는 소리, 사원 관리인과
점술가 둘 다 졸음에 빠져 산만한 귀로 듣고 있는, 광둥어로
전달되는 주식시장 소식, 그리고 마지막으로, 거리의 소음, 예를
들어 고함치는 소리, 야외에서 정비공이 수리하는 오토바이의
굉음, 인파에 갇혀 꼼짝 못 하는 버스나 택시의 경적음 등이,

---

59. 성채에 화살이나 총 등 원거리 무기로 성 밖의 적을
저격할 수 있도록 뚫어 놓은 길쭉한 창문이나 구멍.

사방에서 당도해 이곳에 집결한다. 대중적인 시장 하나가 사원과 이웃해 있다.

"내 말을 주의 깊게 들어라, 슈몰로프스키." 라마승이 말한다. "나는 제레미아 슐룸, 탄트라교의 상호부조 조직인, 무명의 붉은 모자 협회[60] 소속의 불교 라마승이다. 협회는 나에게 49일 동안 『바르도 퇴돌』을 네게 정성껏 읽어 주라는 임무를 맡겼다. 나는 네가 불교 공동체의 일원이 아님을 알고 있다. 하지만 네가 오래도록 포로 생활을 하는 동안, 이 책,『죽은 자들의 책』을 읽고 또 읽었음도 알고 있다. 나는 네가 이 책을 가지고 있었음을 안다. 우리가 네게 과자와 속옷, 비누와 함께 이 책을 보내 주었으니."

시장의 왁자지껄한 소리가 제레미아 슐룸의 말과 포개어졌으나, 슐룸은 전혀 개의치 않는다. 그런데 갑자기 잘 익은 두리안 하나를 두고, 판매자가 무료로 잘라 주기를 거부하자, 말다툼이 벌어진다. 언쟁은 격렬하고 거칠다. 라마승은 소리의 주도권을 되찾기 위해서 징을 치지 않으면 안 되겠다고 생각한다. 상인은 달러로 가격을 정했지만, 구매자는 옛 화폐로 계산하겠다고 계속 고집을 부린다. 그는 과일의 껍질을 벗겨 주지 않았다는 이유로 가격을 깎아 달라고 요구한다. 두 사람 모두 억지를 부린다. 언쟁은 끝날 줄 모르고 이어진다. 무명의 붉은 모자가 징을 쳐서 그들의 격렬한 언쟁을 누그러뜨린다.

"집중해라, 슈몰로프스키." 그가 말한다. "불교 신자가 아닌 사람도 내 목소리를 들을 수 있다. 그리고 너조차도, 모든 권위에 맞서 항상 투쟁해 왔던 너조차, 내 말을 이해할 수 있으며, 내 지시에 복종하는 걸 받아들일 수 있다."

징 소리.

"내 말을 이해하려면 그 책을 한 번만 대강 읽어 봐도 충분하다."

거리에서 들려오는 소음.

두리안은 파운드당 1달러다. 비싸다.

---

60. 프랑스 혁명기에 '붉은 모자'를 쓰던 혁명당원들을 연상케 하는 급진적인 성향의 단체임을 짐작할 수 있다.

“12일 전,” 라마승이 말을 이어 간다. “너는 30여 년 동안 너의 거처였던, 2518호 감방에서 마지막 숨을 거두었다. 12일 전에. 주술적 전통의 계산법을 적용한다면, 네가 너의 몸에서 분리된 지는 이미 8일이 흘렀다.”

징 소리.

제레미아 슐룸은 자신의 남색 가방을, 스카프를 다시 제자리에 놓는다. 아주 좁은 창문으로 한 줄기 햇살이 들어왔다. 거의 그 즉시, 구름 한 점이 햇살을 가로막는다. 붉은 별 모양의 배지가 갑자기 제레미아 슐룸의 가슴에서 반짝이더니, 빛이 꺼졌다.

라마승의 등 뒤에서, 사원은 활기가 다소 잦아드는 단계에 접어든다. 점술가가 눈을 떴지만, 그의 맞은편에 손님이 아무도 앉아 있지 않아, 그는 다시 잠에 빠진다. 한 신도가 관음상 앞에서 성스러운 동요를 흥얼거린다. 구불구불 나선형으로 연기를 피워 올리던 향에서 예고도 없이 9센티미터의 재가 떨어져, 여신과 공물로 바친 라비올리[61] 사이로 흩어진다.

더위가 무겁게 짓누르고 있다.

“매일 아침,” 라마승이 다시 말한다. “나는 협회에서 건네준 서류를 열고서, 협회가 가지고 있는 유일한 사진, 두 명의 헌병 사이에서, 수갑을 찬 네 모습이 담긴 사진에 말을 건다. 서류에는 간단한 약력이 적혀 있다. 우리는 서류를 통해서 네가 암살자들을 살해하고 부유층의 재산을 탈취하면서 젊은 시절을 보냈으며, 그 후에는 2518호 감방의 사방 벽 안에서, 수많은 세월을, 부동의 상태로 지냈다는 사실을 알고 있다. 평온함과 초연함은 그렇게 너의 일상이 되었지. 너는 명상가처럼 살았다. 간혹가다, 사실상, 너의 승려 같은 평온함이 방해를 받기도 했지만, 특히 처음 20년 동안에는, 바깥세상에선 정치적 현안이 여전히 뜨거웠고, 간수들이 2518호 문을 밀고 들어와 너를 구타하거나 처형하는 시늉으로 너를 굴복시켰을 때, 아니면 너의 남녀 동지들이 구타당하고, 광기에 빠지거나 죽어 가는 소리가

---

61. 얇은 파스타 반죽에 고기나 야채로 속을 채운 파스타의 일종.

네게 들려왔을 때는 더욱 그랬다."

징 소리.

"그런 시대는 더 이상 존재하지 않는다, 슈몰로프스키."

징 소리.

"감옥과 수많은 패배로 점철된 평등주의자들의 투쟁의 세계, 그런 세계는 더 이상 존재하지 않아, 슈몰로프스키."

징 소리.

"너에게는 더 이상 어떤 종류의 세계도 존재하지 않는다."

징 소리.

밝은 곳에서 산딸기 색깔의 배지가 모습을 드러낸다. 또한 다섯 천둥의 자비를 얻기 위해 마련되었거나, 대(大)구덩이의 미미한 영웅들, 무명의 신들, 바람을 일으키는 자들에게 여전히 바쳐진, 다른 부적들도 보인다. 무명의 붉은 모자는 어떤 빛도 발산하지 않는 알전구 아래, 미신과 신성이라는 자신의 방패 뒤에 무심하게 서 있다. 그는 아무것도 믿지 않으며, 오로지 공허만을 믿을 뿐이다.

"지금 네가 걷고 있는 바르도, 그리고 너의 죽음과 너의 환생 사이의 49일만이 있을 뿐이다."

징 소리.

"그러니, 내 말을 잘 들어라, 슈몰로프스키, 고귀하게 태어난 자여. 정신을 딴 데 팔지 말아라. 네가 나의 충고를 따르지 않은 탓에, 네 여정의 첫 며칠이 헛되이 지나가 버렸다…."

지금까지는 라마승의 목소리에 특별한 점이 전혀 없었고, 잡음도 군더더기도 없이 오르내렸는데, 이제 무엇인가가 목소리에 영향을 미치기 시작했고, 처음에는 거의 감지되지 않다가, 조금 지나 몹시 도드라지는, 뒤틀리는 소리, 마치 비유기적인 매체 위로 전달되기 시작하기라도 한 것 같은, 마치 슐룸의 입과 우리의 귀 사이에, 이제는 전기 케이블만 있을 뿐, 공기는 거의 없거나, 아예 전혀 없기라도 한 것 같은, 찍찍거리며 뒤틀리는 소리였다. 몇 초 만에, 무명의 붉은 모자의 강력하고도 자연스러운 말투가 인위적인 울음소리로 바꿔었다. 자음이 어떤 증폭기 안에서 부서지고, 모음이 어떤 반향실에서 나온다. 차량의 소음, 손님과 상점 주인 간의 말다툼 소리가 지워졌다. 우리에게

들리는 것은, 정확히 말해 어떤 목소리, 차분하고 엄숙한
목소리이지만, 지금 이 목소리는 기술적으로 완벽하다기보다는
훨씬 더 탄트라교적인 전화 시스템을 통해서 확산되고 있다.
　　원하든 원하지 않든, 우리는 이제, 제레미아 슐룸과 함께,
종이 상자와 향유병 앞에 있는 것이 아니라, 슈몰로프스키의
바르도 안에, 어떤 면에서는, 그가 완전히 혼자 있는데도
불구하고, 우리는 슈몰로프스키와 함께 있다. 어떤 면에서는,
그렇다, 이제 우리는 슈몰로프스키와 함께 있는 것이다. 하나
이상의 요소가 이런 사실을 보여 준다. 우선, 외부가 존재하지
않기라도 하는 것처럼, 밀폐된 어둠, 그리고 고요함이 그렇다.
다음으로는, 시간과 공간이 일부분 효력을 잃어, 오로지 사후
세계에서만 일어나는 음향 현상, 예를 들어, 학자들이, 무음의
목소리, 이중 곡선, 정신의 잔여 멜로디 등의 용어로 설명했던 이
음향 효과가 그렇다. 그리고 마지막으로, 슈몰로프스키가 갑자기
말을 하고 있으며 우리가 그것을 듣고 있다는 사실이 그렇다.
　　여기서 슈몰로프스키가 실제로 말을 하고 있는 것이다.
그는 혼잣말을 하고 있다.
　　어둠 그리고 스피커에서 들리는 징 소리가 텅 빈 기차역의
안내 방송을 연상시킨다. 승객이 없는, 완전히 죽은 채로, 밤에
잠긴 어느 기차역.
　　"저 스피커, 참 신기하네." 슈몰로프스키가 중얼거린다.
"지난 8일 동안 매일 아침, 아침 식사 시간에…. 무-붉-모, 무명의
붉은 모자의 선동에다…. 불교 교독(交讀)이며, 끝날 줄 모르는
권면 기도라니…. 징 소리도…. 내 생각에는, 미 플랫이군. 멋진
음표야…. 감방 문을 열쇠로 두드려 깨우는 것과는 확실히
다르네…. 훨씬 더 기분 좋군…."
　　"너는 나의 충고를 따르지 않았다, 슈몰로프스키." 라마승이
말한다. "너는 비존재의 숭고한 빛에 동참하지 않았다. 너에게
주어졌던 기회를 너는 경시했고, 계속해서 너의 비참한 자아
속에서 비참하게 존재했다…."
　　"그러고 보니까," 슈몰로프스키가 지적한다. "저 승려,
친절하네. 사귀기 쉽지 않은 척하고 있지만, 사실은 친절해."
　　"지난주에는," 제레미아 슐룸이 말한다. "평화로운 신들이

차례로 네 앞에 나타났었다. 그런데 너는, 붓다가 되기 위해 그들 안으로 녹아드는 대신, 겁먹고 멍청한 짐승처럼, 바르도에서 계속 떠돌아다니기만 했다."

징 소리.

"슈몰로프스키! 너는 정녕 49일 동안 이렇게 방황하고 싶은 게냐?"

"그렇다마다요." 슈몰로프스키가 말한다.

징 소리.

"슈몰로프스키! 너는 정녕 49일 동안 한 마리 개처럼 저 아래를 배회하고 싶은 게냐?"

"그렇다마다요." 슈몰로프스키가 말한다. "가능하다면, 심지어 49일 이상이라도요. 내가 알아서 잘 할게요. 왜냐하면, 라마승 동지, 숨김없이 말하자면, 나는 여기가 마음에 들거든요. (징 소리.) 나는 여기가 아주 마음에 든다고요. 그리고 말이죠, 당신이 알고 싶다면 말해 드리지, 나는 이곳에 계속 머물 마음이 있어요. 내 말 들리시나, 라마승 동지?"

그가 외친다.

"내 말 들리시나, 라마승 동지…? 나는 여기에 악착같이 붙어 있을 겁니다! 여기 있으니, 꽤나 기분이 좋거든요!"

그의 목소리가 검은 공간에 메아리 없이 떠돌다가, 이내 잘게 부서진다.

조금 전, 스피커가 찍찍거리기 시작했을 때, 매일 아침 식사 시간에 그랬던 것처럼, 슈몰로프스키는 놀라지 않았다. 그로서는 짐작하던 바였다. 그의 정신은 졸음과 무의식 사이를 헤매고 있지 않았다. 그의 몸은 휴식을 취하고 있었다. 그가 긴장을 풀고, 바닥에 앉아 있긴 해도, 그의 지성은 경계하고 있었다. 그는 곧바로 다시 일어나, 전날처럼, 전날의 전날처럼, 다시 걷기 시작했다. 그는 앞으로 나아가면서 라마승의 문장을 듣고 혼잣말을 한다. 현재 그는 자갈을, 부서지기 쉬운 검은 물질을 밟고 있다. 그는 지나치게 서두르지 않은 채 그것들을 밟고 있다.

"아니야, 분명히 아니야, 그는 내 말을 듣지 못한다고." 그가 중얼거린다.

바로 그 순간, 징 소리가 울려 퍼진다.

"내 말을 잘 들어라, 슈몰로프스키, 주의를 기울이려고 노력해 봐!" 승려가 권고한다. "『바르도 퇴돌』에서 네가 읽은 것을 떠올려 봐라…! 지금 바로 네 앞에 놀라운 기회가 펼쳐져 있으니, 어서 붙잡아라…! 오늘부터, 너는 죽음과 환생의 고통스러운 순환을 끝낼 수 있다…. 네가 그러길 원하기만 하면 된다…. 지금까지 네가 겪은 것은 잊어버려라. 너는 항상 현실 세계의 여정으로 착각했지만, 그것은 순전한 환영이었을 뿐이다…! 너의 과거에 무심해져라, 슈몰로프스키, 예전에 네가 가지고 있던 열정 말이다…! 네 죽음을 활용해라, 슈몰로프스키, 죽음을 낭비하지 말아라! 죽음 이전에 있었던 어떤 것보다 천배는 더 중요한 여정이니…!"

"그렇다마다요, 암, 그렇다마다요, 나도 다 알고 있다고요." 슈몰로프스키가 말한다.

그는 진회색 운동복을 입고 샌들을 신고 있다. 자갈과 그을음 덩어리, 모래를 밟을 때마다 그의 발소리가 들려온다. 때때로 그는 기름진 땅에서 미끄러지기도 하고, 때때로 발목까지 그 안에 처박히기도 한다.

"당신은 어떻게 생각하는데요?" 슈몰로프스키가 묻는다. "물론, 나는 무-붉-모가 내게 보내온 것을 전부 읽었어요. 그들의 신념 고백, 그들의 설명 책자, 모든 자료를요…."

징 소리.

"나는 좋았어." 슈몰로프스키가 중얼거린다.

이제 어둠에 익숙해진 이상, 이 어둠을 더 정확하게 묘사할 수 있다. 매우 짙은 황혼의 어둠이 지배하고 있어 멀거나 가까운 풍경이라는 개념 전반과는 모순되지만, 그래도 앞을 보지 못하는 상태에서 걷는 건 아니다. 슈몰로프스키는, 자신의 샌들 때문에 임무 수행 하기에 불편함에도, 비틀거리지 않고 일직선으로 전진하고 있으며, 잠시 후, 우리는 그가 이미 흔적이 나 있는 어떤 길을 따라가고 있다는 것을 알게 된다. 정확히 말하면, 풍경도 없고, 이미지도 없지만, 배경을 상상하려 애써 보면, 우리가 광활하고 검은 평원 한가운데로 나아가고 있다는 것을 알게 된다. 우리는 석탄 밭으로 둘러싸인 작은 길과 비슷한 무언가를 밟고 있는 것이다. 이를 깨닫기 위해 눈을 뜨고 있을 필요도 없다.

"내 걱정은 하지 마쇼, 라마승 동지!" 슈몰로프스키가
스피커 방향에 대고 소리친다. "당신의 지시를 내가 글자 그대로
따르는 건 아니지만, 나는 거기서 모종의 영감을 얻었어요.
바르도에서의 내 삶이 정리되고 있다고요. 나는 삶을 낭비하고
있지 않습니다, 이 점을 무-붉-모의 모든 동지들에게 꼭 전해
주세요. 나의 체류며, 내게 주어진 가능성이며, 나는 맘껏 누리고
있답니다…. 매일 아침, 같은 시간에, 하루 일과를 알려 주는
당신의 목소리가 내게 들려오지요. 그리고 나서, 침묵이 다시
찾아오자마자, 나는 자유로운 몸이 되지요. 자유로워진다고요…!
내 움직임, 내 생각, 내 시간으로부터요. 세상에, 세상에… 내가
이렇게 자유로웠던 적은 일찍이 없었어요…! 수많은 세월 동안…."

"내가 가지고 있는 전기 요약본은," 라마승이 말한다. "네가
훌륭한 자질을 지니고 있었고, 지적이고 섬세한 사람이었다는
걸 확인해 준다. 이런 자질을, 너는 사회적 복수와 평등주의적
처벌에 활용했다. 이 자질이 네가 테러를, 살인을 꾀하는
데 도움이 되다니…. 여기서 내가 보는 신문 기사에 따르면,
너는 제법 많은 사람을 죽였다…. 수용소 소장, 불행을 파는
자, 억만장자…. 하지만, 마음 저 깊은 곳의 너는 야만인과는
정반대였다…."

징 소리.

"따라서 너는 내 말을 파악할 능력을 가진 게 분명하다.
게다가, 우리 종교인들이 말한 대로라면, 『바르도 퇴돌』은 단 한
번만 읽어도 죽은 후에 그것을 온전히 기억할 수 있다."

징 소리.

슈몰로프스키가 말없이 동의한다. 종교인들이 말한
대로, 『죽은 자들의 책』은 그의 기억 속에 단 한 줄도 빠짐없이
각인되어 있었다. 그는 그것을 완벽하게 외우고 있다. 하지만,
지금 이 순간, 그가 『죽은 자들의 책』을 생각하고 있는 것은
아니다. 그는 바르도에서 체류하는 동안의 물질적 조건에 대해
생각하고 있다. 물질적 조건은 훌륭하며, 특히 살아 있는 자들의
삶을 망가뜨리는 수천 가지 걱정거리와 비교하면, 그렇다.
여기서는, 많은 장점이 있다. 슈몰로프스키는 이 장점들을 면밀히
검토하고 있다. 배를 채울 음식물 걱정은 전혀 하지 않아도 된다.

배고픔을 알지 못한다. 따라서 먹을 것을 찾거나 준비하는 데 시간을 쓰지 않는다. 먹을 필요도, 소화할 필요도 없다…. 소화할 게 없다는 것도 또 하나의 커다란 장점이다. 구덩이에 웅크려 악취 나는 물질을 몸 밖으로 배출할 필요도 없다. 이는 똥을 밟을 염려도 없다는 걸 의미한다. 비록 이곳이 죽은 자들이 49일 동안 개처럼 떠돌아다니는 곳이라 하더라도, 배설물을 피하기 위해 끊임없이 땅을 살필 필요가 없는 것이다….

"그런 다음에는," 슈몰로프스키가 중얼거린다. "육체적 피로가 전혀 느껴지지 않거나, 거의 느껴지지 않지…. 24시간 내내 컨디션이 최상인 기분이야…. 그렇지 않으면, 매일 저녁 야영할 장소를 찾아야 하고, 침낭을 들고 여기저기 돌아다녀야만 할 텐데…. 캠핑이 주는 그 모든 어리석은 기쁨 말이야. 그런데 여기서는, 몸을 약간 회복하려면, 가끔 바닥에 앉으면 되거든…. 그게 전부야. 앉아서, 스피커가 새로운 날이 왔음을 내게 알려 주기를 기다리지…. 편안함은 상대적이지만, 명료하지."

징 소리.

"매우 건조하긴 해도, 춥지 않고, 배설물도 없어." 슈몰로프스키가 말한다.

징 소리.

"이번 주부터 네 여정의 새로운 단계가 시작될 것이다." 라마승이 예고한다.

징 소리.

"어라, 구릉이 하나 있네." 슈몰로프스키가 중얼거린다. "큰 모래 더미 같아. 꼭대기에 올라가서, 뭐가 보이는지 한번 봐야겠다."

"이 둘째 주에," 라마승이 말한다. "너는 성난 신들, 피를 마시는 신들과 마주치게 될 것이다."

슈몰로프스키가 구릉에 오른다. 작은 모래언덕이다. 육체적인 피로가 없다고는 했지만, 등반은 그를 지치게 한다. 그는 숨을 헐떡거리고 땀을 흘리면서 꼭대기에 도착한다. 그는 몸을 돌리고, 엉덩이를 뒤로 빼더니, 지극히 검은 모래 위에 털썩 주저앉는다.

"잠시 쉬어야겠어." 그가 말한다.

징 소리.

"그 신들을 두려워하지 말아라, 고귀하게 태어난 자여."
라마승이 말한다. "그들은 흉측한 모습을 하고 있지만, 그렇다고
지난주의 신들보다 덜 자비롭지는 않다. 우리가 너에게
보낸 책에는 삽화가 많이 실려 있었는데, 기억하느냐? 너는
그 삽화들을 너의 감방 벽에 압정으로 붙여 놓았다. 그들을
알아보거라, 두려움 없이 가서 그들을 만나라. 너를 개인으로
만든 모든 것을 즉각 포기하거라."

"바로 여기가 우리가 서로 갈라서는 지점이야, 라마승
동지와 나 말이야." 슈몰로프스키가 중얼거린다.

"포기하거라, 그들과 한 몸이 되어라, 그들 안에
녹아들어라…."

"아니," 슈몰로프스키가 말한다. "바로 여기서 우리는….
'고귀하게 태어난 자여, 포기하거라, 사람이 되기를 그쳐라…!',
'무(無)의 공동체에 합류해라…!' '고귀하게 태어난 자여, 너를
의식하는 걸 그쳐라…!' 아니, 그 점에서, 무명이든 아니든, 붉은
모자들의 철학을 채택한다는 건 생각조차 할 수 없어. 이 땅에서
그들과 함께하는 건 생각조차 할 수 없는 일이라고. 아니야,
정말로 안 돼…. 자살이나 다름없어. 나는 속지 않아…."

징 소리.

"나한테는 어림도 없어!" 슈몰로프스키가 스피커를 향해
소리친다. "자살이나 다름없다고!"

"하지만 이제," 라마승이 선포한다. "너는, 머리가 셋
달리고, 손 여섯 개, 다리 네 개를 가진, 거대한, 흑갈색 생명체와
마주치게 될 것이다…."

"그것들이 뭔들 꾸며 내지 않았겠어…!" 슈몰로프스키가
말한다.

그는 입가에 미소를 짓고 있다. 그는 항상
포스트엑조틱하거나 환상적인 동화와 이야기의 애호가였으며,
심지어 감옥에서 이런 작품 몇 편을 써 보기도 했다. 그러다 그는
소스라친다. 그는 어둠을 향해 몸을 기울여, 주의 깊게 어둠을
살펴보기라도 하듯이, 두 눈을 찌푸린다. 그의 미소가 사라진다.
갑자기 그가 전혀 웃지 않는다. 그는 잔뜩 경계하고 있다.

지금, 조금 떨어진 곳에서, 밤과 자갈을 밟는 발걸음 소리가
그에게 들려오기 때문이다. 대략 60미터 정도 떨어진 곳이라고
해 두자.

"이런," 그가 숨을 내쉬며 말한다. "틀림이 없군. 어떤 형체가
길을 따라 오고 있어. 나를 향해 오고 있어."

"그 존재는 눈부신 화염에 둘러싸여 있으리라." 라마승이
묘사한다. "그리고 그 존재는, 아홉 개의 눈을 크게 뜬 채
혐오스러우리만큼 꼼짝하지 않고, 비웃으면서 너를 뚫어져라
응시할 것이다. 그때 너는 두개골 화환과 방금 잘린 사람
머리가 그의 가슴 위에서 흔들리는 걸 보게 될 것이다. 그리고,
그가 다가올수록, 너는 그가 무시무시한 여신과 한데 엉켜서
걷고 있다는 걸 깨닫게 되리라. 그렇게 그는, 그 분노한 여신과
교미하면서, 너를 향해 전진할 것이다, 그 둘은, 악몽에서처럼,
나란히 비명을 지르고 몸짓을 하면서…."

"이거 정말 마음에 들어." 슈몰로프스키가 말한다. "아, 내가
이 책을 얼마나 좋아했는지…. 정말 시적이고, 완전히 미쳤어…."

"그 비웃는 존재와 성적인 결합을 멈추지 않은 채," 슐룸이
계속 말을 잇는다. "여신은 피로 가득 찬 큰 껍데기의 내용물을
들이마시려고 고개를 뒤로 젖히고…."

아주 어둡다. 그러나 슈몰로프스키는 이 어둠 속에서도
자신에게 다가오는 존재의 머리가 하나뿐이라는 사실을
알아차릴 정도로 볼 수 있다.

"흠, 걸으면서 교미하는 부류는 아니군." 슈몰로프스키가
중얼거린다. "더할 나위 없이 평범한 꼬맹이잖아."

징 소리.

"그들을 두려워하지 마라, 슈몰로프스키." 라마승이 말한다.
"남자도, 여자도."

"그냥 평범한 남자잖아." 슈몰로프스키가 계속해서 말한다.
"이자는 5층의 경비원, 밀러와 조금 닮기까지 했군. 허리띠로
훌리오 스턴하겐[62]을 목 졸라 죽였던 사람…."

---

62. 볼로딘의 이명으로 쓰이는 작가 이름 중 하나. 볼로딘은
그간 루츠 바스만, 마리아 슈라그, 훌리오 스턴하겐, 아니타

"그들을 절대로 두려워하지 마라." 무명의 붉은 모자가 반복한다. "그들은 존재하지 않는다. 그들은 어떤 실체도 가지고 있지 않다. 그들은 너보다 더 실재하지 않는다. 그들을 불러일으킨 것은 바로 네 정신이며, 그들에게 이런저런 모습을 부여하는 것은 바로 너의 상상력이다. 그들에게 다가가라. 그들이 무엇인지, 다시 말해, 그들이 절대 아무것도 아니라는 걸 인식해라. 그들에게 네가 녹아들도록 노력해라. 오로지 그것만 생각해라. 그들과의 접촉에 네가 완전하게 흡수되도록 노력해라."

징 소리.

"이를 완수하면, 그 즉시, 너는 자유로워질 것이다."

징 소리.

"저 남자는 제 발 앞만 보면서 앞으로 나아가고 있군." 슈몰로프스키가 주의를 기울인다. "그는 아무것도 보질 못하네."

밀러와 닮은 남자가 언덕 꼭대기에 도착해 두 눈을 들지 않고 언덕을 따라 걷는다. 그는 그 무엇에도 신경 쓰지 않고, 약간 지그재그로 걷고 있다. 이미 그는 멀어지기 시작했다.

"그는 나를 보지 못했군." 슈몰로프스키가 말한다.

그가 다시 일어선다.

"공포가 너를 집어삼키게 놔두지 마라, 슈몰로프스키!" 승려가 말한다.

징 소리.

"이봐요!" 슈몰로프스키가 지나가는 사람을 향해 외친다. "어이! 거기, 아저씨…! 이봐요…!"

발걸음 소리가 멈춘다. 남자는 자신을 소리쳐 부르는 목소리가 솟아난 곳을 파악하려고 애쓴다.

"나 여기 있어요, 이 모래 둔덕 같은 곳 꼭대기에요!" 슈몰로프스키가 소리친다. "잠시 와서 쉬시지요, 평지가 내려다보여서, 정말 좋아요…!"

네그리니, 이리나 고바야시, 리타 후, 이아쿱 카즈바키로, 릴리스 슈왁, 잉그리드 보겔 등의 이름으로 작품을 출간했다.

　　새로 온 사람은 손쉽게 설득당한다. 그는 잠시도
망설이지 않는다. 지금, 그는 경사를 오르고 있다. 부서지기
쉬운 알갱이들이 그의 발밑에서 굴러떨어진다. 그는 뒤로
미끄러지다가, 다시 몸을 바로 세운다. 이번에는 그가 숨이
차오르는 것을 견딘다. 보다 가까이서 보니, 그는 뮐러와 닮지
않았다. 그는 배꼽까지 단추가 풀린 체크무늬 셔츠, 민소매
러닝셔츠와 기름 얼룩이 점점이 묻은 반바지를 입었고, 찢어진
농구화를 신고 있었다. 그의 얼굴은 반쯤 창백하고, 반쯤 멍해
보였다.

　　"안녕하세요," 그가 말한다. "누군가를 만나니 정말이지
묘하게 기쁩니다. 하늘이 너무 어두워서 모래 더미의 꼭대기조차
분간이 안 되더라고요…. 게다가, 혼자서 앞으로 나아간 지
아주 오래되었답니다. 난 말이에요… 사람들은, 이제 끝난 줄
알았어요…. 그러니까, 내가 무슨 말 하려는지 아시겠죠?"

　　"나도 그랬어요, 나도 그런 생각이 들기 시작했었죠."
슈몰로프스키가 말한다.

　　"두려워하지 마라, 슈몰로프스키!" 스피커가 큰 소리로
울렸다.

　　"와, 정말," 새로운 자가 재잘거린다, "전망이 끝내주네요,
여기서 보니까…. 적어도 20미터 정도는 길을 분간할 수
있겠어요…. 게다가, 참 평온합니다…."

　　"맞아요." 슈몰로프스키가 말한다. "평온함이라면, 이곳이
꿈의 장소지요…. 저 스피커만 없었더라면…."

　　"저 뭐요?"

　　"저 스피커요."

　　"스피커 소리가 들린다고요?" 상대방이 놀란다.

　　"당신은 안 들려요?" 슈몰로프스키가 말한다.

　　"나는 아무것도 안 들리는데요." 상대방이 말한다.

　　"아." 슈몰로프스키가 말한다.

　　"아시는지 모르겠지만, 당신에게 뭔가 들린다면, 아마도
그건 당신이 제정신이 아니기 때문일 겁니다." 상대방이 이치를
따진다.

　　"아." 슈몰로프스키가 말한다.

“나는, 스피커가 아닙니다.” 상대방이 설명한다. “라디오죠. 그들이 내 뇌 안에 라디오 장치를 심어 놓았어요. 전두엽에요. 라디오는 정오쯤에 울리기 시작합니다. 그들은 하루의 뉴스를 내게 읽어 주고, 그런 다음 조용해져요. 저쪽, 정신병원에 있을 때부터, 그들은 이미 라디오로 나를 조종했어요. 그들은 나를 조종하기 위해 나에게 메시지를 보내곤 했습니다. 밤낮으로 그랬죠. 여기서는, 그들이 24시간에 딱 한 번씩만 장치를 켜요. 더 견딜 만하지요.”

“잠깐만요,” 슈몰로프스키가 말한다. “당신 말을 잘 이해 못 하겠어요. 누가 당신을 조종했다고요? 당신은 어디 있었는데요?”

“그들은 나를 가두었어요.” 남자가 말한다. “나를 미친 사람들과 함께 가두었어요. 밤낮으로 그들은 나를 조종했어요. 보이지 않는 기계들로 나를 감시했어요. 병실에서, 복도에서, 화장실에서요. 그들은 나에게 목소리를 보냈어요. 나는 그들을 벗어날 수가 없었습니다.”

“정신병원이요?” 슈몰로프스키가 말한다.

“그래요,” 상대방이 말한다. “층마다 미치광이들이 있었어요.”

“난 감옥에 있었습니다.” 슈몰로프스키가 말한다. “정치적 암살 혐의로 종신형을 받았었지요. 나는 슈몰로프스키라고 합니다.”

“슈몰로프스키라고요?” 상대방이 외친다. “은행가들을 암살한, 그 슈몰로프스키요…? 아니, 이것 참…! 당신을 우연히 만나게 될 거라고 누가 나에게 말해 주기라도 했었더라면…. 여기서 돌아다닌 지 오래됐나요?”

“오늘이 8일째입니다.” 슈몰로프스키가 말한다.

상대방은 감탄 섞인 휘파람 소리를 낸다.

“8일이라니…!”

“그러는 당신은요?” 슈몰로프스키가 묻는다.

“똑같아요. 8일째입니다. 게다가 처음 나흘 동안에는, 이해하지 못한 채 내 몸 바로 옆에 있었지요. 그들이 내 몸을 치우기 전까지는요…. 그들이 내 몸을 파괴하기 전까지는요…. 범죄자들, 그들이 내 몸을 태워 버렸어요…! 그들이 나를 불길에 던져 버렸어요…!"

"아니, 저런." 슈몰로프스키가 말한다. "당신도 알다시피, 몸이라는 건, 어차피, 며칠이 지나면…."

"그들이 나를 불길에 던져 버렸어요!" 상대방이 끔찍이도 괴로운 투로 반복한다. "그들이 다도키안을 불길에 던져 버렸어요…! 내 시신이 더 이상 존재하지 않는 지금, 내가 무엇을 할 수 있을까요, 네…? 다도키안의 시신 없이, 나는 여기서 뭘 하고 있는 거지요…?"

"당신이 다도키안이라고요?" 슈몰로프스키가 묻는다. "그 미친 은행가, 다도키안…?"

다도키안은 대답하지 않는다. 공황과 틱 장애로 그의 이목구비가 일그러졌다. 그는 두 손을 쥐어 잡으며, 모래언덕 꼭대기에서 히스테릭한 몸짓을 한다.

"나는 예전으로 돌아갈 수 없어요." 그가 탄식한다. "그들이 내 시신을 불태워 버렸어요!"

"진정해요, 다도키안." 슈몰로프스키가 말한다. "몇 주 후면 그들이 다른 시신을 하나 당신에게 제공할 테니."

"내가 뭘 알겠습니까?" 다도키안이 말한다.

"자동으로 그렇게 됩니다." 슈몰로프스키가 그를 안심시킨다. "49일 동안 걷기만 하면 되고, 여정이 끝나면, 자궁으로 들어가기만 하면 됩니다."

"자궁이라니," 다도키안이 투덜거린다. "무슨 자궁이요?"

"때가 되면, 당신도 알게 될 겁니다." 슈몰로프스키가 말한다. "그냥 기다리기만 하면 돼요. 금방 지나갈 겁니다."

다도키안은 긴장된 떨림으로 동요한다. 그는 살짝 몸짓을 해 보지만 마무리하지 못한 채 몸을 떤다. 이따금, 그는 두 손으로 머리를 감싼다. 자신의 시신을 잃어버렸기 때문인지, 아니면 49일 동안 걷고 나서는 어느 자궁으로 들어가야만 한다는 전망 때문인지, 그를 정말로 미치게 만들고 있는 것이 무엇인지는 알 수 없다. 연민을 느끼며, 슈몰로프스키는 그의 어깨에 한쪽 팔을 두르고는 앉으라고 권한다.

이제, 두 사람은 검은 모래밭에 나란히 앉아 있다. 잠시 동안, 그들은 아무 말도 하지 않는다. 그들은 검은 대양의

깊은 곳에 있는 두 개의 입자다. 적대적이지 않은 두 개의
입자. 적대적이지 않을 뿐만 아니라, 심지어 둘은 즉각적으로
솔직해지고 직접적이면서 자연스러운 동지애로 연결되어
있다. 어둠의 한복판에서, 공격하지 않는 동반자는 친구다.
슈몰로프스키는 최선을 다해 다도키안을 위로한다. 그는
수도승도 아니고 심지어 불교 신자도 아니기 때문에, 수도승들의
교훈을 그에게 반복해서 말하지는 않는다. 하지만 그는 역경을
받아들이는 자신만의 방법을 그에게 전해 주고 싶어 한다. 그는
평온함을 전하며 다도키안의 어깨를 다독거린다.
　　“금방 지나갈 겁니다, 다도키안.” 슈몰로프스키가 주장한다.
　　“아니요,” 다도키안이 한숨을 내쉰다. “기다려야 할
겁니다. 그리고 기다림, 그보다 더 끔찍한 것은 없어요. 시간은
변형됩니다. 더 이상 견딜 수 없게 되지요. 보세요, 여기, 이
끔찍한 것을 예로 들어 보죠. 우리는 여기, 이 안에서, 죽음 혹은
탄생을 기다려야 해요. 당신은 견딜 수 있나요, 당신은?”
　　“무엇의 안에서요?” 슈몰로프스키가 묻는다.
　　“시간은⋯.” 다도키안이 비장한 어조로 말한다. “시간은
무언가 괴물 같은 것이 되어 버리고, 이 무언가가 당신을⋯. 예를
들어 보지요, 자, 슈몰로프스키. 내가 일을 하던 시절, 그러니까
내 가족과 주주들이 아직 나의 모든 권리를 박탈하지 않았던 몇
년⋯. 심지어, 미치광이들 사이에 내가 감금되기 전에도⋯. 나는
이 죽음이, 언젠가는, 그러니까 전혀 예측할 수 없는 어느 날,
당도하리라는 걸 의식하고 있었어요⋯. 나는 헤아릴 수 없는,
알 수 없는 속도로, 그러니까 내가 말하려는 것은, 아주 느리게,
혹은 그 반대로, 전속력으로, 다가오고 있는 그 순간에 대한
생각에 강박적으로 사로잡혀 있었다는 거죠⋯. 나는 오로지
그 생각뿐이었습니다⋯. 당신은 아시겠지요, 슈몰로프스키,
내가 병적으로 그걸 즐기는 건 아니었다는 것을요, 나는⋯.
나는 죽음을 증오했는데, 이런 전망이 나를 육체적으로 아프게
했습니다⋯. 죽음을 기다리면서 살아야 한다는 것, 당신은
이게 정상이라고 생각합니까⋯? 미래와 같이 결정적인 중단만
있고, 다른 건 아무것도 없이⋯? 어쨌든, 나는, 나에게 그것이
일어나리라는 사실을 잊은 척하면서 그것을 기다리도록

강요당했어요…. 이런 빌어먹을, 촌뜨기 바보 멍텅구리이거나
불사신이 아니고서야, 어떻게 그걸 잊을 수 있겠어요? 모든
행동을 무의미하게 만들어 버리고, 모든 논리를 쓸모없게,
존재를 끔찍하고도 무의미하게 만들어 버리는 무언가에 내가
무지하기를 바랐다니…. 나는 잘해 보려고 노력했지만, 실제로는
밤낮으로 죽음을 기다리고 있었고, 죽음이 매 순간 올 수
있다는 사실 때문에, 그러나 마찬가지로 죽음이 오지 않을 수
있다는 사실 때문에도 끔찍했습니다…. 기다림이 나를 짓누르고
있었던 거죠…. 또 하루가 지나고…. 그리고 또다시 하루가….
모든 시간이 끔찍이도 무거워졌어요…. 이해하시겠어요,
슈몰로프스키? 시간이란 것은 오로지 나를 해치기 위해서만
존재했습니다…. 시간은 자신이 가지고 있던 의미를 잃어버렸던
겁니다….”

슈몰로프스키에게 기대어, 다도키안은 격렬하게 심정을
토로한다. 때때로 그는 흐느끼거나 신음한다. 그의 말은 뒤죽박죽
혼재된 음절로 가득 차 있다. 그 핵심에 닿으려면 이 혼재된
음절을 번역해야만 한다. 때때로 또한 다도키안은, 혼란으로 굳어
버리거나 틱 장애로 떨면서, 말을 하지 않는다. 슈몰로프스키,
그 역시 말을 하지 않는다. 다도키안의 어깨에 한쪽 팔을 두른
채, 그는 다도키안이 끔찍한 인간 조건의 또 다른 희생자인,
한 인간의 두려움과 고통을 받고 있는, 무명의 붉은 모자 중
한 명이라고 상상한다. 그는 검은 모래언덕 아래 검은 자국을
바라보면서, 삶과 죽음의 공포를 곰곰이 생각하며, 다도키안의
말에 귀를 기울이고 그를 위로한다.

“어느 날,” 다도키안이 계속해서 말한다. “그들이 나에게
메시지를 보내기 시작했습니다…. 그들은 내 두개골에 직접
단파를 보내서 나를 조종하려고 했어요…. 내가 잠을 자고 있든
아니든 말이에요…. 그리고 상황은 점점 더 나빠졌습니다….
죽음에 더해, 나는 메시지까지 기다리기 시작했어요….
나는 그들이 말할 거라는 건 알고 있었지만, 과연 언제 말을
할지는 알지 못했습니다…. 내가 무슨 말을 하려는 건지
이해하시겠어요, 슈몰로프스키? 우리는 갇혀 있는 것 같아요,
우리는 기다리고 있지요, 그게 올지 아니면 안 올지…. 우리는

기다리는 걸 두려워합니다, 우리는 더 이상 기다리지 못할까봐 두려워합니다…. 시간은 줄어들고 있거나 끝없이 늘어나고 있어요…. 이건 고문과도 같아요….”

“나도 그 기분을 잘 알아요, 다도키안.” 슈몰로프스키가 말한다. “종신형을 선고받고 복역 중인 감옥에서 느끼는 것과 같지요. 삶에 관한 생각도, 죽음에 관한 생각도, 더는 견딜 수 없게 되어 버리지요. 시간의 흐름은 참을 수 없는 무엇이 되어 버립니다…. 이것은 고문입니다, 그래요.”

그들은 한두 시간 생각에 잠긴 채 앉아서, 살아 있을 때 자신들이 겪었던 형벌에 대해 곱씹어 본다. 슈몰로프스키는 가끔 다도키안 쪽으로 몸을 돌린다. 여전히 어둠에 둘러싸인 채, 다도키안은 색깔을 정의할 수 없는 체크무늬 셔츠 안에서 떨고 있다. 틱 장애로 오른쪽 뺨 위쪽이 수축된다. 슈몰로프스키가 그의 팔뚝에 손을 올린다. 다도키안은 낑낑거리는 소리를 억누른다.

“어떤 종류의 메시지였나요?” 슈몰로프스키가 묻는다.

“그들은 나를 조롱하기 위해 터무니없는 메시지를 보내거나, 아니면 내 죽음의 진척이나 지연에 관한 메시지를 보내곤 했습니다. 어떤 날에는, 그들이 나에게 알려 주기를, 사람들은 모두 끔찍한 것과 쓸모없는 것 사이에서 균형을 잡은 채, 무심한 척해야 하는 임무를 가지고서, 똑같은 배에 타고 있다고 했습니다. 가난한 자도 부자처럼…. 아시는지 모르겠지만, 슈몰로프스키, 그 시절엔 나도 부자 축에 들었답니다…. 당신이 소총으로 쓰러뜨린 그런 사람들 축에요… 맞지요? 당신이 그들을 죽였지요, 맞지요?”

“그랬습니다. 옛날에는.”

“소총으로요, 맞지요, 슈몰로프스키?”

“맞아요, 소총으로, 또는 그들이 가까이 있었을 때는, 권총으로.”

“그랬군요.” 다도키안이 말한다.

두 사람은 한숨을 조금 내쉰다. 그들은 자신들의 먼 과거의 몇몇 장면을 다시 떠올린다.

“맞아요,” 다도키안이 다시 말한다. “그래서 난 이 보편적인 고통을 덜어 주기로 결심했습니다…. 난 할 수 있었으니까요, 그렇지 않나요? 나는 세상의 부(富)를 지상의 모든 주민에게 균등하게 나눠 주는 게 좋겠다고 생각했어요…. 내가 운영하던 은행부터 시작해서…. 내가 틀렸던 건가요, 슈몰로프스키? 네…? 말해 주세요, 당신은 은행가들 전문가였잖아요. 내가 틀렸던 건가요…?"

"당신은 옳았어요, 다도키안. 난 이미 철창에 갇혀 있었어요, 당신이 그랬을 때는…. 그 일로 큰 소동이 일었어요. 보안이 최고인 교도소에서조차, 소문이 돌았지요. 기억납니다. 그게 그러니까 언제였더라…. 연도는 이제 기억나지 않네요. 우리가 세운 최소한의 계획을 실천한 은행가라니…! 감동적이었어요, 다도키안! 정말 감동적이었어요!"

"그러고 나서, 그들은 나를 정신병원에 집어넣었습니다. 난 불치 환자 병동에 있었어요. 불치 환자들이요, 뭐 생각나는 거 없어요, 슈몰로프스키?"

"없는데요. 난 정치인들과 있었어요."

"아, 맞아요. 그랬지요. 그러니까 그들은 나를 그곳에 가두었습니다. 주주들은 문제를 아주 빨리 해결했어요. 내 자식들도요. 결국, 은행은 60억 주로 분할되지 않았습니다. 내게선, 그들이 모든 걸 빼앗아 갔지만요. 내게 남은 것은 오로지 내 시신과 칫솔뿐이었지요."

다도키안이 입을 다문다. 한 시간을 더 입을 다물고 있다가, 그가 다시 말을 하기 시작한다.

"우리는 하나같이 우리의 육신과 사방 벽 속에 갇혀 있어요. 그런데 그들, 밖에 있는 자들은 도대체 무엇을 기다리며 미쳐 가고 있는 걸까요? 퍼레이드를 벌이는 왕자들, 달러로 모든 것을 살 수 있는. 그런 자들이 저항하는 것은 이해가 갑니다. 어쩔 수 없겠지요. 하지만 다른 자들은요…? 네, 슈몰로프스키? 다른 자들은요…?"

잠시 동안, 다도키안은 정신 나간 사람처럼 횡설수설하면서 헤맨다. 그러다 갑자기, 그가 정상적인 말투를 되찾는다.

"오! 미안합니다, 슈몰로프스키." 그가 말한다. "내가 잠깐 말을 멈춰야겠어요. 내 라디오가 다시 작동하기 시작했습니다.

당신도 들리나요?”

“아니요,” 슈몰로프스키가 말한다. “난, 스피커입니다. 스피커는 낮에는 아무것도 방송하지 않아요. 이른 아침을 제외하고는, 내게는, 항상 침묵이지요.”

다도키안은 마치 자기 얼굴 위로 거미 한 마리가 기어다녀 성가시기라도 한 것처럼, 안절부절못한다.

“됐어요,” 그가 말한다. “그들이 내 머릿속 한가운데서 메시지를 보내고 있어요…. 당신도 들려요, 지금?”

“아니요,” 슈몰로프스키가 말한다. “그건 머리에서 머리로는 전달되지 않아요.”

“그들이 내게 말하고 있는 걸 당신에게 반복해 드릴까요?” 다도키안이 제안한다.

“그러고 싶다면요.” 슈몰로프스키가 말한다.

“오, 고귀하게 태어난 자, 다도키안이여…!” 다도키안이 엄숙한 목소리로 외친다. “네 앞에 있는 자, 여러 손으로, 때로는 철퇴를, 때로는 종을, 때로는 커다란 물방울을 떨어트리는, 머리 가죽 하나를 흔들고 있는, 저 짙은 초록색의 존재를 두려워하지 마라…! 그는 오로지 피를 마시는 신, 열네 번째 날의 신일 뿐이다…!”

“열네 번째 날의 신이라….” 슈몰로프스키가 야유한다.

그는 잇새로 야유의 휘파람을 분다. 그는 경악한다. 14일. 지금까지 그가 바르도에서 보냈다고 간주하고 있었던 날의 수와 맞아떨어지지 않는다. 훨씬 더 많다.

“이것이 바로 그들이 내 두개골 안에서 내 귀에 대고 외치는 소리입니다.” 다도키안이 말한다. “망상적인 협박이지요. 그들은 나를 평화롭게 내버려두지 않습니다…. 그들은 나를 조종하고 있어요….”

“우리가 벌써 열네 번째 날에 도달했어요.” 슈몰로프스키가 알려 준다. “다도키안, 당신도 알겠지만, 우리가 알아차리지 못하는 사이에, 시간이 전속력으로 흐르고 있어요.”

“내가 다시 태어난 이후에도,” 다도키안이 탄식한다. “강제로 나를 새로운 몸에 살게 할 때조차, 그들은 나를 계속 조종할 테고… 내 머릿속 한가운데서 계속 말할 겁니다…. 그들의

단파는 피할 수 없습니다. 그들은 눈에 보이지 않는 시스템을
가지고 있어요…. 그들은 모든 사람을 다시 찾아냅니다…. 내가
새로운 몸 안에 숨어도, 그들은 나를 다시 찾아낼 겁니다….”

“진정해요, 다도키안.” 슈몰로프스키가 말한다. “두려워하지
말아요.”

“그런 다음에는, 그들이 나를 환생시키자마자, 난 다시
죽음을 기다려야 할 겁니다…. 다시 시작될 겁니다, 그 고문이….”

“우리는 아직 그 단계에 있지는 않아요.” 슈몰로프스키가
그를 안심시킨다.

“그런 다음에는, 그러니까, 지금 이 순간,” 다도키안이
훌쩍거린다. “그들이 우리에게 강요하는 이 끔찍한 기다림….
자궁들을 향한 걸음…. 환생을 기다리고, 삶을 기다리기….
그들이, 출구에서, 시신 하나를 우리에게 할당해 주기를
기다리기…. 만약 그들이 실수하면요…? 만약 그들이 나를 잘못된
태아 안으로 밀어 넣으면요, 네…? 만약 내가, 예를 들어, 거미의
몸으로 떨어지면? 나는 거미라면 질색하는데….”

“당신의 두려움 속에 휘말리지 말아요. 다도키안.”
슈몰로프스키가 말한다.

“그러니까 말인데요, 슈몰로프스키,” 다도키안이 공포에
사로잡혀 말한다. “그들이 나를 어떤 거미 안에 처박아
놓으면요…?”

다도키안은 떨고 있다. 그는 일어나서, 한 방향으로 세
걸음, 다른 방향으로 세 걸음을 내딛는다. 그는 언덕의 가장자리,
경사가 시작되는 곳을 넘어가서, 다시 올라간다. 슈몰로프스키는
다도키안이 공포에 사로잡혀 있을 때는 그와 동행하지 않는다.
그러는 대신, 그는 다도키안을 찾으러 가서, 그의 셔츠 소매를
잡아당기고, 그를 살짝 껴안으며, 자리에 머물도록 그를 억지로
붙잡아 둔다.

“진정해, 고귀한 형제여.” 그가 말한다.

그는 붉은 모자의 억양을 흉내 냈다. 그는 다도키안에게
수도승의 평화로운 권위를 행사하기로 결심했다. 이것은
사칭하는 취향이 있어서가 아니라, 이렇게 해서라도 자신이
다도키안의 고통에 맞서 더 잘 싸우기를 희망하기 때문이다.

"평온을 되찾아라." 그가 말한다. "네 주변에 두려운 것은 아무것도 없다. 네 안에 두려운 것은 아무것도 없다. 눈앞에 나타나는 것을 두려워하지 마라."

다도키안은 경련으로 몸을 떨었지만, 얼마 가지 않아 더 이상 무질서하게 움직이지 않는다. 슈몰로프스키는, 수도승이라면 그렇게 할 것처럼, 1분 더 그에게 말을 건네더니, 그런 다음 친근한 침묵이 둘 사이에 자리 잡게 놔두었다가, 평소의 목소리로 돌아온다.

"우린 이겨 낼 수 있을 겁니다," 그가 약속한다. "우리 둘 다, 이겨 낼 수 있을 거예요."

"슈몰로프스키," 다도키안이 말한다. "당신은 나를 버리지 않겠지요, 그렇지요? 만약 내가 거미로 다시 태어나거나… 심지어 은행가로 다시 태어나면… 그 즉시 당신이 나를 짓밟아 줄 거지요, 네…?"

그는 숨을 다시 쉬는 데 어려움을 겪고 있다.

슈몰로프스키는 대답하지 않는다.

주위는 온통 어둡고, 시간이 어떤 때이든 하늘에서는 어떤 변화도 일어나지 않는다. 모래언덕 아래를 지나는 길이 보이지만, 몇 미터 지나, 발자국들이 어둠 속으로 사라진다.

다도키안의 발작 이후, 슈몰로프스키는 다시 바닥에 앉았다. 잠시 동안, 그는 모래언덕 꼭대기를 떠나 사라질까 생각해 보았으나, 마음을 바꿨다. 그는 다도키안에게 작별을 고하고 자신의 운명을 향해, 자기 길을 갈 수도 있었지만, 결국에는, 남았다. 그는 다도키안이 자신을 필요로 한다는 것을 이해했고, 그것은 고려해야 할 무엇이었다. 슈몰로프스키는 행동 방식에 있어서 약간의 기초적인 불교가 더해진, 단호한 도덕적 평등주의를 따른다는 것을 잊지 말자. 그는 길고 앙상한 두 다리로 가부좌를 틀고 앉아 명상에 잠긴다. 다도키안은 그를 따라 한다. 다도키안은 가끔씩 흐느끼거나 불평하며 훌쩍거리기도 하지만, 그 역시, 대체로, 일종의 명상 상태에 잠겨 있다.

침묵이 지속되다가, 슈몰로프스키가 마침내 침묵을 깨트린다.

"내가 생각하는 바는 이렇습니다." 그가 말한다. "우리가 이 자궁들 이야기를 방해해 볼 수도 있을 것 같아요.”

“음.” 다도키안이 말한다.

“여기에 도착한 이후, 난 줄곧 이 문제를 곱씹어 왔습니다.” 슈몰로프스키가 말한다. “다시 태어나야 한다는 것은, 사실상, 견딜 수 없지요. 감옥과 정신병원, 부자와 거미의 세계로 다시 들어가야 한다니요.”

“아, 당신도 그렇게 생각하나요?” 다도키안이 즉각 활기를 띤다. “당신도 그렇군요, 당신도 내 생각에 동의하는군요, 그렇지요, 슈몰로프스키?”

“그런데 어떻게 환생을 피할 수 있지요?” 슈몰로프스키가 말을 잇는다.

“그렇죠, 네? 어떻게?” 다도키안이 묻는다.

“그『책』은 한 가지 방법만을 제안합니다. 이 책은 우리가 투명한 빛 속에서 소멸되기를 권고합니다. 그리고 바로 그 점이 내 마음에 들지 않아요.”

“나도 마찬가지입니다.” 다도키안이 분개한다. “소멸되라니…! 그들은 우리를 완전히 파괴하려고 이 모든 것을 계획한 게 분명해요!”

“난 다른 생각을 하고 있어요.” 슈몰로프스키가 말한다. “여기서 살 수 있는 세계 하나를 만들려고 시도해 봐야 합니다. 이해하겠어요, 다도키안? 바르도에서 무한정 머무를 수 있도록 해야 한다는 거죠.”

“여기서요? 모래 더미 위에서요…?”

“여기든 다른 곳이든, 조금 더 먼 곳이든요. 쾌적한 피신처를, 어떤 풍경을 하나 만들 수 있지 않을까 해요…. 내가 그『책』을 열심히 연구했어요. 우리는 여기서 공간 속에도, 시간 속에도 있지 않아요. 대부분의 이미지는 우리의 상상력에서 나옵니다. 만약 우리가 이 이미지들을 안정시키기 위해, 이 이미지들을 우리 주변에 구체화하기 위해, 조치를 취할 수만 있다면, 바르도를 우리에게 맞게 재구성할 수 있을지도 모릅니다….”

다도키안은 얼빠진 표정으로 슈몰로프스키를 향해 몸을 돌린다. 그의 시선이 평범한 광인보다 더 정신 나간 것처럼

보이지는 않는다. 그는 희망을 품고 슈몰로프스키에게로 시선을
보낸다.

"그들이 우리를 강제로 어느 자궁 속에 밀어 넣으려는
순간에 우리가 잘 버텨야 할 겁니다." 슈몰로프스키가 계속
말한다. "49일째 되는 날에는, 쉴 틈이 하나도 없을 겁니다.
저항할 수 있도록 우리가 훈련을 해야 해요. 그런 다음에야,
다도키안, 그런 다음에야, 우리는 평화로워질 거예요. 내
스피커들도 조용해질 테고. 당신의 라디오도 말이 없어질 테고."

다도키안이 흥분한다.

"그러니까요, 슈몰로프스키." 그가 말한다. "마음에 들어요,
그 아이디어! 정말 마음에 듭니다…! 당신이 하려는 말은, 우리가
시간을 넘어서 여기에 머물 수 있다는 거잖아요…. 환생도,
죽음도, 아무것도 전망으로 삼지 않고서 말이지요…."

"시도는 한번 해 봐야죠." 슈몰로프스키가 말한다.

"아, 마음에 들어요…!" 다도키안이 기뻐서 어쩔 줄 모른다.
"그럼 우리 스스로 우리 주위에 세상을 창조하게 되는 걸까요?"

"바로 그겁니다, 그게 원칙이죠." 슈몰로프스키가 확언한다.
"하지만 조심해요, 조건이 하나 있어요. 먼저 49일째 되는 날
이후에도 우리가 바르도에 눌러앉아 있는 데 성공해야 한다는
겁니다. 열망에 저항해야 한다는 겁니다."

"우리는 풍경을 발명할 수 있을 겁니다…." 다도키안이
공상에 잠긴다. "소란스럽지 않고 예쁜 어느 구석진 곳….
설파살라진[63] 주사도 없고, 수간호사도 없는 곳…."

"야간 구타도 없는 곳." 슈몰로프스키가 덧붙인다.

두 사람 모두 매력적인 상념에 빠져 있다. 다도키안의
창백한 뺨이 틱 장애로 경련을 일으킨다.

"예를 들어," 갑자기 다도키안이 말한다. "나는 항상 바다를
좋아했어요, 해안에서 부서지는 파도, 물이 빠질 때 반짝거리는
거품…. 말해 봐요, 슈몰로프스키, 우리가 작은 해수욕장을 만들
수 있지 않을까요, 네…? 야자수도 있고, 하늘도…. 수영하는

---

63. 류머티즘성 관절염, 궤양성 대장염, 크론병 등의 치료에
사용되는 약물.

사람들은 웃고 있고…. 그리고 우리는, 모래 더미에 앉아
있겠지요, 네…? 기다림의 고문이 없고…. 시간도 지나가지 않을
테고, 기다려야 하는 것은 아무것도 없고, 절대로, 심지어 식사
시간조차 없겠지요, 네…?"
　　"사실, 낙원을 만들어 내는 데 성공할 수 있을지는 잘
모르겠군요." 슈몰로프스키가 갑자기 의심하기 시작한다.
"이것이 무엇에 달려 있는지…. 이것이 무엇에 달려 있는지,
누구에게 달려 있는지 모르겠어요…. 어쩌면, 다도키안,
당신에게, 아니면, 나에게, 아니면 또 우리가 공통으로 가진
능력에 달려 있는지도…."
　　징 소리.
　　"당신도 들었어요?"
　　"아니요." 다도키안이 말한다.
　　징이 다시 한번 울린다. 그 음이 아름답다. 미 플랫 사분음.
　　"스피컵니다." 슈몰로프스키가 말한다. "붉은 모자 동지가
말할 겁니다. 그 사람이 나타나지 않은 지 한참 됐거든요."
　　"네가 죽은 뒤로 매일 아침처럼 너에게 말을 한다."
라마승이 말한다. "내 말을 잘 들어라!"
　　"들었어요, 지금?" 슈몰로프스키가 묻는다.
　　"아무것도 들리지 않는데요." 다도키안이 말한다.
　　"아." 슈몰로프스키가 말한다.
　　징 소리.
　　"내가 너한테 마흔 번째 말을 하고 있다, 슈몰로프스키!
이제 곧 너는 내 목소리를 더 이상 알아차리지 못할 것이다!"
　　징 소리.
　　"이제 바르도에서 네가 겪는 시련의 마지막 주가
시작되었다, 고귀하게 태어난 자여. 자궁들이 아주 가까이에
있다!"
　　징 소리.
　　"그리고 저녁, 저녁 무렵이 되면," 다도키안이 추측한다.
"우리는 정신병원이나, 아니면 감옥으로 자유롭게 돌아가게
되지 않을까요, 네…? 어쨌든 지나가는 소나기를 대비해, 지붕은
필요할 겁니다…."

슈몰로프스키가 다시 일어섰다.

"일곱 번째 주입니다." 그가 거친 목소리로 말한다. "우리가 수다를 떠는 동안 시간이 쏜살같이 흘러가 버렸어요…! 당신도 알아요, 다도키안?"

"뭐라고요?" 다도키안이 마침내 당황한다.

"이제 내가 너에게 어떻게 네가 올바른 문을 선택하고 어떻게 인간보다 더 비참한 형태로 다시 태어나지 않을 수 있는지 설명해야 할 때가 되었다." 라마승이 말한다.

"무슨 일이에요?" 다도키안이 묻는다.

"다 글렀어요." 슈몰로프스키가 말한다. "해수욕장, 해변, 웃으면서 수영하는 사람들…. 이제 다 글렀어요, 다도키안…! 우리가 벌써 40일째에 이르렀다고요! 우리는 준비가 안 됐는데…! 자궁들이 가까워졌어요!"

"그게 대체 무슨." 다도키안이 말을 더듬는다.

"우리는 다시 태어나게 될 겁니다!" 슈몰로프스키가 외친다.

두 사람은, 아주 오랫동안, 낙담한 채, 서 있다. 한 시간이나 그보다 조금 더라고 해 두자. 하루라고 해 두자. 그들은 돌처럼 굳어 버린 것처럼 보인다. 다도키안조차 거의 움직이지 않는다. 모래 더미 꼭대기에서 움직이지 않은 채, 나쁜 소식에 마비되어, 반응도 하지 못하는, 비참한 두 남자.

그러더니 슈몰로프스키가 움직이기 시작한다.

아무 말 없이 그가 경사면으로 들어선다. 그의 두 발목이 요란스러운 소리를 내며 가루 속으로 사라진다. 그는 균형 따위는 걱정하지 않는다. 발이 삐어도 상관하지 않는다. 그는 그저 빨리 가기를 원한다. 그는 아래를 향해 뛰어간다. 몇 초 뒤, 그는 언덕의 발치에 있다. 곧이어 그가 자갈을 손아귀에 가득 쥐고 주무르는 소리가 들려온다.

"이봐요," 다도키안이 묻는다. "뭐 하고 있는 겁니까?"

"빨리 와 봐요." 슈몰로프스키가 말한다. "우리가 여기를 벗어나지 못할 가능성은 아직은 적은 편입니다…!"

"그게 대체 무슨." 다도키안이 더듬거린다.

그는 여전히 언덕 꼭대기에서 무기력한 상태다.

"땅을 파야 해요." 슈몰로프스키가 말한다. "내가 아는

건 이게 전부입니다. 자궁들이 끌어당기기 전에 우리는 땅에
파묻혀야 해요!"

그는 검은 모래언덕 하나를 타깃으로 삼았다. 그는
바닥까지 파서, 몸을 묻을 구멍 하나를 만들 것을 계획했다.
그는 동면하는 박쥐나 나스카의 미라처럼, 몸을 접은 자세로 그
안에서 웅크리고 있다가 49일째 되는 날 마지막 순간에 산사태를
일으켜, 자신을 파묻을 계획이었다. 이제, 운명의 날을 넘어서
이곳에 머무르기 위해서, 그는 오로지 그것만 생각할 뿐이다.

그는 땅을 판다. 물질이 그의 두 팔 위로 미끄러지고,
흘러내린다. 자갈을 제거할 삽도 없고, 벽을 다질 판자도 없이,
적당한 크기의 구덩이를 만들기란 매우 어렵다.

다도키안도 제 차례가 되어, 망보던 곳을 떠났다. 그는
소스라치며 절망의 몸짓으로 슈몰로프스키의 주위를 맴돈다.
그가 슈몰로프스키가 넓히려 애쓰고 있는 깔때기 모양의
가장자리를 몸을 숙여 들여다보고, 그곳으로 엄청난 양의 검은
물질이 끊임없이 쏟아져 내린다.

"빨리 움직여요, 다도키안!" 슈몰로프스키가 거칠게 그를
다그친다. "환생의 힘들이 곧 발휘될 겁니다, 지금 꾸물거릴 때가
아니에요…!"

"방금 라디오 메시지를 받았어요." 다도키안이 알린다.
"이제 사흘밖에 안 남았습니다."

"점점 가까워지고 있어요," 슈몰로프스키가 소리쳐 말한다.
"아주 빠른 속도로 다가오고 있어요! 어서, 대피할 곳을 파야만
해요, 다도키안…! 그러지 않으면 당신은 자궁으로 빨려 들어갈
거예요…! 거미의 자궁으로, 아니면 더 끔찍한 자궁으로!"

"난 어디를 파야 하죠?" 다도키안이 질겁하며 묻는다.

"아무 데나요." 슈몰로프스키가 말한다. "거기요, 좋습니다.
아니, 조금 더 멀리요. 내 구멍으로 당신의 자갈이 다시 떨어지지
않게 해 줘요."

다도키안이 부지런히 팔다리를 놀린다. 매설공 같은 실력이
전혀 없는 그가 몹시 흥분해서 고군분투하고 있다. 다도키안은
개가 뼈를 묻는 기술을 택했다. 그는 두 손으로 검은 알갱이들을
긁어모아, 자신의 다리 사이로 밀어 넣어 뒤로 보낸다.

슈몰로프스키를 본받아, 그는 구릉의 바닥에서 작업한다. 손끝 아래에서 그 물질이 저항하지는 않지만, 그걸 완전히 다루기는 쉽지 않다. 그가 작은 도랑을 하나 만들자마자, 이 도랑이 저절로 무너지고 매몰된다. 불안한 마음으로 그는 다시 땅을 파기 시작한다.

"난 못 하겠어요." 그가 훌쩍거리며 말한다.

"계속하거라, 고귀하게 태어난 자여!" 슈몰로프스키가 외친다. "너의 운명은 너의 두 손에 달렸다! 용기를 잃지 마라!"

두 사람은 쉬지 않고 부지런히 움직인다. 이따금 그들은 대화를 나눈다. 불안에 젖어 우정으로 서로를 소리쳐 부르기도 한다. 대화 내용에 따라, 그들은 서로 존댓말을 하기도 하고 반말을 하기도 한다. 임박한 종말에 낙담하지만, 서로의 존재에 의지해 각자 이성을 완전히 잃어버리지 않으려고 애쓰며, 둘 사이의 대화도 여전히 존재한다. 그들은 현재 상황에 대한 정보를 끈질기게 교환한다. 그들은 아마추어처럼 구덩이 파는 작업을 잠깐 멈추고는 정보를 교환한다.

"라디오에 따르면, 모든 게 이틀이면 끝날 거라네요!" 다도키안이 손짓하며 말한다.

"멈추지 말고 계속 파요, 다도키안!" 슈몰로프스키가 외친다. "구멍을 더 넓혀요. 이제 곧 빨아들이기 시작할 겁니다…!"

그들은 더 이상 서로 볼 수는 없지만, 목소리로는 아직 소통할 수 있다. 나는 이제 어떤 빛도 더는 남아 있지 않다고 생각한다. 어쨌든, 그들은 먼지 때문에, 더 이상 눈을 뜰 수 없다. 무언가 소름이 끼치게, 불기 시작했는데, 그것은 빨아들이는 바람이었다.

"소름이 끼치게 빨아들이고 있어요!" 다도키안이 겁에 질려 말한다.

"당신을 묻어 버려요, 다도키안!" 슈몰로프스키가 소리친다. "너를 묻어라, 고귀한 형제여! 어떤 자궁 안으로도 들어가지 마라…! 나처럼 해라, 자갈 속에 너를 파묻어라…! 다시 태어나는 것을 거부해라…!"

"그들이 아직도 메시지를 보내고 있어요!" 다도키안이

163

신음한다. "그들이 나에게 자궁의 문을 닫는 법을 배우라고 조언하는데요…! 그들이 무슨 말을 하는지 하나도 이해를 못하겠어요…! 이제 하루밖에 남지 않았는데! 오늘이 마지막 날인데! 나에게는 배울 시간이 없다고요…!"

"너를 땅에 파묻어라, 다도키안!" 슈몰로프스키가 외친다. "그들의 충고를 듣지 마라! 너를 숨겨라, 아무것도 열지 마라, 아무것도 닫지도 마라…!"

슈몰로프스키의 목소리가, 마치 단 한 번도 존재한 적이 없었던 것처럼, 갑자기 끊어진다.

바람이 반대 방향에서 계속해서 불어오더니, 이윽고 잠잠해진다.

슈몰로프스키가 어떻게 되었는지는 아무도 모른다.

공간은 검다.

다도키안은 여전히 말을 하고 있다. 슈몰로프스키에 비해, 그에게는 아마도 추가 시간이 주어졌는지도 모르겠다. 어쩌면 15분 정도가 더 주어졌다고 가정해 보자.

자, 이제 그의 목소리가 들린다. 그는 혼자 말하고 있다.

"우리 주변에는 더 이상 자갈이 없어." 그가 말한다. "오로지 거미 냄새만…. 슈몰로프스키! 이 냄새, 당신도 맡고 있지? 당신 어디 갔어?"

슈몰로프스키는 대답하지 않는다. 다도키안은 혼자다. 그는 홀로 있으며, 공포에 질려 더러워진 셔츠의 앞부분에 침을 흘리고 있는데, 갑자기 현실이 그에게 나타난다. 그가 원하든 원하지 않든, 삶이 다시 그를 사로잡을 것이다. 두 다리로 서 있을 수 없게 된 그의 몸이 오그라들고 있다. 이제 그에게는 아무런 힘이 없다.

"슈몰로프스키!" 그가 말을 더듬거린다. "거미들이 교미하는 게 보여… 거미줄이 움직이는 게 보여…. 그들은 이 안에서 내가 다시 태어나게 할 거야…. 슈몰로프스키…! 나를 도와줘…! 나는 아주 작아졌어. 그들이 날 여기에 구겨 넣었어, 나는 더 이상 움직일 수가 없어…. 슈몰로프스키…!"

징 소리.

"슈몰로프스키!" 다도키안이 울부짖는다. "날 밟아 버려!"

징이 진동한다. 그것은 돋을새김으로 파이고 거무칙칙한 금속으로 만들어진, 축소된 크기의 달이다. 달이 진동한다.

"이제 나의 낭독은 끝났다." 라마승이 말한다.

그리고 그는 흑단목으로 만든 망치로 달의 중심부를 내려친다.

"네가 죽은 지 7주가 꼬박 지났다." 라마승이 말한다. "오늘 나는 향수에 젖어, 슈몰로프스키, 너를 생각한다, 왜냐하면 우리는 이제 더는 연락할 기회가 없을 것이기 때문이다. 나는 더 이상 너에게 말을 걸지 않을 것이다, 나는 더 이상 이 사진과 이 경찰들 앞에서 말하지 않을 것이다."

징 소리.

"애석하구나. 난 네가 좋았다, 고귀하게 태어난 자여."

벽의 반대편에서는, 썰물과 밀물처럼 밀려드는 사람들과 갑작스레 고조된 순간과 함께, 시장의 떠들썩한 소리가 끊임없이 흘러나온다. 목소리는 야채, 과일, 1달러짜리 지폐의 오만가지 부스럭거리는 소리와 뒤섞인다. 곧 비가 내리리라. 오후가 너무 어두워서 라마승은 방의 전등을 켰다.

"바르도에서 네가 머무는 동안의 일이 어떻게 진행되었는지 나는 전혀 모른다." 제레미아 슐룸이 말한다. "내 조언이 너에게 쓸모가 있었기를 나는 희망한다. 나의 힘은 제한되어 있어서, 네가 내 말을 들었는지조차 확신할 수 없구나, 바르도에서 네가 방황하는 동안 네게 무슨 일이 일어났었는지 나는 추측할 수조차 없구나."

"슈몰로프스키!" 아주 멀리서 다도키안의 목소리가 부른다.

징 소리.

"나는 네가 그곳에서 머문 것이 너에게 유익했는지 아닌지 알지 못한다." 라마승이 말한다. "그것을 알 방법이 나에게는 하나도 없다."

그는 슈몰로프스키의 사진을 응시하고 나서, 무명의 붉은 모자들이 제공한 서류 안에 넣어 둔다. 잠시 후면, 그는 사원 내부에서 거의 끊이지 않을 정도로 연기를 피워 올리고 있는 화로에 이 사진을 던져 넣을 것이다.

"이루어져야 마땅한 일이 이루어졌다." 그가 말한다.

그는 금괴가 들어 있는 종이 상자에 등을 기대고 있다. 곰팡이로 벽이 더러워져 있다. 관리인의 창고 안은, 매우 덥다, 낭독 첫날보다 더 덥다. 제레미야 슐룸이 이마의 땀을 닦는다. 그의 스카프가 벌어지면서, 빛바랜 기관단총과 함께 붉은 별 모양의 배지가 모습을 드러낸다.

"오늘," 라마승이 말한다. "너는 해방되었거나, 동물이나 인간 태아의 형태로, 지상에 다시 있을 것이다. 너의 앞날이 더할 나위 없기를 나는 희망한다, 슈몰로프스키. 모든 것이 네게 잘되었기를 희망한다. 나는 네가 더 이상 아무것도 아니길 희망한다."

징 소리.

거리의 소음.

"나의 온 마음으로, 네가 더 이상 아무것도 아니길 희망한다." 라마승이 반복한다.

그는 마지막으로 징을 한 번 친 다음, 제 짐을 챙겨서 떠났다.

이제, 그는 자신의 머리 위에 매달려 있던 추악한 전등을 껐다. 어둠이 구석구석을 장악했다.

"슈몰로프스키!" 다도키안이 다시 소리친다. "간청할게, 제발 나를 밟아 버려!"

밤, 자동차들이 대로를 질주할 때, 그 소음이 바의 창문을 흔든다.
낮에는, 드나드는 사람들의 대화가 홀 안을 끊임없는 소음으로
가득 채우고 있어서, 유리가 창틀에서 쟁그랑거리는 소리가
느껴지지 않는다. 하지만 밤에는, 그렇다. 해가 지자마자 모든
것이 한결 조용해진다. 손님은 사라지고, 차량 통행도 뜸해진다.
육중한 차 한 대가 덜컹거리며 지나가자, 잔이 진동하고, 그런
다음 다시 밤의 침묵이 찾아온다. 이곳은 한적한 동네다. 주거용
건물에서 멀리 떨어진, 동물원 바로 옆, 사람의 발길이 뜸한
도시의 어느 출구에 위치해 있다. 주변은 깨끗하고, 나무가 있고,
길고 검은 철책이 있으며, 야생동물의 으르렁거리는 소리가
들리지만, 인적이 드문 곳이다. 근처에는, 술집을 제외하면,
사람이 거주하는 건물이라고는 불교 시설뿐이다. 불교라기보다,
쓸데없는 명칭의 뉘앙스를 따진다면, 오히려 라마교 시설로, 바에
인접해 있다. 사원으로 개조된 낡은 차고다. 반체제 성향의 한
붉은 모자 협회에 의해 최근에 사원으로 개조되었다. 이 새로운
종교 활동이 더 많은 올빼미족을 카운터 앞으로 끌어들이지는
못했다. 가끔 신자가 들어와, 발효유를 빨대로 빨아 마시고
떠나곤 한다. 이로 인해 손님이 늘어나진 않는다. 요약하자면,
동물원 문이 닫히는, 어둑어둑한 시간대에 이곳에서는 사람을
거의 볼 수 없다.

트럭 한 대가 다가와 바 앞에서 요란스레 소리를 낸다.
창문이 달그락거린다. 다시, 침묵이 내려앉는다.

카운터 안쪽에서, 바텐더가 접시, 유리잔, 컵, 티스푼을
닦아, 정리한다.

밖에는 60년대의 피자 가게 앞처럼 다채로운 색깔의
장식용 꽃술이 매달려 있는 게 보인다. 홀은, 조명이 평범하고
밝다. 한 시간 전에는, 배경 음악으로, 지난 두 세기 동안 모든
공공장소에서 들었던 것 같은, 진부한 록 음악이 흘러나왔지만,
바텐더는 근무를 시작하면서 소리를 크게 낮추었고, 이국적인
채널을 찾았다. 그는 우연히 한국음악 방송을 발견했다. 판소리와
전통 춤곡에서 발췌한 부분을 번갈아 틀어 주는 카세트테이프가

계속 재생되는 듯하다. 때때로 음악 대신 한국인 여자 해설자가 매력적인 억양으로, 자신의 언어를 길게 옹알거리며 바텐더 야사르를 몽상에 잠기게 만든다. 우리는 볼륨을 줄여 이것을 들으면서 몽상에 잠긴다.

모든 것이 조용하다. 침묵 속에서도 이웃의 라마교 사원에서 발생하는 소음이 스며든다. 단조로운 멜로디, 다양한 변주가 없는 리듬, 주지승의 중후한 목소리, 종소리. 칸막이벽 반대편에서, 의식이 시작되었다.

"카페인 한 잔 더 줄래, 야사르?"

프리크가 카운터 의자에 앉아 있다. 그는 유일한 손님이다. 언뜻 보기에도 그는 완전한 인간이 되기에는 뭔가 부족하다는 것을 알 수 있다. 운터멘쉬치고는 매우 잘생겼지만, 그의 몸은 기괴한 인상을 풍긴다. 뭐라 정의할 수 없는 비정상적인 인상이 그를 인간의 무의식이 모험을 꺼리는 경계 쪽으로 밀어낸다. 그도 그것을 알고 있으며, 거기서 어떤 결론도 끌어내지 않으려고 노력하지만, 그는 고통받는다. 이로 인해 그와 다른 사람들과의 관계가 단순해지지가 않는다. 그가 말을 할 때면, 지나치게 예민한 사람들이 하나같이 그러듯, 그의 목소리는 감정적으로 변하기 일쑤다. 목소리가 감정적이다 못해 아주 살짝 이상해지기까지 한다.

바텐더가 식기를 닦다가 잠시 멈춘다. 그는 에스프레소 기계의 커피 필터를 포터필터에 밀어 넣고, 단단하게 조여서 다시 끼우고, 포터필터를 닫지 않은 채 다시 밀어 넣은 다음, 뜨거운 물을 내리는 버튼을 누른다.[64] 그의 동작은 차분하다. 그의 온몸에서 신뢰가 느껴진다.

"이게 네 번째 잔이야, 프리크." 그가 말한다. "이러다가 너 병나겠다."

---

64. 이 동작에는 포터필터에 커피 가루를 넣는 과정이 생략되어 이상해 보일 수 있다. 이는 이미 커피를 많이 마신 프리크를 위해 커피를 덜 마시게 하려고 그냥 주는 척만 하거나, 이미 커피 가루가 들어 있어 카페인이 덜 추출되게 하려는 행동으로 이해할 수 있다.

"나는 잠자면 안 되거든." 프리크가 설명한다. "동물원으로 돌아가야 해. 동물들이 나를 기다리고 있거든. 나는 동물들에게 말을 해야 해. 동물들이 불안해하고, 잠들지 못하고 있어. 동물들은 죽을까 봐 두려워하고 있어."

"아," 야사르가 말한다.

"내가 동물들을 안심시켜 줘야 해." 잠시 침묵한 후 프리크가 다시 말한다. "동물들이 죽음의 냄새를 맡았어. 그들은 광대처럼, 야크처럼 죽을까 봐 두려워하고 있어."

야사르가 몸을 돌렸다. 이제, 그는 프리크 앞에 뜨거운 카페인이 담긴 잔을 내려놓는다. 프리크가 고마움을 표한다.

"무슨 광대?" 야사르가 묻는다. "동물원에서 죽은 광대가 있어…? 이야기 좀 해 봐, 프리크."

"아니, 죽어 가는 건 야크야. 그 녀석 때문에 나는 동물원에 가야 해. 야크는 늙고 병들었어. 수의사가 와서 하는 말이, 그 녀석이 하루나 이틀밖에 버티지 못할 거라는 거야. 오늘이 야크의 마지막 밤이야. 동물원에서는, 이런 일이 일어나. 철창이 보호는 하지만, 죽음이 지나가는 걸 막지는 못해."

프리크가 멈칫한다. 그에게 친근한 야사르 앞에서는, 자신을 표현하는 데 큰 어려움이 없다. 오히려 그 반대다. 그는 말하는 걸 자제할 수 없는 것처럼 보인다. 그는 지나치게 뜨거운 카페인에 입술을 담갔다가, 다시 하던 말의 끝을 이어 간다.

"동물들은 철창 안에서 슬퍼해." 그가 말한다. "그리고 슬픔, 그건 아주 지치게 만들지. 동물들은 안전한 곳에 있고, 보호받지만, 온갖 위험에 노출된 채, 자유로웠을 때만큼이나 빠르게 늙어 가. 야크는 노화하기 시작했어. 아주 고약한 냄새가 야크에게서 나기 시작했어. 죽음의 냄새를 맡으면서, 야크 옆에 있던 동물들은 불안해하지. 수의사가 와. 수의사는 야크가 하루나 이틀밖에 못 버틸 거라고 말해. 그는 야크 바로 앞에서 야크가 마치 듣지 못하는 것처럼 그 말을 해. 그는 주사기를 꺼내고, 노화나 죽음을 막는 데는 쓸모가 없는 주사를 야크에게 놓아 줘. 그런 다음 그는 다시 떠나. 밤이야. 냄새가 퍼지고 있어. 우리 속에서, 동물들은 냄새를 들이마셔. 그게 동물들을 무섭게 해. 나는 거기에 가야 하고, 그들을 위로해 줘야 해. 밤에, 동물원에는

잠들어 있는 동물이 한 마리도 없어. 그들은 곁에 누군가가 있어
줘야 하지. 내 말이 동물들을 안심시켜 줘. 야크도 누군가 옆에
있어 주고 누군가 말을 걸어 주면서 밤을 보낼 수 있도록 도와줄
필요가 있어. 야크가 죽음과 싸우고 있거나, 이미 숨이 멎었다
해도 나는 야크한테 말을 해야 해.”
　　옆 시설에서, 종소리가 울리고, 티베트어에 능통하지
않은 사람들이라면 거의 이해하지 못할 음절을 아주 중후한
한 목소리가 발음한다. 그런 다음 조용해지고, 바텐더의 뒤에
놓인 트랜지스터라디오에서 한국음악의 멜로디가 들려온다.
지쳤을 때, 운명이 다시 한번 미소 짓지 않을 때, 계속 나아가는
데 필요한 에너지를 찾기 어려울 때 부르는 곡이다. 한 여자가
판소리 가수 특유의 격렬함, 그 어떤 넋두리도 없는 격렬함으로
자신의 절망을 노래하고, 그런 다음 합창이 그 모티브를
이어받아, 마치 공동체가 개입해 슬픔의 방향을 싸우고 함께
견뎌야 할 새로운 이유를 향해 바꾸어 놓기라도 한 것처럼,
더욱더 고양된 색채를 이 모티브에 부여한다.
　　“미안해, 프리크.” 바텐더가 말한다. “조금 전 네가 말했던
데로 돌아갈게. 네가 광대에 대해 말했잖아.” “응.” 프리크가
말한다. “더구나, 짐승들을 끔찍이도 겁에 질리게 한 게 있었어.
일반인에게 문을 닫은 다음, 맹금류의 커다란 새장에다가 넣어
놓았던 광대. 광대의 시체. 그것도 마찬가지야, 그게 잠을 자는
걸 방해해. 새장 안의 광대 시체. 어둠이 짙어지면, 냄새가 더
심해져. 동물들이 이 유골에 대고 코를 킁킁거려. 동물원의 모든
동물이. 동물들은 날뛰어, 동물들은 겁을 먹어. 동물들은 빙빙
돌거나 구석에서 웅크려. 동물들은, 야크를, 죽음을, 노화를
생각하고 있어. 동물들은 광대를 생각하고 있어. 나는 동물들을
진정시키기 위해 동물원으로 돌아가야 해. 잠이 다시 그들을
찾아오게, 그들이 잊어버릴 수 있게.”
　　야사르는 프리크 앞에서 팔꿈치를 괴고 있다. 그는 접시를
닦는 행주를 방금 어깨에 걸쳤다. 그는 고통을 겪은 한 남자의
거친 얼굴에, 천연두를 앓은 자국으로 얽은 두 뺨, 날카로운
눈을 갖고 있다. 그의 목이 시작되는 부위에는, 어쩌면 여행이나
정념을 기념하는 것일 수도 있고, 어쩌면 옥살이를 기념하는 것일

수도 있는, 문신의 끄트머리가 보인다. 그는 인생의 상당 부분을, 사실상, 네 개의 벽 안에서 보냈다.

"나는 아직도 그 광대 이야기가 이해가 안 돼, 프리크." 그가 말한다. "네 말 뒤에 있는 이미지들을 떠올리려 해 봐도, 세부적인 것들이 잘 떠오르지 않아."

"아." 프리크가 말한다.

"그래," 야사르가 말한다. "너에게는, 모든 게 명확할 테지, 너는 아무 시간에나 동물원을 오고 갈 수 있으니까, 네가… 마치 네가 어떤 세계에 속해 있기라도 한 것처럼…. (그가 한숨짓는다.) 하지만 나는 그 장면에서 광대가 왜 등장하는지 이해하지 못하겠어. 광대가, 그것도 밤에 말이야, 무얼 하려고 새장 안으로 들어가는지 나는 잘 모르겠어. 네가 좀 설명해 줘야 할 것 같아."

"광대는 서커스단에서 일하고 있었어. 슈뮐 서커스. 너 알아?"

"아니."

"그는 자살했어." 프리크가 말한다. "그는 철문이 닫힌 지 한 시간 후에 동물원으로 옮겨졌어. 방문객들, 아이들이 모두 떠난 다음에. 그들이 하는 게 그런 일이야. 라마교 상호부조회 말이야. 거기 가입해야 하는 거지. 내 생각에, 그 광대도 그곳 회원이었어. 특별 서비스야. 그들은 시청의 허가를 받아. 규칙도 있고. 그들은 규칙을 존중해. 그들은 동물원 원장이 허락한 경우에만 새장 안으로 들어가. 그들은 시체를 가지고 와. 그들은 세 명이야. 잃을 게 전혀 없는 도굴꾼처럼 옷을 입고 말이지. 그들도 우리 같은 불쌍한 작자들이야, 알겠어?"

"잘 모르겠는데."

"우리처럼. 일반인 신분으로. 그들은 시체와 함께 큰 새장 안에 들어가. 천상의 장례식, 그들은 그렇게 불러. 천상의 장례식."

"그들이 시체를 새들에게 먹이로 줘?" 야사르가 묻는다.

"오, 한꺼번에 다 주는 건 아니야." 프리크가 즉시 확인해 준다. "그렇게 하지 않으면 그들은 수컷과 암컷 독수리, 콘도르가 있는 곳에서 며칠을 기다려야 하거든. 그들은 오래 머물지 않아. 동물원 사육사들은 이거야말로 특히 상징적인 행위라고

말하지. 그들은 시체에서 살점을 몇 조각 잘라 내어 독수리
앞에 던져 주곤 해. 얇게 썰어서 주거나 작은 조각으로. 아주
조금만. 맹금류는 겁을 먹고, 가까이 오지 않아. 맹금류는 아무
조건에서 아무 고기나 그냥 먹지 않거든. 그런 다음, 그들은
시체를 도로 가지고 나와서 작은 수레에 싣고 방수포로 덮어.
통로에는 아무도 없어. 동물원 관리자들은 이런 일에 관여하지
않아. 동물원은 비어 있어. 이미 밤이야. 그들은 화장을 하려고
시체를 가지고 다시 떠나. 그들은 떠나지만, 죽은 광대의 냄새는
새장에서 새장으로 이어지며 계속 남아 있어. 냄새는 큰 새장에서
진동을 하지만, 그뿐만이 아니야. 냄새는 몇 시간 동안 동물원
전역에 감돌지. 이게 모두를 겁에 질리게 만들어. 만약 아무도
동물들에게 말을 걸어 주지 않으면, 동물들은 밤새도록 두려움에
떠는 거야….”

　　침묵이 흐른다. 배경음악에 이어서 박수 소리가 터져
나오고, 그런 다음 한국인 여자 해설자가 숨을 죽인 채, 야사르도
프리크도 전혀 관심을 갖지 않는, 짙은 독백을 시작한다.

　　“천상의 장례식이라….” 야사르가 생각에 잠겨 말한다.
“아주, 아주 오래된 관습으로, 선사시대까지 거슬러 올라가야
할 거야. 누가 말하는 걸 들어 본 적은 있지만, 나는 아직도 그게
실행되고 있는지는 몰랐어. 여기, 도시 한복판에서 이런 일이
벌어질 수 있다고는 전혀 상상하지 못했어. 오늘날 말이야.
여기서 1킬로미터 떨어진 곳에서.”

　　“규칙이 있어.” 프리크가 말한다. “상호부조회의 후원을
받아야 하고, 라마승들의 허락도 받아야만 해. 무엇보다도 시청의
허가와 동물원장의 서면 동의가 있어야만 해. 하지만 그들에게,
그러니까 독수리들에게, 의견을 묻는 건 아니야. 독수리는 잘
협조하지 않아. 독수리들은 자기들에게 광대 고기를 주려고
새장에 들어오는 사람들을 두려워해. 암독수리들에게도, 나중에,
내가 진정시켜 줄 말을 해야 해. 조금 있다가, 나는 새장에 들어갈
거야.”

　　“그 광대 말이야, 그 광대에 대해 더 아는 게 있어?”
야사르가 묻는다.

　　“그는 자살했어.” 프리크가 말한다. “포스터에는 두

사람이 항상 함께 있었어. 블룸쉬와 그륌셔. 블룸쉬와 그륌셔,
장난의 제왕들. 한 사람은 땅딸이, 한 사람은 뚱뚱보. 지난달,
나는 그들의 서커스 공연을 보러 갔었어. 쇠락해 가는 서커스,
초라한 관객에 초라한 서커스. 광대들이 공연 사이사이에
무대를 차지하고 큰 소리로 떠들어 대지. 그들은 소리를 지르고,
몸짓을 하고, 균형을 잃어버리기도 해. 그들은 허공에 대고
말을 해. 객석에 사람들이 많이 있는 건 아니야. 관객들은
지루해하기 일쑤지. 사람들은 공중그네 곡예사들을 기다려,
사람들은 톱밥으로 덮인 땅 위에서 공중그네 곡예사들의 해골이
박살 나는 모습을 보고 싶어 해. 사람들은 조련사를 기다려,
사람들은 곰들과 사고가 나는 모습을 보고 싶어 해, 사람들은
곰이 조련사나 조련사 딸의 팔을 찢어 버리는 걸 보고 싶어 해.
사람들은 광대들을 재미있어하지 않아. 아무도 웃지 않아. 나는
웃음을 터뜨려, 그러나 그건 내가 같지 않기… 그건 내가 다르기
때문이야…. 나는, 물론 웃음을 터뜨려, 하지만 다른 사람들은,
그러지 않아.”

　　　여자 해설자가 계속 설명을 진행하고 있다. 소리를
낮춰서 설명하지만, 그래도 우리는 그녀가 말을 좀 줄였으면,
마이크를 내려놓고, 음악을 다시 틀어 줬으면 하고 바란다.
라디오로 생중계되는 공연이다. 공연장에서, 여자 해설자는
청중을 마주하고 있고, 청중은 그녀의 농담, 그녀의 아첨을
즐기며, 그녀가 원할 때면 큰 소리로 웃거나 박수를 친다. 그녀는
조련사와 같아서, 순종적인 청중은 그녀의 목소리 앞에서
굽신거리며 자신들이 그녀의 매력에 빠져 있음을 그녀에게
보여 주고 싶어 한다. 마침내 그녀가 입을 다물자, 청중은 다시
한번 박수를 치고, 어쩌면 음악가들이 무대를 떠나 다시 자리에
앉았기 때문인지, 프로그램에 공백이 생긴다. 바로 그때, 공백이
이어지는 동안, 불교적인 목소리가 들려온다.

　　　“이 소리 들려, 야사르?” 프리크가 말한다. “벽 반대편에서
하는 종교의식이야.”

　　　“응,” 야사르가 말한다. “이웃집에서 나는 소리야. 거기는
폐허가 된 차고였어. 낡은 차 문, 더러운 엔진, 기름통. 붉은
모자들이 그곳을 사원으로 개조했어. 우리랑 벽 하나를 사이에

두고 있어. 원래도, 벽이 얇았지만, 개조 공사를 하면서 더 얇아진 것 같아. 어떤 날은 소리가 다 들려. 게다가 환기통도 공유하고 있어. 거기로 소음이 흘러나오는 거야.”

“그들은 죽은 자들을 위한 의식을 시작하는 중이야. 이제 라마승이 『죽은 자들의 책』을 읽을 거야. 그는 최근에 죽은 사람에게 말을 걸 거야. 그는 짐승으로 다시 태어나지 않도록 도와주려고 죽은 자에게 조언을 해 줄 거야.”

“너 종교에 대해 많이 알지, 프리크, 그렇지 않아?”

“아니, 꼭 그렇지는 않아….”

그들은 사원의 소리를 듣고 있다. 실제로, 많은 게 들리지는 않는다. 이따금 들려오는 중후한 목소리. 종 같은 게 땡그랑거리는 소리. 고작 이 정도다. 이제, 한국음악이 다시 시작되었는데, 타악기와 소프라노의 환상적인 목소리가 어우러진 매우 긴 곡이다. 라디오 소리가 너무 낮아서, 이쪽에서도, 많은 게 들리지는 않는다.

“그것 참 슬프다.” 몇 초 동안 침울해 하던 야사르가 말한다. “아무도 웃게 하지 못하는 광대들이라니, 슬프네.”

“객석에서, 웃는 사람은 나뿐이었어.” 프리크가 말한다. “관객들은 아무것도 이해하지 못하겠다는 듯이 광대들을 쳐다보았어. 심지어 아이들도 멍한 눈을 하고 있었어. 그들은 거의 반응을 보이지 않았어. 관객 중에서, 오로지 나만 그들이 재미있다고 생각했어. 아마 그건 내가 사람이 아니라서 그런 걸 수도 있어. 어쨌든, 내가 말하려는 것은, 진짜 사람이 아니라서….”

“이봐, 프리크! 도대체 너 무슨 소리를 하는 거야…? 물론, 넌 사람이라고. 그런 건 이유가 되지 않아, 네가….”

바텐더는 말을 잇지 않는다. 그는 찜찜한 고찰에는 빠져들 마음이 없으며, 프리크가 완전한 인간이 되려면 무엇이 부족한지 소리 내어 생각하고 싶지도 않다. 바텐더 야사르의 교양은 항상 인종차별에 저항해 왔으며, 그는 항상 다른 사람을 거부하려는 원초적인 충동에 굴복하기를 거부해 왔고, 단 한 차례도 프리크를 경멸적인 동물의 범주로 분류할 필요성을 느낀 적이 없다, 자기 자신도 일종의 운터멘쉬라고 생각하기는 하지만, 이것을 프리크 앞에서, 그리고 소리 내어 생각하기를 선호하지 않는다. 그는

에스프레소 기계 쪽으로 몸을 돌려, 기계의 표면을 닦고, 식기가
들어 있는 바구니를 뒤적거린다.

"물론이지, 너는 진짜 사람이야." 그가 반복한다.

차가 한 대 지나가고, 유리창이 창틀 속에서 흔들린다.
라마승들의 목소리가 칸막이를 통해 들려온다. 두 번째 차가
지나가고, 운전자가 속도를 올리며, 기어를 바꾸지 않고 엔진을
무리하게 다룬다, 창유리가 흔들린다.

문이 열린다. 손님이 하나 들어오는데, 단골은 아니다.
낯선 사람, 작은 키에, 소매가 지나치게 긴 정장을, 부자연스러운
프롤레타리아처럼 차려입었다. 그는 머리카락은 희끗희끗하고,
수면 부족으로 마분지처럼 굳고 지친 얼굴을 하고 있다.

"안녕하세요, 여러분." 그가 말한다.

그의 목소리에는 자신감이 부족하다.

그는 카운터에서 3미터 떨어진 네온사인 아래, 어느
테이블에 가서 앉는다. 프리크와 야사르가 그에게 인사를
건네지만, 야사르는 직업상의 신중함 때문에, 프리크는 수줍음
때문에, 그를 쳐다보지는 않는다.

"소금을 넣은 버터밀크 티가 있을까요?" 새로 온 손님이
묻는다.

"없습니다." 야사르가 말한다. "저희는 그런 건 만들지
않습니다."

"농담이었습니다." 남자가 사과한다.

"아." 야사르가 말한다.

"위스키 두 잔 주세요." 남자가 말한다.

"더블이요?"

"아니요. 두 잔이요. 더블로 두 잔. 얼음은 아주 조금만."

야사르는 어깨에 걸쳤던 접시 닦는 행주를 끌어내리고는
바쁘게 움직이기 시작한다. 더 이상 아무도 말하지 않는다. 얼음
조각 떨어지는 소리, 술 따르는 소리, 사원의 종소리, 라디오
소리만 들릴 뿐이다. 판소리 가수의 노래가 들린다. 야사르는
쟁반에 술잔을 올려놓은 다음, 키 작은 남자의 테이블까지
가져다준다. 그런 다음 돌아와 프리크 맞은편에 앉는다. 약 20초
동안, 손님이 자기들 뒤쪽에 앉아 있어서 중단된 대화를 다시

시작하는 데 방해를 받기라도 하는 듯, 두 사람은 아무 말도 하지 않는다. 그러다가 야사르가 고개를 끄덕인다.

　"너도 알겠지만, 프리크," 그가 말한다. "내 생각에, 동물원에서, 그들이 너를 착취하고 있어. 그들은 네가 영업시간 외에 거기에 들어가서 동물들을 돌본다는 걸 뻔히 알고 있다고. 어쨌든, 네가 하는 건, 일이잖아. 밤에 하는 일. 그들은 너에게 보상을 해 줘야 마땅해."

　"오, 내가 그렇게 하는 건 동물들을 위해서지, 돈을 벌기 위한 건 아니야." 프리크가 말한다. "게다가, 그들은 나에게 돈을 줘. 며칠 전에 소장이 나를 사무실로 부르더라고. 그가 나에게 말을 걸어. 나한테 서명을 하라고 서류를 내밀어. 나는 내 이름으로 거기에 서명해. 그가 사육사 식당에서 무료로 식사할 수 있는 티켓을 나한테 주는 거야."

　"내가 확신하는데, 그들은 네가 일한 모든 시간을 계산에 넣지는 않아." 야사르가 말한다. "내가 확신하는데, 그들은 너를 착취하고 있어, 프리크."

　"아니야, 그들은 나에게 정직해. 물론, 가끔, 이런 일이…."
　"무슨 일이 일어나는데?"
　"오, 아무것도 아냐…."
　"뭔가 말하려던 참이었잖아, 프리크."
　"아니야."
　"무언가 너를 괴롭히는 게 있는 거야."
　"가끔, 그들이 나를 동물로 착각하는 일이 있고는 해." 프리크가 말한다. "사육사들이. 실수로 나를 착각하는 거겠지, 내 생각은 그래. 악의로 그러는 게 아니라. 그들은 대중에게 개장하기 전에 나를 어떤 길로 데려가. 그들은 내가 항의해도 듣지 않아, 마치 내가 귀머거리에게 말하고 있는 것처럼 말이야. 내가 아무리 큰 소리로 항의해도, 그들은 비어 있는 우리를 열었다가 자물쇠로 다시 문을 잠가. 그들은 내 옆에다 다 식은 음식과 화장지 대신 사용할 짚을 놔둬. 철책에는 **동물에게 먹이를 주지 마시오**라는 팻말이 걸려 있어. 대중에게 개방하는 시간에는, 사람들이 동물이 나라고 생각하지 않도록 나는 팻말에서 한 발짝 물러서 있어. 어쨌든, 사람들은 거의 주지 않아. 사육사들은

나를 사나흘간 그곳에 두고 가. 그런 다음, 나를 풀어 줘. 그들은
사과를 해. 정말 유감스러운 실수라고, 악의가 아니라, 실수로
나를 착각했다고 말해. 그들은 내가 동물이랑 너무 닮았다고
말해. 그들이 조심하지 않은 건, 내가 길들어 있고, 또 내가 물거나
할퀴거나 하는 대신 말을 하기 때문이라고 해…. 알겠어, 야사르,
결론을? 내가 다르다는 사실을 그들이 깨닫게 하려면 내가 그들을
깨물거나 해야 할 테지, 동물과 다르다는 사실…. 이런데도,
야사르, 내가 정말로 사람인지 내가 어떻게 알 수 있겠어…?"

　　"그만해, 프리크." 바텐더가 말한다. "너는 우리와,
모든 사람들과 똑같아. 반은 인간이고 반은 동물이지. 모두
매한가지라고. 너나, 나나…. 나도, 내가 정말로 사람인지
100퍼센트 네게 보장할 수 없어. 나도 뭐가 뭔지 아무것도
모르겠어."

　　"어쨌든. 너를 말이야, 실수로, 너를 우리 안에 가두거나
하지는 않잖아, 아냐…? 하마, 앵무새 옆에다가?"

　　"오, 나는…. 난 말이야, 25년 동안 특수 감옥에 갇혀
있었어…. 군인, 정부의 고위 관리를 쏘았던, 남자와 여자 옆에…."

　　"그럼 너는, 야사르, 넌 누구를 쐈는데?"

　　"갱스터."

　　야사르는 굳은 침묵에 잠긴다. 그는 과거에, 마피아를 죽인
적은 있지만, 그중 겨우 몇 명이었고, 그 종(種)이 멸종 위기에
처한 건 아니다. 반대로, 그 종은 다른 종들의 영토를 축소시키고,
일상의 공간과 다른 종들의 꿈까지 영원히 오염시키면서 빠르게
증식했다. 야사르는 그 실패의 깊은 곳에서, 아무 말 없이 어떤
순간에 잠겨 있다. 그동안, 프리크와 위스키를 마시던 손님은
자신들이 말했거나 들었던 것을 되새기고 있다.

　　트럭 한 대가 대로를 요란하게 달려간다. 창문이 진동하고,
야사르의 등 뒤의 선반에 놓인 유리잔 몇 개까지 흔들린다.

　　벽 너머에서 만트라[65]와 기도 소리가 점점 커지고 있다.

---

65. '도그마'와 같이 굳은 믿음, 자주 읊는 구호, 주문 등
신비한 힘이 담긴 단어들을 가리키는 힌두교 용어. 불교
용어로는 '진언(眞言)'이라고도 한다.

어떤 이유에서인지는 모르겠지만 야사르가 소리를 줄여 거의 들리지 않는, 라디오의 실망스러운 스피커에서는, 한국 여자 가수가 버림받음의 고통, 멸시당한 정절의 고통, 배신당한 효심의 고통을 표현한다. 그녀는 떨리면서도 매우 강렬한 어조를 취하고 있었다. 아마도 바텐더가 무심코 볼륨을 바꾼 것은 견디기 어려울 정도로 아름다웠기 때문일지도 모른다.

프리크 뒤에 앉아 있던 키 작은 남자는 첫 잔의 마지막 한 모금을 삼킨다.

"동물원에서 일하시나 봐요?" 그가 갑자기 프리크에게 말을 걸면서 물어본다.

프리크가 그를 향해 몸을 돌린다. 낯선 사람이 자신을 부를 때마다, 그는 항상 심장박동이 가빠진다. 조금만 직접적인 질문을 받아도 그는 불안해하고, 골치 아픈 문제가 뒤따를 것 같다는 인상을 받는다. 그는 인간이 생각할 수 있는 것, 반드시 실질적인 위협은 아니더라도, 인간이 자신에 대해 상상할 수 있는 것, 자주 털어놓지 않으며, 털어놓기도 어려운 인간의 고약한 몽상, 자신의 고통과 죽음에 대한 인간의 무의식적인 상상을 두려워한다. 그는 단호하게 낯선 사람을 향해 몸을 돌리고서 자연스럽게 대답하려고 애쓰지만, 갑자기 창백해진 두 뺨도, 눈꺼풀의, 입술의 긴장된 떨림도 숨길 수 없다.

"맞아요." 그가 말한다. "저는 동물원에 다닙니다. 저는 철책의 열린 틈으로 동물원 안으로 들어갑니다. 관람객이 떠나면, 저는 동물에게 말을 합니다. 동물들은 죽음을, 감금을 두려워합니다. 동물들은 다른 곳에 있고 싶어 합니다. 동물들은 다른 곳에 있기 위해 죽어야 함을 원하지 않습니다. 동물들은 몇 시간씩, 멈추지 않고, 구석에서 떨고 있습니다. 저는 해가 질 때까지 기다립니다, 저는 동물들 곁에 자리 잡고서 그들에게 말을 합니다. 동물들은 제 말을 들어 줍니다. 동물들은 밤새도록, 밤이 지나도록, 귀와 주둥이로 제 말을 들어 줍니다. 저는 그들의 두려움이 가라앉을 때까지 그들에게 말을 걸려고 노력합니다."

키 작은 남자는 지쳐서, 빈 잔의 얼음 조각을 돌리다가 잔을 다시 앞에 내려놓는다.

"짐승만 그런 게 아닙니다." 그가 말한다. "저도, 저 역시

두려운 게 있습니다. 삶 속에 갇혀서 빠져나올 수 없다는 사실을
한번 깨닫고 나면…. 그런 다음, 거기서 빠져나온 사람들을
생각하면…. 그 후에 그들에게 일어날 일을 상상하면…. 예를
들어, 지금 이 순간에도….”

그는 두 번째 더블 위스키를 마시기 시작한다.

“그리고 사람들은요,” 그가 계속 말한다. “사람들의 두려움을
줄이는 방법을 당신은 알고 있습니까?”

“아니요.” 프리크가 말한다. “사람들은, 아니요.
사람들이라면, 라마승에게 물어봐야 합니다.”

그는 목을 가다듬었다. 그는 낯선 사람과 이야기를 나누는
데 성공했지만, 그러려는 노력이 그의 성대에 상처를 입혔다.
이제 그는 상대방의 기분을 상하게 하지 않고도 대화를 마무리할
수 있을 거라고 생각한다. 그는 야사르를 향해, 여러 색깔의
병들이 늘어서 있는 선반을 향해 몸을 돌린다.

“카페인 한 잔 더 줄래, 야사르?” 그가 말한다. “나는 한
잔 더 마시고 가야겠어. 짐승들은 불행해. 그들에게는, 힘든
밤이 될 것 같아. 내가 가야 해. 짐승들이 어둠 속에서 신음하며,
나를 기다리고 있어. 그들은 내가 필요할 거야. 그들은 죽음을
두려워하며 떨고 있어. 야크처럼. 광대처럼.”

“이봐요!” 부자연스러운 차림새의 프롤레타리아가 외친다.
“말해 봐요, 당신! 내가 광대인지 당신이 어떻게 아는 거죠?”

그는 한쪽 팔을, 소매가 지나치게 긴 자신의 팔을, 술에 취한
사람처럼 반쯤 과장된 몸짓으로 들어 올린다.

“아, 당신이 광대인가요?” 프리크가 묻는다.

“그래요.” 남자가 말한다.

그는 테이블 위에 손을 다시 내려놓는다.

야사르는 다시 에스프레소 기계 주위에서 바쁘게 움직인다.

라마승의 목소리가 통풍구에서 해독할 수 없을 정도로
구불구불 흘러나온다.

“서커스 공연에 간 적이 있습니다, 일전에 말입니다.”
프리크가 말한다. “블룸쉬와 그륌셔라는 두 명의 광대가
있었어요. 한 사람은 땅딸이, 한 사람은 뚱뚱보였어요. 그들은
서로를 보지 못하는 채로 무대의 한쪽 끝에서 다른 쪽 끝까지

서로를 소리쳐 불렀습니다. 그들은 서로를 쫓아다녔어요, 아주 가까이서도 서로 닿지 않은 채 지나쳤습니다, 그들은 서로에게 닿을 수가 없었어요. 종종, 그들은 넘어지기도 했습니다."

그는 말을 멈추고 방금 김이 모락모락 나는 검은색 잔을 자신에게 내놓은 야사르에게 고마움을 표한다. 그는 잔 위로 몸을 숙이더니, 입김을 불어 본다. 그는 온도를 재 보려고 액체에 입술을 살짝 가져다 댄다. 그것이 무엇이건 함부로 흡입하려 하지 않는다. 그는 온도가 떨어지도록 다시 입김을 불어 본다. 온도는 내려가지 않는다.

"뚱뚱보가 넘어지면," 프리크가 다시 말하기 시작한다. "땅딸이는 달리던 걸 멈추고 그가 다시 일어설 수 있도록 도우려고 서둘러 갔지만, 성공하지 못했습니다. 뚱뚱보는 비명을 지르며 몸부림을 쳤어요. 정말 재미있었죠. 그는 몸부림쳤고, 땅딸이의 도움을 거부하고 다시 쓰러졌습니다. 정말 웃겼습니다. 하지만 아무도 웃지 않았어요, 저를 제외하고는요. 두 사람 중 한 명이 죽었습니다. 그가 자살했다고 사육사들이 말하는 걸 들었어요. 그는 라마교 상호부조회에 소속되어 있었을 겁니다. 조금 전에 그의 시신을 독수리 수컷과 암컷, 콘도르에게 주었던 거죠. 천상의 장례식, 그걸 이렇게 부릅니다. 그들은 맹금류의 새장에 들어가서 시체 조각을 새들에게 던져 줍니다. 저는 가까이 가지 않았습니다. 저는 야크에게 말하느라 바빴죠. 그게 땅딸이였는지 아니면 뚱뚱보였는지 저는 볼 수 없었습니다."

"뚱뚱보였습니다." 남자가 술을 한 모금 마시며 말한다. "뚱뚱보 그륍셔였습니다."

"그거 확실해요?" 야사르가 카운터에 팔꿈치를 괴고 묻는다.

"제가 왜 거짓말을 하겠어요?" 남자가 다시 한 모금을 마시며 말한다. "저는 블룸쉬, 그의 파트너입니다. 우리는 슈뮐 서커스단에서 함께 일했어요. 당신들도 포스터를 보셨을 겁니다, 슈뮐이 신호등 근처, 주차장 입구같이 눈에 잘 띄는 장소에 직접 포스터를 붙이곤 했죠. 우리 둘의 이름이 적힌 포스터 말입니다. 뚱뚱보 그륍셔와 땅딸이 블룸쉬, 장난의 제왕들."

그는 술을 마신다.

"장난의 제왕들," 그가 반복한다. "떼려야 뗄 수 없는 사이.

무대에서처럼 삶에서도요. 사실, 파트너 그 이상이었습니다. 몇 배 이상이었지요. 떼려야 뗄 수 없는 두 형제. 그리고 지금은…. 지금은, 일단 저승으로 건너간 죽은 자들처럼, 저는 혼자 가야 합니다. 혼자 간다는 건… 정말 무서워요…. 너무 고통스럽고…. 그륌셔…! 자네, 내 말 들리나, 그륌셔…? 이제, 나 혼자서, 관객을 웃게 하지 않으려면 어떻게 해야 하지?”

흐느낌이 그를 머리부터 발끝까지 흔든다.

“그륌셔!” 그가 말한다.

“술을 마시면 손님은 슬픔에 빠지시는군요.” 야사르가 관찰한다.

“천만에요.” 광대가 말한다.

“두 번째 잔은 다 비우지 않는 게 좋겠습니다.” 야사르가 주장한다.

“그륌셔를 위해 건배하며 마시는 잔입니다.” 블룸쉬가 설명한다. “지금, 사원에서는, 그에게 『죽은 자들의 책』을 읽어 주고 있습니다. 삭발한 승려들이요. 그들, 그들이 그렇게 하고 있습니다. 그리고 저는, 뚱뚱보 그륌셔를 추억하며 술을 마시고 있고요.”

“『죽은 자들의 책』을 읽어 주는 건 그에게 도움이 되죠.” 프리크가 끼어든다. “그가 있는 곳에서, 그는 정말로 아주 외롭습니다. 당신보다 훨씬 더요. 그는 자신을 안심시켜 주고 자신에게 무엇을 해야 할지 말해 줄 사람이 필요합니다. 아시는지 모르겠지만, 그는 한 목소리를 듣자마자 진정이 됩니다. 비록 그가 모든 것을 이해하진 못하더라도요. 그는 덜 두려워하게 됩니다. 비록 그것이 거짓이라 하더라도, 그에게 완전히 혼자가 아니라는 인상을 줍니다. 당신은 위스키에 취하기보다는, 그와 대화해야 합니다.”

“당신이 원하는 게 도대체 뭔….” 광대가 말한다.

그가 눈을 크게 뜬다. 그의 눈빛은 취해 있는 동시에 불안해 보인다.

“잠깐만요, 잠깐만요, 당신, 무슨 말을 하는 겁니까?” 그가 묻는다.

“이 친구 말은, 손님이 위스키는 이쯤에서 그만 마셔야

한다는 거죠." 바텐더가 말한다.

"내 말은 그가 지금 당신의 목소리를 들을 수 있다면 좋을 거라는 겁니다." 프리크가 말한다. "이제 막 시작되었습니다. 처음에는, 아주 어렵습니다. 당신의 목소리가 그에게 영향을 줄 겁니다. 어쩌면 그는 당신의 목소리를 바로 알아듣지 못할 수도 있습니다. 하지만 그것이 그를 편안하게 해 줄 겁니다."

"죽은 사람에게 어떻게 말을 해야 할지 모르겠어요." 광대가 말한다. "한 번도 그런 기회를 가져 본 적이 없어서…. 게다가, 죽은 사람에게 말을 한다는 거, 그것이 정말로 무얼 의미하는지, 당신은 생각해 본 적이 있나요…? 죽은 사람이 당신의 말을 들을 수 있다는 생각은요? 죽은 사람이 당신의 말을 듣고 있다는 거, 자신의 어두운 세상에서… 거기에서…. 정말 끔찍합니다…. 우리가 하려는 말을 그가 오해라도 하면은요…? 이런 것에 대해, 당신은 생각해 본 적이나 있나요? 만약, 그를 안심시키는 게 아니라 공포에 떨게 만든다면요? 아니에요, 제가 무엇을 할 수 있을지 정말로 모르겠습니다…."

"무대에 함께 있었을 때처럼만 하면 됩니다." 프리크가 제안한다. "그가 몸부림치고 있었을 때, 그를 다시 일으키려고 당신이 그의 귀에 대고 조언을 외쳤을 때, 그가 당신의 말을 못 들은 척하고 있었을 때처럼 말입니다."

"아니면, 손님이 그냥『죽은 자들의 책』에 나오는 구절을 속삭이기만 하면 됩니다." 야사르가 말한다. "안심시켜 주는 구절을요."

"제가 아는 한,『죽은 자들의 책』의 구절은…." 블룸쉬가 항변한다. "뚱뚱보 그륌셔는, 맞아요, 그는, 이걸… 이 책의 몇몇 페이지를 통째로 외울 수 있을지도 모릅니다. 그는 불교의 마술을 좋아했고, 거리에서 죽어 가는 사람의 머리맡에서, 부랑자, 누더기를 걸친 사람의 머리맡에서『죽은 자들의 책』을 읽어 주는 상호부조회의 회원이었어요…. 그는 라마교 학교에서 수업을 들었습니다. 우린 떼려야 뗄 수 없는 사이였지만, 거기에는, 우리 사이에는, 큰 간극이 있었어요. 저는, 저는 결코…. 저는 완전히 무능해서…."

"그들이 그것을 옆에서 읽고 있습니다, 그 책을요."

프리크가 말한다. "당신은 책의 한 대목을 주의 깊게 듣고 그걸 반복하기만 하면 됩니다."

블룸쉬가 술을 마신다. 그는 아무런 반박도 하지 않는다. 그는 잔을 다시 내려놓는다. 얼음 조각 아래, 액체가 투명하다. 잘 세어 보니, 그는 방금 위스키 네 번째 잔을 끝냈다.

바에서는 여전히 라디오 소리가 배경음악으로 흘러나오고, 마찬가지로 벽 반대편에서는 불교 의식의 다양한 종소리와 웅얼거리는 소리가 들려온다. 제관의 목소리는 카운터 뒤에 도달하기 전에 지나와야 했던 통로 때문에 왜곡된다. 그러나 그것은 벽돌 몇 장, 네모난 얇은 철망 한 장 등 무시할 만한 장애물이 있을 뿐인 아주 짧은 거리에 불과하다. 죽은 사람이, 측정할 수 없는 거리에 떨어져 있는 죽은 사람이, 이 목소리에서 무엇을 인지할 수 있을지 의아하다.

"어차피, 아무것도 알아들을 수 없을 텐데요." 블룸쉬가 불평한다. "단 한 음절도요."

"제가 가서 라디오를 끌게요." 야사르가 제안한다. "통풍구 덮개도 떼어 낼 수 있어요. 그들은 바로 옆에 있는 오래된 주유소에 사원을 세웠습니다. 통풍구가 연결되어 있어요, 바와 차고의 통풍구 말이에요. 우리는 모든 소리를 들을 수 있을 겁니다."

"대단하네요." 블룸쉬가 말한다.

그는 앉아 있던 의자를 뒤로 밀었다. 그가 일어선다. 그는 취한 상태다.

"좋아요." 그가 말한다. "자네의 건강을 위하여, 마지막 한 방울 더, 내 그리운 친구 그륌셔. 그러고 나면, 자네는 내가 어떻게 차고하고 자네와 소통하는지 보게 될 거야."

그는 잔을 쥐고서, 얼음 조각들을 유심히 살펴보지만, 향이 거의 없어진 물만 남아 있을 뿐이다. 그가 비틀거린다. 그는 테이블에 부딪힌다.

바텐더가 라디오를 끈다. 그런 다음 그는 발판 의자에 올라가서, 바의 칸막이 위쪽, 술병들이 놓여 있는 선반 뒤쪽의 무언가를 조정한다. 갑자기 옆 건물에서 들려오는 소리가 변형된다. 사원의 내부로 이동한 것 같은 느낌이 든다. 라마승의

깊은 저음이, 마치 에스프레소 기계와 야사르 사이, 카운터 뒤에
라마승이 서 있기라도 한 것처럼, 바 안에 울려 퍼진다.

　"오 고귀하게 태어난 자여," 라마승이 말한다. "내가 『바르도
퇴돌』의 첫 페이지를 너에게 다시 한번 되뇌어 줄 것이니, 네가
이걸 듣고 이해하는 것은 아주 중요하다, 그러지 않으면 바르도를
건너는 49일 동안 너는 길을 잃게 되리라."

　"그래, 어때요?" 바텐더가 묻는다. "이제 한 음절도 알아듣지
못한다고는 말하지 마세요. 이 소리, 아주 인상적이지 않나요,
그렇죠? 자, 블룸쉬, 더 이상 핑계 대지 마세요. 용기를 내세요!
최대한 많이 당신의 친구에게 이걸 되뇌어 주세요."

　"위스키 한 잔 더 따라 줘요." 블룸쉬가 몹시 불안해한다.
"저는…. 그게 어색하게 느껴져서요. 저는 아직 그에게
공공장소에서 큰 소리로 말할 준비가 되어 있지 않은 것
같습니다."

　야사르는 잠시 망설이다가, 병 쪽으로 손을 뻗는다. 그는
블룸쉬가 요구하는 술을 준비한다.

　"그는 조언이 필요합니다." 프리크가 말한다. "아무것도
지어내지 말고, 수도승들이 들려주는 것과 똑같은 조언을 그에게
해 주세요. 수도승들이 하는 말이 인도하게 당신을 맡기세요.
가장 중요한 것은, 그가 당신의 목소리를 알아차리는 것입니다.
당신의 목소리와 당신이 그에게 말하는 방식이요. 자신을 도와줄
친구가 아직 가까운 곳에 있다는 것을 그가 알아야 합니다.
그것이 그에게 큰 도움이 될 겁니다. 그것이 공포에 완전히
휘말리지 않도록 그를 도와줄 겁니다."

　"오, 고귀하게 태어난 자, 그륌셔여," 라마승이 말한다. "나는
너에게 말을 걸고 있다, 그리고 앞으로 49일 동안 매일 이렇게
할 것이다. 너는 반드시 귀를 기울여 내 말의 의미를 이해하려고
노력해야만 한다. 지금 내가 너에게 하는 말은 네가 바르도를
더 쉽게 건너도록 도움을 주기 위한 것이다. 주의 깊게 내 말을
들으면, 네가 바르도의 끔찍하고 좁은 통로를 걸어가야 할 때
두려움이 덜할 것이다. 너는 끝없이 다시 태어나고 죽고, 또다시
태어나고, 또다시 죽는 저 비참한 운명마저도 피할 수 있으리라.
너는 이 긴 고통의 사슬에서 벗어날 수 있으리라."

키 작은 광대는 야사르가 채워 준 잔을 움켜잡는다. 그는 음울한 열기에 젖어 몇 모금을 삼킨다.

"당신 잔, 다시 내려놓으시죠, 블룸쉬." 야사르가 말한다.

"알았어요." 블룸쉬가 비틀거리며, 잔을 다시 내려놓지 않은 채 말한다.

"당신의 친구에게 말을 걸어 주세요." 야사르가 말한다. "지금, 그 사람 주변은 모든 게 낯설고 불쾌하게 느껴질 겁니다. 어쩌면 자신이 더 이상 살아 있지 않다는 사실조차 아직 깨닫지 못할지도 모릅니다. 그는 어떻게 반응해야 할지 전혀 알지 못해요. 그러니 친구가 그를 도우려 노력하고 있다는 걸 알 수 있도록 그에게 말을 걸어 주세요."

"그건 어색합니다." 블룸쉬가 말한다.

"어서요." 야사르가 그를 격려한다. "그건 어색한 게 아닙니다. 아주 강한 우정의 순간이죠. 마치 다시 한번 함께 서커스 공연 무대에 있는 것처럼 해 보세요, 관객 앞에요. 어색함은 존재하지 않는 것처럼요."

"관객 앞에서," 블룸쉬가 비틀거리면서 투덜댄다. "마치…."

그런 다음 그는 망설임을 극복하고 나선다. 그는 두 팔을 벌리고 첫 줄의 테이블들과 카운터 사이에서 분주히 움직이는 시늉을 한다. 잔뜩 멋을 부린 가난한 사람의 옷차림을 한 그는 기괴해 보이지만, 정확히 말해, 그가 원하는 게 바로 이것이다. 그는 순식간에 아무도 웃기지 못하는 익살스러운 인물로 되돌아갔다. 그는 절망이 가득한 두 눈을 크게 뜨고 당황한 듯 얼굴을 찡그리더니, 이제 목소리를 높이고, 날카로운 목소리로 고함을 내지른다.

"그가 내 말을 듣고 있나요, 뚱뚱보 그륍셔가?" 그가 소리친다. "땅딸이 블룸쉬가 듣고 있나요…? 그렇다고요…? 아니라고요…? 도대체 그는, 뚱뚱보 그륍셔는 어디 있는 걸까요…? 혹시, 본 사람 있나요…? 뚱뚱보 그륍셔, 어디 숨어 있나요…? 어이-어이-어이…! 뚱뚱보 독수리의 뚱뚱보 뱃속에 숨어 있진 않겠죠, 네…? 아니면 화장터의 아주 뜨거운 뚱뚱보 그릴 위에 숨어 있을까요, 네…? 그럼 어디에 숨어 있을까요, 뚱뚱보 그륍셔는…? 바르도에, 네…? 뚱뚱보 그륍셔, 그가 숨어 있는 곳이 차라리 바르도가 아닐까요, 네…?”

자동차 한 대가 지나간다. 창유리가 덜컹거린다. 블룸쉬가
한 모금을 마신다. 그는 부정확한 몸짓으로 잔을 카운터에
내려놓는다.

“소용없어요,” 그가 말한다. “그가 내 말을 들을 수 없다는
확신이 들어요. 게다가, 그랬더라면, 더 큰 악몽이 될 겁니다.”

“뭐라고요?” 프리크가 묻는다.

“제 목소리가 그에게 닿는다면요.” 블룸쉬가 말한다.

2초간 침묵이 흐른다.

“오, 고귀하게 태어난 자, 그륍셔여.” 라마승이 말한다. “너는
며칠 동안 의식을 잃은 채 있었다. 그 무(無)에서 깨어나자마자,
너는 스스로에게 이렇게 물었다. ‘어떻게 된 거지? 무슨 일이
일어나고 있는 거지…?’ 너는 네 추억을 떠올려 보려 애쓰지만,
모든 것이 네 기억 속에서 흐릿하구나. 너는 네 주변 세상을 다시
알아보는 데 어려움을 겪고 있구나.”

“계속하세요,” 야사르가 말한다. “계속 말하세요, 블룸쉬.
악몽이라도 어쩔 수 없어요. 그를 위한 일이니까요.”

광대는 두 눈을 크게 뜬다. 눈시울이 눈물로 젖어 있다. 그는
우스꽝스럽고, 과장되게 얼굴을 찡그려 보지만, 그의 표정은
무엇보다도 그가 엄청난 슬픔에 빠져 있다는 걸 보여 준다.

“그가 내 말을 듣고 있나요, 뚱뚱보 그륍셔가…?” 그가
고함친다. “그는 내 말이 들릴까요, 아니면 들리지 않을까요,
뚱뚱보 광대는? 네…? 기절하는 게 지겹지 않을까요…? 그가
눈을 뜨고 있군요, 그런데 그에게는 무엇이 보일까요…? 뚱뚱보
어릿광대들이 목을 매달 때 흔들리는 밧줄과 함께, 곡예사들의
장대, 그에게 보이는 건 바로 이거지요…! 그리고 그는
자신의 기억을 떠올리고 있지요, 뚱뚱보 그륍셔, 그가 뭐라고
말할까요…? 그는 이렇게 말하지요! ‘무슨 일이 일어난 거지,
어떻게 된 거지? 그리고 왜 땅딸이 블룸쉬가 저렇게 어쩔 줄 몰라
당황하고 있는 거지, 왜 저렇게 울면서 코를 세게 풀고 있는 거지,
땅딸이 블룸쉬는…?’”

광대가 몸짓을 한다. 그는 무아지경에 빠진 무당처럼, 두
팔을 내뻗은 채 빙빙 돌고 있지만, 공연의 이로운 효과를 거의

믿지 않는 게 뻔히 드러난다. 게다가, 그의 동작에는 확신이 없다. 손등으로, 그는 야사르가 그의 첫 위스키들을 담아 내주었던 쟁반을 내리친다. 잔이 날아가고, 접시가 굴러가고, 모든 것이 바닥에서 산산이 부서진다.

"아, 이런 썩어 문드러질 야크 새끼 같은 경우를 봤나!⁶⁶ 내가 접시를 깨뜨렸네." 분명 잠시 쉴 핑계를 찾았다는 것에 안도하면서, 그가 말한다.

"괜찮아요." 야사르가 말한다. "제가 치울게요. 중단하지 마세요."

"너는 네가 받아들인 세계를 해독하는 데 어려움을 겪고 있구나." 라마승이 계속 말한다. "너는 아무것도 이해하지 못하는구나. 무엇 하나 너에게 익숙한 것이라고는 없구나. 네 편에서 노력하지 않는다면, 너는 태어난 후 세상을 관찰하는 아기가 그런 것처럼 죽음 이후의 세상을 해석하는 데도 서툴 것이다. 반응해라, 고귀하게 태어난 자여. 두려움이 너를 삼켜 버리도록 놔두지 마라. 마침내 네가 현실에서 걷기 시작했다고 상상해서도 안 된다. 너를 둘러싼 것은 고작해야 또 다른 환영에 불과하다. 네가 방금 떠난 존재만큼이나 거짓되고 부질없는 그 환영에 집착하지 마라."

"그걸 말이라고 하나, 뚱뚱보 그뤼셔, 그가 얼마나 삶에 애착을 가지고 있었는데." 블룸쉬가 지적한다.

그는 바닥에서 유리 조각 하나를 줍는다. 눈물이 그의 뺨을 타고 흘러내린다.

"그냥 두세요." 야사르가 말한다.

블룸쉬가 다시 일어선다. 그에게는 손바닥을 베일 시간조차 없었다. 그는 거의 다 녹은 얼음 조각 사이에서, 조그마한 물웅덩이에서, 다친 데도 없이, 팔팔하게 서 있다. 그는 우스운 꼴을 하고 있다. 아무도 웃고 싶어 하지 않는다.

"절대로 환영에 집착하지 마라." 라마승이 말한다.

"그는 계속 듣고 있나요, 뚱뚱보 그뤼셔는?" 갑자기 땅딸이 블룸쉬가 다시 말을 하기 시작한다. "그는 라마 스님의 말씀을

---

66. "이런 개 같은 경우를 봤나."에서 '개' 대신 '야크'를 쓴 것.

듣고 있나요, 네…? 그가 라마 스님의 말씀을 잘 듣고 있나요? 그가 두려움에 되는대로 휩쓸리지 않고 있나요…? 독수리들의 위액 속에 떠다녀도 그는 끄떡하지 않나요…? 아, 하지만 그가 조금 겁을 먹었다던데요, 그륌셔가…. 두려워하지 마, 뚱뚱보 어릿광대…! 그냥 웃으려고 그런 거야…! 이건 현실이 아닌 어떤 세계일 뿐이야! 심각하지 않은 환영의 세계…! 여기에 익숙해져야 해, 나의 뚱뚱보 그륌셔! 집착하면 안 돼…!"

땅딸이 블룸쉬는 흐느낌에 숨이 막힌다. 트럭 한 대가 지나간다. 유리창이 흔들린다. 블룸쉬는 어느 의자에 가서 주저앉아 울기 시작한다.

"못 하겠어요." 광대가 말한다. "너무 터무니없어요. 이게 모두를 고통스럽게 해요."

"멈추지 마세요, 블룸쉬." 프리크가 말한다. "너무 크게 울지 마세요. 그가 당신의 눈물을 알아차리면 안 됩니다. 처음 당신이 한 것처럼 그를 계속 도와주세요. 뚱뚱보는 두려워하고 있습니다. 그는 방금 깨어나 두려워하고 있어요. 당신이 말하는 걸 들으면, 그에게 엄청난 도움이 될 겁니다. 당신의 우스꽝스러운 말을 멈추지 말고 외치세요. 그것이 그에게 엄청난 도움을 줄 거라고 저는 확신합니다."

"말도 안 돼," 블룸쉬가 말한다. "내 우스꽝스러운 말이라니. 그는 내가 하는 말을 듣지 못해요."

블룸쉬가 훌쩍거린다. 그는 의자에서 다시 몸을 일으켜 세운다. 그는 문제가 발생했을 때 죽은 자를 위해 취해야 할 최선의 태도를 설명하는 성직자의 목소리에 귀를 기울여 보지만, 이번에는, 연설이 바에 있는 사람 누구도 최소한의 유용한 정보조차 얻을 수 없는 티베트의 의식 속에서 흘러간다.

"우리는 절대 알 수 없습니다." 프리크가 말한다. "그러나 어쩌면, 저기, 어둠 속에서, 그가 문장 몇 개를 이해했을 수도 있습니다. 그가 어둠 속에서는 웃고 싶어 했을지도 모릅니다. 어쩌면요. 두려워했다가, 이후에는 덜 두려워했을 수도 있습니다."

"불쌍한 뚱뚱보," 블룸쉬가 말한다. "그는 몇 달 전부터 더 이상 웃지 않았어요. 그는 우울증에 빠져서 거기서 헤어 나오지

못했습니다. 아무도 우리를 더 이상 재미있다고 생각하지
않았습니다. 하지만 뚱뚱보 그륌셔, 그는 탁월한 광대였어요.
제가 이렇게 말하는 건 관대해서가 아니고, 그를 형제처럼
사랑해서도 아닙니다. 제가 이런 말을 하는 건 그게 사실이기
때문입니다. 그는 위대한 전문가의 재능을 가지고 있었어요.
하지만, 우리 때문에 객석에서 웃음이 터져 나오는 일은 더 이상
일어나지 않았습니다. 동정 어린 중얼거림, 맞아요, 두세 번의
비웃음이 있었지만, 웃음은 아니었습니다. 뚱뚱보 그륌셔는
서커스에서, 인생에서 자신이 필요하지 않은 사람이라고 느끼기
시작했습니다. 그는 자신이 완전히 쓸모없는 존재라고 느끼고
있었어요. 아무리 해도 그게 사실이 아니라고 그를 설득할
수가 없었지요. 이즈막에, 그는 부쩍 이런 생각을 되새기고
있었습니다. 그는 자신이 끔찍한 꿈에 빠졌다고 확신하고
있었어요."

야사르는 깨진 유리 조각, 얼음 조각을 쓸어 낸다. 그는
물웅덩이를 없애 버린다. 그는 블룸쉬를, 그륌셔를, 프리크를
생각한다. 그는 포로 생활로 보낸 세월을 떠올리고, 존재에
의미를 부여하려고 노력하건 그러지 않건, 존재의 이상한
무용성에 대해 곰곰이 생각한다. 그는 테이블 아래 바닥을 물로
닦고, 카운터 주변을 대걸레로 민다. 모두가 끔찍한 꿈속에서
헤맸다는 느낌을 받고 있으며, 현재의 무의미한 모든 순간을
차곡차곡 더하면, 꿈은 지속된다.

"아시는지 모르겠지만," 블룸쉬가 말한다. "광대가 아무도
웃게 하지 못하면, 그 고통으로 미쳐 버릴 수 있습니다. 우리는
무대에 오릅니다, 화려한 조명이 당신의 눈이 멀게 하고, 기온은
얼음처럼 차가우며, 서커스장은 늙은 야수의 악취로 가득하고,
모래에서는 오줌 냄새가 올라오며, 우리는, 마치 극단적으로
혼자라도 된 듯, 그래도 기어코, 램프 때문에 겨우 보일까 말까
한 그 어둠 속에서, 객석에서 누군가가 이제 곧 웃음을 터뜨리기
시작하리라는 희망을 갖고서, 목청을 높이고, 분투하면서, 무대에
섭니다. 그런데 누구 하나 움찔하지 않습니다. 아무도 웃음을
터뜨리지도, 화를 내지도 않습니다. 그런 건 참기 어렵습니다.
이게 미치게 만듭니다. 그렇게 몇 년을, 매일 저녁을 이렇게

살았습니다. 오지 않는 웃음을 기다리면서요."

"저를, 당신들은 저를 웃게 했습니다." 프리크가 말한다.
"저는 여러분을 보러 슈뷜 서커스에 갔었습니다. 저는
당신들을 두 분 다 봤습니다. 포스터에서 나와 있는 것처럼,
장난의 제왕들이었죠. 저는 어둠 속에, 객석에 있었습니다.
객석의 세 번째 줄에요. 아이들이 몇 명 있었습니다. 아이들은
조용했습니다. 가장 가까이 있던 아이들은 제 옆에 앉게 되어
불만이 가득했습니다. 그들은 저와 떨어지려고 애쓰고 있었죠.
당신들이 재미있다고 생각한 사람이 저밖에 없었다는 걸 깨닫게
되자, 저는 감히 큰 소리로 웃을 수가 없었습니다. 그러나 저는
배가 아플 지경이었죠. 저를, 당신들은 저를 웃게 했습니다. 제
생각에는 심지어 제 인생에서 그렇게 많이 웃어 본 적이 한 번도
없는 것 같은걸요."

"그래요, 하지만, 그건 같은 게 아닙니다." 블룸쉬가 말한다.
"정말로 당신이 그런 건 아니었… 뭐랄까…."

프리크는 카페인이 담긴 잔 위로 고개를 숙인다. 잔의
바닥에는 아직 마실 게 남아 있었다.

"저마다 자신만의 끔찍한 꿈속에 갇혀 있습니다." 광대가
말한다. "우리는 악취 나는 모래 위에서 고통에 시달리며
그곳에서 꼼짝도 못 한 채, 조금도 꼼짝 못 한 채, 소리를
내려고 계속해서 몸부림칩니다…. 우리는 어둠 속에서 다정한
웃음이 울려 나오기를 기다립니다. 우리는 다정한 웃음이
당신을 격려하고, 당신을 인정해 주고, 당신을 거기서 꺼내
주기를 기다립니다…. 그런데 아무것도 없지요. 아무것도 오지
않습니다…. 어둠이 침묵 속에 머물 뿐입니다. 우리는 레퍼토리
중 최고의 광대 연기를 펼치지만, 아이들은 물러섭니다. 아무도
웃음을 터뜨리지 않습니다…. 그러면 우리는 더 이상 우정조차
믿지 못하게 됩니다. 이번에는 우리가 물러납니다. 우리는 마음을
닫아 버립니다. 우리는 더 이상 땅딸이 블룸쉬와 자신의 고통을
나누려고도 하지 않습니다. 우리는 곡예사들의 장대 아래에 가서
하룻밤을 어슬렁거립니다. 우리는 곡예사들의 장대 아래에 가서
하룻밤을 어슬렁거리다, 목을 맵니다."

블룸쉬는 다시 의자에 주저앉았다. 그는 갈라진 목소리로

마지막 몇 문장을 말했다. 콧물과 눈물이 그의 뺨을 더럽히고 있다. 야사르는 양동이에 담긴 대걸레를 헹군 다음, 프리크의 잔을, 접시를, 숟가락을 씻었다. 어느 순간, 그는 사원으로 통하는 통풍구의 덮개를 도로 닫았다. 『바르도 퇴돌』의 낭독은 또다시 해석하기 어려운 먼 곳의 바스락거림이 되었다. 어쩌면 이 순간, 우리는 신비로운 어둠 속에 있는 그륌셔보다 더 잘 들을 수 있겠지만, 라마승이 전하는 조언은 알아들을 수 없는 것이 되어 버린다.

경찰차 한 대가 대로를 바삐 지나간다. 경찰차의 경광등이 잠시 벽을 빨간색과 파란색으로 물들인다. 유리창이 가볍게 흔들린다.

프리크는 동물원으로 떠났다.

야사르가 가서 다시 라디오를 켠다. 다시 한국음악 프로그램을 찾아낸다. 아는 사람에게, 그것은 지금, 대중적인 오보에, 향피리, 모래시계 모양의 드럼, 장구, 실린더 모양의 드럼, 북, 그리고 피리로 반주를 하는 전통 무용이며, 모르는 사람에게는, 리듬감이 있어서, 아름다워서, 그리고 우리가 극도로 외롭기에, 몇 시간이고 계속 듣고 싶을, 어떤 음악일 뿐이다.

작품 목록
앙투안 볼로딘의 이름으로 발표된 소설

『조리앙 뮈르그라브의 비교 전기(傳記)(Biographie comparée de
    Jorian Murgrave)』, 파리: 드노엘(Denoël), 1985.
『그 어디서도 오지 않은 배(Un Navire de nulle part)』, 드노엘,
    1986.
『무시 절차(Rituel du mépris)』, 드노엘, 1986.
『환상적인 지옥들(Des enfers fabuleux)』, 드노엘, 1988.
『리스본, 더 물러날 곳 없는 종경(終境)(Lisbonne, dernière
    marge)』, 파리: 미뉘(Minuit), 1990.
『비올라 솔로(Alto Solo)』, 미뉘, 1991.
『원숭이들의 이름(Le Nom des singes)』, 미뉘, 1994.
『내항(內港)(Le Port intérieur)』, 미뉘, 1996.
『발키리에서의 잠 못 이룬 밤(Nuit blanche en Balkhyrie)』, 파리:
    갈리마르(Gallimard), 1997.
『뼈 무덤이 보이는 풍경(Vue sur l'ossuaire)』, 갈리마르, 1998.
『10강으로 익히는 포스트엑조티시즘, 제11강(Le Post-exotisme
    en dix leçons, leçon onze)』, 갈리마르, 1998.
★『미미한 천사들(Des anges mineurs)』, 파리: 쇠유(Seuil), 1999.
『돈도그(Dondog)』, 쇠유, 2002.
★『바르도 오어 낫 바르도(Bardo or not Bardo)』, 쇠유, 2004.
『우리가 좋아하는 짐승들(Nos animaux préférés)』, 쇠유, 2006.
★『메블리도의 꿈(Songes de Mevlido)』, 쇠유, 2007.
『마카오(Macau)』, 쇠유, 2009.
★『작가들(Écrivains)』, 쇠유, 2010.
★『찬란한 종착역(Terminus radieux)』, 쇠유, 2014.
『마녀 형제들(Frères sorcières)』, 쇠유, 2019.
『먼로의 딸들(Les Filles de Monroe)』, 쇠유, 2022.
『불 속에 살다(Vivre dans le feu)』, 쇠유, 2023.

★ 한국어판 출간

앙투안 볼로딘
바르도 오어 낫 바르도

초판 1쇄 발행. 2025년 12월 24일

번역. 조재룡
편집. 김뉘연, 신선영, 이동휘
제작. 세걸음
발행. 워크룸 프레스
03035 서울시 종로구 자하문로19길 25, 3층
전화. 02-6013-3246 / 팩스. 02-725-3248
메일. wpress@wkrm.kr
workroompress.kr

ISBN 979-11-94232-34-6 04860 / 979-11-89356-07-1 (세트)
19,000원

조재룡
서울에서 태어나 성균관대학교 불어불문학과를 졸업하고 프랑스 파리8대학에서 박사 학위를 받았다. 고려대학교 불어불문학과 교수로 재직 중이며, 문학평론가로 활동하면서 시학과 번역학, 프랑스 문학과 한국문학에 관한 논문과 평론을 집필한다. 시와사상문학상과 팔봉비평문학상을 수상했다. 저서로 『앙리 메쇼닉과 현대비평: 시학, 번역, 주체』 『번역의 유령들』 『시는 주사위 놀이를 하지 않는다』 『번역하는 문장들』 『시집』 등이, 역서로 앙리 메쇼닉의 『시학을 위하여 1』, 제라르 데송의 『시학 입문』, 장 주네의 『사형을 언도받은 자 / 외줄타기 곡예사』, 레몽 크노의 『떡갈나무와 개』 『문체 연습』, 조르주 페렉의 『잠자는 남자』 『어렴풋한 부티크』, 알로이시위스 베르트랑의 『밤의 가스파르: 렘브란트와 칼로 풍의 환상곡』, 앙투안 볼로딘의 『작가들』 등이 있다.